青年沈从文

沈从文
张兆和
◆
著

北方文艺出版社

图书在版编目（CIP）数据

青年沈从文 / 沈从文, 张兆和著 . -- 哈尔滨 : 北方文艺出版社 , 2019.11

ISBN 978-7-5317-4684-3

Ⅰ . ①青… Ⅱ . ①沈… ②张… Ⅲ . ①中国文学 – 现代文学 – 作品综合集 Ⅳ . ①I216.2

中国版本图书馆 CIP 数据核字（2019）第 228360 号

青年沈从文
QINGNIAN SHENCONGWEN

作 者 / 沈从文　张兆和

责任编辑 / 王金秋
封面设计 / 主语设计

出版发行 / 北方文艺出版社
网 址 / www.bfwy.com
邮 编 / 150080
经 销 / 新华书店
地 址 / 哈尔滨市南岗区林兴街3号
发行电话 /（0451）85951921　85951915

印 刷 / 天津旭丰源印刷有限公司
开 本 / 880 × 1230　1/32
字 数 / 216 千
印 张 / 11
版 次 / 2019 年 11 月第 1 版
印 次 / 2019 年 11 月第 1 次印刷

书 号 / ISBN 978-7-5317-4684-3
定 价 / 55.00 元

出版说明

为方便读者阅读，本书在尽可能保留沈从文作品文风的基础上，对明显的编校错误、笔误和错别字、错用标点等进行了订正。

同时，原作品中一些字词的用法，因与现代汉语规范用法有出入，在本书中也进行了修改。比如“的”改为“地”，“作”改为“做”，“那”改为“哪”，“分”改为“份”，“一枝笔”改为“一支笔”，“胡涂”改为“糊涂”，“琅琅上口”改为“朗朗上口”，“希奇”改为“稀奇”，“检察”改为“检查”，“斤斗”改为“筋斗”，“忿怒”改为“愤怒”，“年青”改为“年轻”，“脚色”改为“角色”，“发见”改为“发现”，“平空”改为“凭空”等。

原文中涉及的地名，如“北平”“热河”“蒙古”等，均是指当时的行政地名，为保留原意，未做修改。

特此说明。

PREFACE

代序

孤独前行，勿忘初心

谁的青春不迷茫

“一个人存心要活得更正当结实有用一点，是决不会轻易倒下去的。”

说这句话的，是沈从文。

1917年9月，十五岁的沈从文以补充兵的名义走出小城凤凰，随湘西靖国联军第二军开赴辰州，来到外面的世界讨生活。

1923年8月，二十一岁的沈从文离开湘西王陈渠珍的部队，前往北京求学。

1924年12月，二十二岁的沈从文在《晨报副刊》发表了自己的第一篇作品，终于实现了当一个作家的梦想。

1926年9月，二十四岁的沈从文辞去香山慈幼院图书馆的工作，成为中国最早的职业作家之一。

合计十年，六年多的军旅生活，三年多的求学创作之路。

这十年意义非凡，它见证了沈从文的困惑、迷茫，见证了他内心的挣扎和纠结，也见证了他的勇气与识见。

记得多年前有一本书叫《谁的青春不迷茫》，现在看来，这书名依旧能引起人们的共鸣。

是啊，谁的青春不迷茫？即使是如沈从文这样的文学大家，在青年时也会找不到出路在何方。

找不到未来的方向和目标，觉得人生没有意义，或是与当下的环境格格不入，感到不被理解，怎么办？

如果你了解沈从文，如果你读懂了青年时代的沈从文，那么我想你一定能找到答案。沈从文说自己的经历比狄更斯的小说更离奇，更精彩，我却觉得沈从文的故事比所有风行一时的心灵鸡汤更励志，甚至于，我觉得每个年轻人都能从青年沈从文的经历中得到强大的养分。

换句时髦的话说，沈从文的故事，可以为每一个处在迷茫时期的你赋能。

随波逐流容易见好，独立逆风需要气力

对于青年人而言，最怕的也许是孤独，最不能忍受的大概是

和环境格格不入。他们那热血沸腾的青春，总是要挥洒到最热闹的人群中去。但沈从文却说："孤独一点，在你缺少一切的时节，你就会发现原来还有个你自己。"

沈从文能有这样的感慨，是因为他那些独立的态度与思想，甚至于早年间的教育，都是从孤独中得来的。

最孤独的岁月，大概要算那六年从军生活。这六年里，沈从文睡硬板床，吃粗粝陈久的米粮，但他没有感觉到苦和累。唯一让他觉得难熬的，是要日日承受大烟的诱惑，还要眼看着周围人的精神被大烟一点一点消磨干净。

他这样描述那污浊的环境："这里且说说我飘荡了几年后，寄住在一个土著小小军阀部队中，每天必待人开饭后，才趑趄走拢去把桌上残余收拾扫荡，每晚在人睡定后，才悄悄睡下去，拉着同乡一截被角盖住腹部免得受凉。经过约半年光景，到后算是有了一个固定司书名分了……我所在的办公处，是保靖旧参将衙门一个偏院，算是总部书记处，大小六十四个书记住在一个大房间中，就地为营，便有四十八盏烟灯，在各个床铺间燃起荧荧碧焰，日夜不熄……我就在这样一个部队中工作和生活。每天在那个有四十八盏鸦片烟灯的大厅中，一个白木办公桌前，用小'绿颖'毛笔写催烟款、查烟苗的命令，给那些分布于各县的一百连杂牌队伍，和许许多多委员、局长、督查、县知事。"

军队里有许多人，年纪不过才二十来岁，因为吸大烟，都被大烟熏得干瘦蜡黄，一个个终日摊在床铺上。因为当时沈从文还算新兵，这些人仗着资历深，就用种种理由把工作推给他，自己去享乐。沈从文的日常生活，就是一面低头写字，一面听着各个床铺间吸烟、谈天的声音。

这些萎靡在床上的人，都认为吸大烟是人生最高的一种享受。他们看沈从文独自在一旁忙碌，有时也会劝他吸两口，但沈从文不乐意。这样与众不同的做法，当然换不来同事们的理解。他们开始讽刺沈从文想做圣贤，说他“书呆子气”。

沈从文似乎陷入一种完全孤立的境况中。

他虽然在孤立中苦闷挣扎，但没有随波逐流，去迎合周围的人，而是坚持着自己的这种书呆子气。因为他是读过几本书的，知道“面前一切的刺激和生活教育，不甘随波逐流就得讲求自救，于是近于自卫，首先应学坚持自己，来抵抗生活行为上的同化和腐蚀作用”。

沈从文自言：“我知道世界虽然尽够广大，但到任何一处没有吃的就会饿死。我等待一个新的机会。生活教育虽相当沉重，但是却并不气馁，只有更加坚强。这里实在不是个能待下去的地方，中国之大，一定还有别的什么地方比这里生存得合理一些。”

他决心要逃离这可怕环境：“……首先就得准备努力来和身边这四十八盏烟灯宣告完全决裂，重新安排生活和学习。我为人并不怎么聪敏，而且绝无什么天才，只是对学习有耐心和充满信心，深信只要不至于饿死，在任何肉体挫折和精神损害困难情形下，进行学习不会放松。”

掌控命运，无非看你是否愿意用自己的生命做赌注

1923年春，二十一岁的沈从文得了一场热病，这场热病持续了四十天。他形容当时那危急的情景：

“在高热糊涂中，任何食物不入口，头痛得像斧劈，鼻血一碗一摊地流。我支持了四十天。感谢一切过去的生活，造就我这个结实的体魄，没有被这场大病把生命取去。但危险期刚过不久，平时结实得同一只猛虎一样的老同学陆弢，为了同一个朋友争口气，泅过宽约一里的河中，却在小小疏忽中被洄流卷下淹死了。”

四天后，有人把陆弢的尸体从水面拖起，沈从文去收拾他的尸骸。对着朋友的尸体，沈从文内心久久不能平静，他没有为自己的大难不死感到庆幸，而是发出了这辈子最大的一个疑问：

“我病死或淹死或到外边去饿死，有什么不同？若前些日子病死了，连许多没有看过的东西都不能见到，许多不曾到过的地方也无从走去，真无意思。我知道见到的实在太少，应知道应见到的可太多，怎么办？

“至于个人的未来，要得到正当合理的发展，是听环境习惯支配，在这里向上爬做科长、局长、县长……还是自己来重新安排一下，到另外地方去，做一个正当公民？这类问题和个空钟一样，永远在我思想里盘旋不息。”

沈从文觉得自己应该进一个学校，去学些他不明白的问题，到些他没去过的新地方，看些听些能使他耳目一新的世界。他闷闷沉沉地痴想了整四天，然后得出一个结论：“好坏我总有一天得死去，多见几个新鲜日头，多过几个新鲜的桥，在一些危险中使尽最后一点气力，咽下最后一口气，比较在这儿病死或无意中为流弹打死，似乎应当有意思些。”

他决定向更远处走去，向外面那个生疏的世界里走去，把自己的性命押上去，赌一把看看。他要去北京读书，读书不成便做一个警察，做警察也不成那就认输，不再做别的打算了。

勿忘初心：除了信仰，你什么也没有了

1923年8月，五四运动以后的第四年，沈从文从军需处取了二十七块钱，离开了陈渠珍领导的靖国联军第一军，从湖南到汉口，从汉口到郑州，从郑州转徐州，又从徐州转天津，十九天后，提了一卷行李，出了北京前门的车站，坐了一辆排车，兜兜转转，住进了北京西河沿的一家小客店。

到京的第二天，沈从文按照通信地址，去找在北京的大姐和姐夫。姐夫问他：“你来北京，做什么的？”

沈从文天真烂漫地回答：“我来寻找理想，读点书。”

姐夫给这个一腔热血的年轻人兜头泼了一盆凉水：“你有什

么理想，怎么读书？你可知道，北京城目下就有一万大学生，毕业后无事可做，愁眉苦脸不知何以为计。大学教授薪水十折一，只三十六块钱一月，还是打拱作揖联合罢教软硬并用争来的。大小书呆子不是读死书就是读书死，哪有你在乡下做老总有出息！”

“可是我怎么做下去？六年中我眼看在脚边杀了上万无辜平民，除对被杀的和杀人的留下个愚蠢残忍印象，什么都学不到！做官的有不少聪明人，人越聪明也就越纵容愚蠢气质抬头，而自己俨然高高在上，以万物为刍狗。被杀的临死时的沉默，恰像是一种抗议：‘你杀了我肉体，我就腐烂你灵魂。’灵魂是个看不见的东西，可是它存在，它将从另外许多方面能证明存在。这种腐烂是有传染性的，于是军官就相互传染下去，越来越堕落，越变越坏。你可想得到，一个机关三百职员有百五十支烟枪，是个什么光景？我实在待不下了，才跑出来……我想来读点书，半工半读，读好书救救国家。这个国家这么下去实在要不得！”

沈从文实在厌恶过去经历的丑恶现实。如果他能好好适应那环境，也许还可以慢慢升到科长、县长、厅长的位置上去。可眼见着好的东西日益消失，坏的东西支配一切，他还是选择了离开。

听过沈从文的长篇大论后，姐夫完全明白了他的来意，他不再反对，只送了沈从文一番话——在我看来，这番话足可以送给全天下所有的年轻人听：“好，好，你来得好。人家带了弓箭药弩入山中猎取虎豹，你倒赤手空拳带了一脑子不切实际幻想入北京城做这份买卖。你这个古怪乡下人，胆气真好！凭你这点胆气，就有资格来北京城住下，学习一切经验一切了。可是我得告你，既为信仰而来，就千万不要把信仰失去！因为除了它，你什么也没有！”

沈从文就那么住下来了，摸摸身边，还剩余七块六毛钱。

他先是在一个潮湿发霉的小公寓里落脚。因为钱不多，舍不得点炉火，零下十二度的寒冬也只能靠自身的耐寒力熬过去。除了要挨冻，两三天不吃东西也是常有的。在这饥寒交迫中，沈从文开始进图书馆自行摸索，积累阅读，学习写作。

他用一支笔没日没夜地写，把所有作品寄给大大小小的报纸杂志，但毫无结果。

无望的等待中，姐夫说的话总在沈从文的心上回荡：“可千万别忘了信仰！”对于年轻而一无所有的沈从文，初来北京时的信仰，是他唯一老本了。

1924年，沈从文的处女作终于在《晨报副刊》发表，一切困顿和挫折，都在慢慢远去。

晚年的沈从文回忆起这段日子时说：“四十年前我那种生活环境，希望学文学可就实在够荒唐。若想学会吸鸦片烟，将有成百义务教师乐意为我服务。想向上爬做个知县，再讨两个姨太太，并不怎么困难就可达到目的。即希望继续在本地做个迂头迂脑的书呆子，也不太困难，只要凡事和而不同下去，就成功了。

如说打量要做个什么‘文学作家’，可就如同说要‘升天’般麻烦，因为和现实环境太不相称，开口说出来便成大家的笑话。”

青年人，随波逐流总是容易得很，但如果你偏要选择逆流而行，别忘了这句话：

“既为信仰而来，千万不要把信仰失去！因为除了它，你什么也没有！”

邓东文

PREFACE

自序

我生长在湖南西部凤凰城中，到十五岁时始离开了那个地方。在九个儿女的家庭中，我应排列到第四。

因为生长地方，为清时屯戍重镇，绿营制度到近年尚依然存在，故于过去祖父曾入军籍，做过一回镇守使，现在兄弟及父亲皆仍在军籍中做中级军官。因地方极其偏僻，与苗民杂处聚居，教育文化皆极低落，故长于其环境中的我，幼小时显出生命的那一面，是放荡与诡诈。

十二岁我曾受过关于军事的基础训练，十五岁时随军外出曾做上士。后到沅州，为一城区屠宰收税员，不久又以书记名义，随某剿匪部队在川、湘、鄂、黔四省边上过放纵野蛮生活约三年。因身体衰弱，年龄渐长，从各样生活中养成了默想与体会人生趣味的习惯；对于过去生活，有所怀疑，渐觉有努力位置自己在一陌生事业上之必要。因这憧憬的要求，糊糊涂涂地到了北京。

过北京本意是读书，但到了那地方，才知道任何处皆缺少不花钱可读书的学校，故只在北京小公寓中住下。最先写文章是在北京《晨报》的“北京”栏得到发表的机会。那里只需要一个滑稽的天分就容易办好的。第一次用一个别名写的短文，报酬为书券五角。

后得与郁达夫、林宰平、徐志摩、陈通伯等认识，发表创作于《晨报副刊》《现代评论》两刊物上面。近来小说则常登载于《小说月报》与《新月杂志》上面。六年创作生活把创作集印成为单行本小册子约有四十种。但这些作品在自己看来，皆认为仅只为像一个完全努力意义所留下的构图习作，毫无可矜持的一篇文章存在的。

现在以无所属那种个人态度，仍然继续写作。还在吴淞中国公学教了点书，年纪是二十八岁。

十九年[①]三月二日

---

① 即民国十九年，公元1930年。

CONTENTS

目录

我的故事是怎样造就

我只爱过一个正当最好年龄的人

彷徨是青年人的日常

附录一

附录二

我的故事是怎样造就

自我评述

我出生在湖南西部边远地区一个汉苗杂处的小小山城。小时因顽劣爱逃学，小学刚毕业，就被送到土著军队中当兵，在一条沅水和它的支流各城镇游荡了五年。那时正是中国最黑暗的军阀当权时代，我同士兵、农民、小手工业者以及其他形形色色社会底层人们生活在一起，亲身体会到他们悲惨的生活，亲眼看到军队砍下无辜苗民和农民的人头无数，过了五年不易设想的痛苦怕人生活，认识了中国一小角隅的好坏人事。一九二二年五四运动余波到达湘西，我受到新书报影响，苦苦思索了四天，决心要自己掌握命运，毅然离开家乡，只身来到完全陌生的北京。从此就正如我在《从文自传》中所说，进到一个永远无从毕业的学校，来学习那课永远学不尽的“人生”了。

我人来到城市五六十年，始终还是个乡下人，不习惯城市生活，苦苦怀念我家乡那条沅水和水边的人们，我感情同他们不可分。虽然也写都市生活，写城市各阶层人，但对我自己作品，我比较喜爱的还是那些描写我家乡水边人事哀乐故事，因此我被称为乡土作家。

从文自传

我所生长的地方

拿起我这支笔来，想写点我在这地面上二十年所过的日子，所见的人物，所听的声音，所嗅的气味；也就是说我真真实实所受的人生教育。首先提到一个我从那儿生长的边疆僻地小城时，实在不知道怎样来着手就较方便些。我应当照城市中人的口吻来说，这真是一个古怪地方！只由于两百年前满人治理中国土地时，为镇抚与虐杀残余苗族，派遣了一队戍卒屯丁驻扎，方有了城堡与居民。这古怪地方的成立与一切过去，有一部《苗防备览》记载了些官方文件，但那只是一部枯燥无味的官书。我想把我一篇作品[①]里所简单描绘过的那个小城，介绍到这里来。这虽然只是一个轮廓，但那地方一切情景，却浮凸起来，仿佛可用手

---

① 指作者的小说《凤子》之五“一个被地图所遗忘的地方·被历史所遗忘的一天”。

去摸触。

一个好事人，若从二百年前某种较旧一点的地图上去寻找，当可在黔北，川东，湘西，一处极偏僻的角隅上，发现了一个名为“镇筸”的小点。那里同别的小点一样，事实上应当有一个城市，在那城市中，安顿下三五千人口。不过一切城市的存在，大部分皆在交通、物产、经济活动情形下面，成为那个城市枯荣的因缘，这一个地方，却以另外一个意义无所依附而独立存在。试将那个用粗糙而坚实巨大石头砌成的圆城，作为中心，向四方展开，围绕了这边疆僻地的孤城，约有四千到五千左右的碉堡，五百以上的营汛。碉堡各用大石块堆成，位置在山顶头，随了山岭脉络蜿蜒各处走去，营汛各位置在驿路上，布置得极有秩序。这些东西在一百七十年前，是按照一种精密的计划，各保持相当距离，在周围数百里内，平均分配下来，解决了退守一隅常做蠢动的边苗叛变的。两世纪来满清的暴政，以及因这暴政而引起的反抗，血染赤了每一条官路同每一个碉堡。到如今，一切完事了，碉堡多数业已毁掉了，营汛多数成为民房了，人民已大半同化了。落日黄昏时节，站到那个巍然独在万山环绕的孤城高处，眺望那些远近残毁碉堡，还可依稀想见当时角鼓火炬传警告急的光景。这地方到今日，已因为变成另外一种军事重心，一切皆用一种迅速的姿势，在改变，在进步，同时这种进步，也就正消灭到过去一切。

凡有机会追随了屈原溯江而行那条常年澄清的沅水，向上游去的旅客和商人，若打量由陆路入黔入川，不经古夜郎国，不经永顺龙山，都应当明白“镇筸”是个可以安顿他的行李最可靠也最舒服的地方。那里土匪的名称不习惯于一般人的耳朵。兵卒纯善如平民，与人无侮无扰。农民勇敢而安分，且莫不敬神守法。商人各负担了花纱同货物，洒脱单独向深山中村庄走去，与平民做有无交易，谋取什一之利。地方统治者分数种：最上为天神，其次为官，又其次才为村长同执行巫术的神的侍奉者。人人洁身信神，守法爱官。每家俱有兵役，可按月各自到营上领取一点银子，一份米粮，且可从官家领取二百年前被政府所没收的公田耕耨播种。城中人每年各按照家中有无，到天王庙去杀猪，宰羊，磔狗，献鸡，献鱼，求神保佑五谷的繁殖，六畜的兴旺，儿女的长成，以及做疾病婚丧的禳解。人人皆很高兴担负官府所分派的捐款，又自动地捐钱与庙祝或单独执行巫术者。一切事保持一种淳朴习惯，遵从古礼；春秋二季农事起始与结束时，照例有年老人向各处人家敛钱，给社稷神唱木傀儡戏。旱暵祈雨，便有小孩子共同抬了活狗，带上柳条，或扎成草龙，各处走去。春天常有春官，穿黄衣各处念农事歌词。岁暮年末居民便装饰红衣傩神于家中正屋，捶大鼓如雷鸣，苗巫穿鲜红如血衣服，吹镂银牛角，拿铜刀，踊跃歌舞娱神。城中的住民，多当时派遣移来的戍卒屯丁，此外则有江西人在此卖布，福建人在此卖烟，广东人在此卖药。地方由少数读书人与多数军官，在政治上与婚姻上两面的结合，产生一个上层阶级，这阶级一方面用一种保守稳健的政策，长时期管理政治，一方面支配了大部分属于私有的土地；而这阶级的来源，却又仍然出于当年的戍卒屯丁。地方城外山坡上产桐树杉树，矿坑中有朱砂水银，松林里生菌子，山洞中多硝。城乡全不缺少勇敢忠诚适于理想的兵士，与温柔耐劳适于家庭的妇人。在军校阶级厨房中，出异常可口的菜饭，在伐树砍柴人口中，出热情优美的歌声。

地方东南四十里接近大河，一道河流肥沃了平衍的两岸，多米，多橘柚。西北二十里后，即已渐入高原，近抵苗乡，万山重叠，大小重叠的山中，大杉树以长年深绿逼人的颜色，蔓延各处。一道小河从高山绝涧中流出，汇集了万山细流，沿了两岸有杉树林的河沟奔驰而过，农民各就河边编缚竹子做成水车，引河中流水，灌溉高处的山田。河水长年清澈，其中多鳜鱼、鲫鱼、鲤鱼，大的比人脚板还大。河岸上那些人家里，常常可以见到白脸长身见人善做媚笑的女子。小河水流环绕“镇筸”北城下驶，到一百七十里后方汇入辰河，直抵洞庭。

这地方又名凤凰厅，到民国后便改成了县治，名凤凰县。辛亥革命后，湘西镇守使与辰沅道皆驻节在此地。地方居民不过五六千，驻防各处的正规兵士却有七千。由于环境的不同，直到现在其地绿营兵役制度尚保存不废，为中国绿营军制唯一残留之物。

我就生长到这样一个小城里，将近十五岁时方离开。出门两年半回过那小城一次以后，直到现在为止，那城门我还不再进去过。但那地方我是熟习的。现在还有许多人生活在那个城市里，我却常常生活在那个小城过去给我的印象里。

我的家庭

咸同之季，中国近代史极可注意之一页，曾左胡彭[①]所领带的湘军部队中，篁军有个相当的位置。统率篁军转战各处的是一群青年将校，最著名的为田兴恕。当时同伴数人，年在二十以内，同时得到满清提督衔的仿佛有四位，其中有一沈洪富[②]，便是我的祖父。这青年军官二十二岁左右时，便曾做过一度云南昭通镇守使。同治二年又做过贵州总督，到后因创伤回到家中，终于便在家中死掉了。这青年军官死去时，所留下的一份光荣与一份产业，使他后嗣在本地方占了一个优越的地位。

就由于存在本地军人口中那一份光荣，引起了后人对军人家世的骄傲，我的父亲生下地时，祖母所期望的事，是家中再来一

---

① 指曾国藩、左宗棠、胡林翼、彭玉麟，都是湘军领袖。

② 应为沈宏富，下文说他任贵州总督，有误，应是贵州提督，官阶从一品。

个将军。家中所期望的并不曾失望，自体魄与气度两方面说来，我爸爸生来就不缺少一个将军的风仪。硕大，结实，豪放，爽直，一个将军所必需的种种本色，爸爸无不兼备。爸爸十岁左右时，家中就为他请了武术教师同老塾师，学习做将军所不可少的技术与学识。但爸爸还不曾成名以前，我的祖母却死去了。那时正是庚子联军入京的第三年。当庚子年大沽失守，镇守大沽的罗提督自尽殉职时，我的爸爸便正在那里做他身边一员裨将。那次战争据说毁去了我家中产业的一大半。由于爸爸的爱好，家中一些较值钱的宝货常放在他身边，这一来便完全失掉了。战事既已不可收拾，北京失陷后，爸爸回到了家乡。第三年祖母死去。祖母死时我刚活到这世界上四个月。那时我头上已经有两个姐姐，一个哥哥。没有庚子的拳乱，我爸爸不会回来，我也不会存在。关于祖母的死，我仿佛还依稀记得我被谁抱着在一个白色人堆里转动，随后还被搁到一个桌子上去。我家中自从祖母死后十余年内不曾死去一人，若不是我在两岁以后做梦，这点影子便应当是那时唯一的记忆。

我的兄弟姊妹共九个，我排行第四，除去幼年殇去的姊妹，现在生存的还有五个，计兄弟姊妹各一，我应当在第三。

我的母亲姓黄，年纪极小时就随同我一个舅父在军营中生活，所见事情很多，所读的书也似乎较爸爸读得稍多。我等兄弟姊妹的初步教育，便全是这个瘦小、机警、富于胆气与常识的母亲担负的。我的教育得于母亲的不少，她告我认字，告我认识药名，告我决断，做男子极不可少的决断。我的气度得于父亲影响的较少，得于妈妈的也较多。

我读一本小书同时又读一本大书

我能正确记忆到我小时的一切，大约在两岁左右。我从小到四岁左右，始终健全肥壮如一只小豚。四岁时母亲一面告给我认方字，外祖母一面便给我糖吃，到认完六百生字时，腹中生了蛔虫，弄得黄瘦异常，只得每天用草药蒸鸡肝当饭。那时节我即已跟随了两个姊姊，到一个女先生处上学。那人既是我的亲戚，我年龄又那么小，过那边去念书，坐在书桌边读书的时节较少，坐在她膝上玩的时间或者较多。

到六岁时我的弟弟方两岁，两人同时出了疹子，时正六月，日夜皆在吓人高热中受苦，又不能躺下睡觉，一躺下就咳嗽发喘，又不要人抱，抱时全身难受，我还记得我同我那弟弟两人当时皆用竹簟卷好，同春卷一样，竖立在屋中阴凉处。家中人当时业已为我们预备了两具小小棺木，搁在院中廊下，但十分幸运，两人到后居然全好了。我的弟弟病后雇请了一个壮实高大的苗妇人照料，照料得法，他便壮大异常。我因此一病，却完全改了样子，从此不再与肥胖为缘了。

六岁时我已单独上了私塾。如一般风气，凡是私塾中给予小孩子的虐待，我照样也得到了一份。但初上学时我因为在家中业已认字不少，记忆力从小又似乎特别好，故比较其余小孩，可谓十分幸福。第二年后换了一个私塾，在这私塾中我跟从了几个较大的学生，学会了顽劣孩子抵抗顽固塾师的方法，逃避那些书本去同一切自然相亲近。这一年的生活形成了我一生性格与感情的基础。我间或逃学，且一再说谎，掩饰我逃学应受的处罚。我的爸爸因这件事十分愤怒，有一次竟说若再逃学说谎，便当实行砍去我一个手指。我仍然不为这话所恐吓，机会一来时总不把逃学的机会轻轻放过。当我学会了用自己眼睛看世界一切，到一切生活中去生活时，学校对于我便已毫无兴味可言了。

我爸爸平时本极爱我，我曾经有一时还做过我那一家的中心人物。稍稍害点病时，一家人便光着眼睛不即睡眠，在床边服侍我，当我要谁抱时谁就伸出手来。家中那时经济情形很好，我在物质方面所享受到的，比起一般亲戚小孩似乎皆好得多。我的爸爸既一面只做将军的好梦，一面对于我却怀了更大的希望。他仿佛早就看出我不是个军人，不希望我做将军，却告给我祖父的许多勇敢光荣的故事，以及他庚子年间所得的一份经验。他以为我不拘做什么事，总之应比做个将军高些。第一个赞美我明慧的就是我的爸爸，可是当他发现了我成天从塾中逃出到太阳底下同一群小流氓游荡，任何方法都不能拘束这颗小小的心，且不能禁止我狡猾地说谎时，我的行为实在伤了这个军人的心。同时那小我四岁的弟弟，因为看护他的苗妇人照料十分得法，身体养育得强壮异常，年龄虽小，便显得气派宏大，凝静结实，且极自尊自爱，故家中人对我感到失望时，对他便异常关切起来。这小孩子到后来也并不辜负家中人的期望，二十二岁时便做了步兵上校。至于我那个爸爸，却在蒙古、东北、西藏各处军队中混过，民国二十年时还只是一个上校，把将军希望留在弟弟身上，在家乡从一种极轻微的疾病中便瞑目了。

我有了外面的自由，对于家中的爱护反觉处处受了牵制，因此家中人疏忽了我的生活时，反而似乎使我方便了一些。领导我逃出学塾，尽我到日光下去认识这大千世界微妙的光，稀奇的色，以及万汇百物的动静，这人是我一个张姓表哥。他开始带我到他家中橘柚园中去玩，到各处山上去玩，到各种野孩子堆里去玩，到水边去玩。他教我说谎，用一种谎话对付家中，又用另一种谎话对付学塾，引诱我跟他各处跑去。即或不逃学，学塾为了担心学童下河洗澡，每度中午散学时，照例必在每人手心中用朱笔写一大字，我们尚依然能够一手高举，把身体泡到河水中玩个半天，这方法也亏那表哥想出的。我感情流动而不凝固，一派清波给予我的影响实在不小。我幼小时较美丽的生活，大部分都与水不能分离。我的学校可以说是在水边的。我认识美，学会思索，水对我有极大的关系。我最初与水接近，便是那荒唐表哥领带的。

现在说来，我在做孩子的时代，原本也不是个全不知自重的小孩子。我并不愚蠢。当时在一班表兄弟中和弟兄中，似乎只有我那个哥哥比我聪明，我却比其他一切孩子解事。但自从那表哥教会我逃学后，我便成为毫不自重的人了。在各样教训各样方法管束下，我不欢喜读书的性情，从塾师方面，从家庭方面，从亲戚方面，莫不对于我感觉得无多希望。我的长处到那时只是种种的说谎。我非从学塾逃到外面空气下不可，逃学过后只得逃避处罚，我最先所学，同时拿来致用的，也就是根据各种经验来制作各种谎话。我的心总得为一种新鲜声音，新鲜颜色，新鲜气味而跳。我得认识本人生活以外的生活。我的智慧应当从直接生活上得来，却不需从一本好书一句好话上学来。似乎就只这样一个原因，我在学塾中，逃学纪录点数，在当时便比任何一人都高。

离开私塾转入新式小学时，我学的总是学校以外的，到我出外自食其力时，我又不曾在我职务上学好过什么。二十年后我“不安于当前事务，却倾心于现世光色，对于一切成例与观念皆十分怀疑，却常常为人生远景而凝眸”，这份性格的形成，便应当溯源于小时在私塾中的逃学习惯。

自从逃学成为习惯后，我除了想方设法逃学，什么也不再关心。

有时天气坏一点，不便出城上山里去玩，逃了学没有什么去处，我就一个人走到城外庙里去，那些庙里总常常有人在殿前廊下绞绳子，织竹簟，做香，我就看他们做事。有人下棋，我看下棋。有人打拳，我看打拳。甚至于相骂，我也看着，看他们如何骂来骂去，如何结果。因为自己既逃学，走到的地方必不能有熟人，所到的必是较远的庙里。到了那里，既无一个熟人，因此什么事皆只好用耳朵去听，眼睛去看，直到看无可看听无可听时，我便应当设计打量我怎么回家去的方法了。

来去学校我得拿一个书篮。逃学时还把书篮挂到手肘上，这就未免太蠢了一点。凡这么办的可以说是不聪明的孩子。许多这种小孩子，因为逃学到各处去，人家一见就认得出，上年纪一点的人见到时就会说：逃学的人，你赶快跑回家挨打去，不要在这里玩。若无书篮可不必受这种教训。因此我们就想出了一个方法，把书篮寄存到一个土地庙里去，那地方无一个人看管，但谁也用不着担心他的书篮。小孩子对于土地神全不缺少必须的敬畏，都信托这木偶，把书篮好好地藏到神座龛子里去，常常同时有五个或八个，到时却各人把各人的拿走，谁也不会乱动旁人的东西。我把书篮放到那地方去，次数是不能记忆了的，照我想来，搁得最多的必定是我。

逃学失败被家中学校任何一方面发觉时，两方面总得各挨一顿打，在学校得自己把板凳搬到孔夫子牌位前，伏在上面受笞。处罚过后还要对孔夫子牌位作一揖，表示忏悔。有时又常常罚跪至一根香时间。我一面被处罚跪在房中的一隅，一面便记着各种事情，想象恰如生了一对翅膀，凭经验飞到各样动人事物上去。按照天气寒暖，想到河中的鳜鱼被钓起离水以后拨刺的情形，想到天上飞满风筝的情形，想到空山中歌呼的黄鹂，想到树木上累累的果实。由于最容易神往到种种屋外东西上去，反而常把处罚的痛苦忘掉，处罚的时间忘掉，直到被唤起以后为止，我就从不曾在被处罚中感觉过小小冤屈。那不是冤屈。我应感谢那种处罚，使我无法同自然接近时，给我一个练习想象的机会。

家中对这件事自然照例不大明白情形，以为只是教师方面太宽的过失，因此又为我换一个教师。我当然不能在这些变动上有什么异议。现在说来我倒又得感谢我的家中，因为先前那个学校比较近些，虽常常绕道上学，终不是个办法，且因绕道过远，把时间耽误太久时，无可托词。现在的学校可真很远很远了，不必包绕偏街，我便应当经过许多有趣味的地方了。从我家中到那个新的学塾里去时，路上我可看到针铺门前永远必有一个老人戴了极大的眼镜，低下头来在那里磨针。又可看到一个伞铺，大门敞开，做伞时十几个学徒一起工作，尽人欣赏。又有皮靴店，大胖子皮匠天热时总腆出一个大而黑的肚皮（上面有一撮毛！），用夹板上鞋。又有剃头铺，任何时节总有人手托一个小小木盘，呆呆地在那里尽剃头师傅刮头。又可看到一家染坊，有强壮多力的苗人，踹在凹形石碾上面，站得高高的，偏左偏右地摇荡。又有三家苗人打豆腐的作坊，小腰白齿头包花帕的苗妇人，时时刻刻口上都轻声唱歌，一面引逗缚在身背后包单里的小苗人，一面用放光的铜勺舀取豆浆。我还必须经过一个豆粉作坊，远远地就可听到骡子推磨隆隆的声音，屋顶棚架上晾满白粉条。我还得经过一些屠户肉案桌，可看到那些新鲜猪肉砍碎时尚在跳动不止。我还得经过一家扎冥器出租花轿的铺子，有白面无常鬼，蓝面魔鬼，鱼龙，轿子，金童玉女，每天且可以从他那里看出有多少人接亲，有多少冥器，那些定做的作品又成就了多少，换了些什么式样，并且还常常停顿一两分钟，看他们贴金，敷粉，涂色。

我就欢喜看那些东西，一面看一面明白了许多事情。

每天上学时，照例手肘上挂了那个竹篮，里面放两本破书，在家中虽不敢不穿鞋，可是一出了大门，即刻就把鞋脱下拿到手上，赤脚向学校走去。不管如何，时间照例是有多余的，因此我总得绕一节路玩玩。若从西城走去，在那边就可看到牢狱，大清早若干人从那方面戴了脚镣从牢中出来，派过衙门去挖土。若从杀人处走过，昨天杀的人还不收尸，一定已被野狗把尸首咋碎或拖到小溪中去了，就走过去看看那个糜碎了的尸体，或拾起一块小小石头，在那个污秽的头颅上敲打一下，或用一木棍去戳戳，看看会动不动。若还有野狗在那里争夺，就预先拾了许多石头放在书篮里，随手一一向野狗抛掷，不再过去，只远远地看看，就走开了。

既然到了溪边，有时候溪中涨了小小的水，就把裤管高卷，书篮顶在头上，一只手扶书篮一只手照料裤子，在沿了城根流去的溪水中走去，直到水深齐膝处为止。学校在北门，我出的是西门，又进南门，再绕从城里大街一直走去。在南门河滩方面我还可以看一阵杀牛，机会好时恰好正看到那老实可怜畜生放倒的情形。因为每天可以看一点点，杀牛的手续同牛内脏的位置不久也就被我完全弄清楚了。再过去一点就是边街，有织簟子的铺子，每天任何时节皆有几个老人坐在门前用厚背的钢刀破篾，有两个小孩子蹲在地上织簟子（这种事情在学校门边也有，我对于这一行手艺，所明白的种种，现在说来似乎比写字还在行）。又有铁匠铺，制铁炉同风箱皆占据屋中，大门永远敞开着，时间即或再早一些，也可以看到一个小孩子两只手拉着风箱横柄，把整个身子的分量前倾后倒，风箱于是就连续发出一种吼声，火炉上便放出一股臭烟同红光。待到把赤红的热铁拉出搁放到铁砧上时，这个小东西，赶忙舞动细柄铁锤，把铁锤从身背后扬起，在身面前落下，火花四溅地一下一下打着。有时打的是一把刀，有时打的是一件农具，有时看到的又是用一把凿子在未淬水的刀上起去铁皮，有时又是把一条薄薄的钢片嵌进熟铁里去。日子一多，关于任何一件机器的制造秩序我也不会弄错了。边街又有小饭铺，门前有个大竹筒，插满了用竹子削成的筷子，有干鱼同酸菜，用钵头装满放在门前柜台上，引诱主顾上门，意思好像是说："吃我，随便吃我，好吃！"每次我总仔细看看，真所谓过屠门而大嚼。

我最欢喜天上落雨，一落了小雨，若脚下穿的是布鞋，即或天气正当十冬腊月，我也可以用恐怕湿却鞋袜为辞，有理由即刻脱下鞋袜赤脚在街上走路。但最使人开心事，还是落过大雨以后，街上许多地方已被水所浸没，许多地方阴沟中涌出水来，在这些地方照例常常有人不能过身，我却赤着两脚故意向深水中走去。若河中涨了点水，照例上游会漂流的有木头、家具、南瓜同其他东西，就赶快到横跨大河的桥上去看热闹。桥上必已经有人用长绳系了自己的腰身，在桥头上待着，注目水中，有所等待，看到有一段大木或一件值得下水的东西浮来时，就踊身一跃，骑到那树上，或傍近物边，把绳子缚定，自己便快快地向下游岸边泅去。另外几个在岸边的人把水中人援助上岸后，就把绳子拉着，或缠绕到大石上大树上去，于是第二次又有第二人来在桥头上等候。我欢喜看人在洄水里扳罾，巴掌大的活鱼在网中蹦跳。一涨了水照例也就可以看这种有趣味的事情。照家中规矩，一落雨就得穿上钉鞋，我可真不愿意穿那种笨重钉鞋。虽然在半夜时有人从街巷里过身，钉鞋声音实在好听，大白天对于钉鞋我依然毫无兴味。

若在四月落了点小雨，山地里、田塍上各处皆是蟋蟀声音，真使人心花怒放。在这些时节，我便觉得学校真没有意思，简直坐不住，总得想方设法逃学上山去捉蟋蟀。有时没有什么东西安置这小东西，就走到那里去，把第一只捉到手后又捉第二只，两只手各有一只后，就听第三只。本地蟋蟀原分春秋二季，春季的多在田间泥里草里，秋季的多在人家附近石罅里瓦砾中，如今既然这东西只在泥层里，故即或两只手心各有一匹小东西后，我总还可以想方设法把第三只从泥土中赶出，看看若比较手中的大些，即开释了手中所有，捕捉新的，如此轮流换去，一整天方捉回两只小虫。城头上有白色炊烟，街巷里有摇铃销卖煤油的声音，当下午三点左右时，赶忙走到一个刻花板的老木匠那里去，很兴奋地同那木匠说：

“师傅师傅，今天可提了大王来了！”

那木匠便故意装成无动于衷的神气，仍然坐在高凳上玩他的车盘，正眼也不看我地说：“不成，要打打得赌点输赢！”

我说：“输了替你磨刀成不成？”

“嗨，够了，我不要你磨刀，上次磨凿子还磨坏了我的家伙！”

这不是冤枉我的一句话，我上次的确磨坏了他的一把凿子。不好意思再说磨刀了，我说：

“师傅，那这样办法，你借给我一个瓦盆子，让我自己来试试这两只谁能干些好不好？”我说这话时真怪和气，为的是他以逸待劳，不允许我还是无办法。

那木匠想了想，好像莫可奈何的样子：“借盆子得把战败的一只给我，算作租钱。”

我满口答应：“那成那成。”

于是他方离开车盘，很慷慨地借给我一个泥罐子，顷刻之间我也就只剩下一只蟋蟀了。这木匠看看我捉来的虫还不坏，必向我提议：“我们来比比，你赢了，我借你这泥罐一天；你输了，你把这蟋蟀输给我：办法公平不公平？”我正需要那么一个办法，连说公平公平，于是这木匠进去了一会儿，拿出一只蟋蟀来同我一斗，不消说，三五回合我的自然又败了。他用的蟋蟀照例却常常是我前一天输给他的。那木匠看看我有点颓丧，明白我认识那匹小东西，担心我生气时一摔，一面赶忙收拾盆罐，一面带着鼓励我神气笑笑地说：

“老弟，老弟，明天再来，明天再来！你应当捉好的来，走远一点。明天来，明天来！”

我什么话也不说，微笑着，出了木匠的大门，回家了。

这样一整天在为雨水泡软的田塍上乱跑，回家时常常全身是泥，家中当然一望而知，于是不必多说，沿老例跪一根香，罚关在空房子里，不许哭，不许吃饭。等一会儿我自然可以从姊姊方面得到充饥的东西，悄悄地把东西吃下以后，我也疲倦了，因此空房中即或再冷一点，老鼠来去很多，一会儿就睡着，再也不知道如何上床的事了。

即或在家中那么受折磨，到学校去时又免不了补挨一顿板子，我还是在想逃学时就逃学，绝不为经验所恐吓。

有时逃学又只是到山上去偷人家园地里的李子、枇杷，主人拿着长长的竹竿子大骂着追来时，就飞奔而逃，逃到远处一面吃那个赃物，一面还唱山歌气那主人。总而言之，人虽小小的，两只脚跑得很快，什么茨棚里钻去也不在乎，要捉我可捉不到，就认为这种事很有趣味。

可是只要我不逃学，在学校里我是不至于像其他那些人受处罚的。我从不用心念书，但我从不在应当背诵时节无法对付。许多书总是临时来读十遍八遍，背诵时节却居然朗朗上口，一字不遗。也似乎就由于这份小小聪明，学校把我同一般人的待遇，更使我轻视学校。家中不了解我为什么不想上进，不好好地利用自己聪明用功，我不了解家中为什么只要我读书，不让我玩。我自己总以为读书太容易了点，把认得的字记记那不算什么稀奇。最稀奇处应当是另外那些人，在他那份习惯下所做的一切事情。为什么骡子推磨时得把眼睛遮上？为什么刀得烧红时在水里一淬方能坚硬？为什么雕佛像的会把木头雕成人形，所贴的金那么薄又用什么方法做成？为什么小铜匠会在一块铜板上钻那么一个圆眼，刻花时刻得整整齐齐？这些古怪事情太多了。

我生活中充满了疑问，都得我自己去找寻答解。我要知道的太多，所知道的又太少，有时便有点发愁。就为的是白日里太野，各处去看，各处去听，还各处去嗅闻：死蛇的气味，腐草的气味，屠户身上的气味，烧碗处土窑被雨以后放出的气味，要我说来虽当时无法用言语去形容，要我辨别却十分容易。蝙蝠的声音，一只黄牛当屠户把刀割进它喉中时叹息的声音，藏在田塍土穴中大黄喉蛇的鸣声，黑暗中鱼在水面拨剌的微声，全因到耳边时分量不同，我也记得那么清清楚楚。因此回到家里时，夜间我便做出无数稀奇古怪的梦。这些梦直到将近二十年后的如今，还常常使我在半夜里无法安眠，既把我带回到那个“过去”的空虚里去，也把我带往空幻的宇宙里去。

在我面前的世界已够宽广了，但我似乎就还得一个更宽广的世界。我得用这方面弄到的知识证明那方面的疑问。我得从比较中知道谁好谁坏。我得看许多业已由于好询问别人，以及好自己幻想，所感觉到的世界上的新鲜事情，新鲜东西。结果能逃学我逃学，不能逃学我就只好做梦。

照地方风气说来，一个小孩子野一点的照例也必须强悍一点，因此各处方能跑去。各处跑去皆随时会有一样东西在无意中扑到你身边来，或是一只凶恶的狗，或是一个顽劣的人。无法抵抗这点袭击，就不容易各处自由放荡。一个野一点的孩子，即或身边不必时时刻刻带一把小刀，也总得带一削光的竹块，好好地插到裤带上；遇机会到时，就取出来当作军器，尤其是到一个离家较远的地方去看木傀儡戏，不准备厮杀一场简直不成。你能干点，单身往各处去，有人挑战时还只是一人近你身边来恶斗，若包围到你身边的顽童人数极多，你还可挑选同你精力不大相差的一人；你不妨指定其中之一个说：

“要打吗？你来。我同你来。”

到时也只那一个人拢来，被他打倒，你活该，只好伏在地上尽他压着痛打一顿。你打倒了他，他活该，你把他揍够后你当时可以自由走去，谁也不会追你，只不过说句“下次再来”罢了。

可是你根本上若就十分怯弱？即或结伴同行，到什么地方去时，也会有人特意挑出你来殴斗，应战你得吃亏，不答应你得被仇人与同伴两方面奚落，顶不经济。

感谢我那爸爸给了我一份勇气，人虽小，到什么地方去我总不吓怕。到被人围上必须打架时，我能挑出那些同我不差多少的人来，我的敏捷同机智，总常常占点上风。有时气运不佳，无意中被人摔倒，我还会有方法翻身过来压到别人身上去。在这件事上我只吃过一次亏，不是一个小孩，却是一只恶狗，把我攻倒后，咬伤了我一只手。我走到任何地方去皆不怕谁，同时又换了好些私塾，各处皆有些同学，并且互相皆逃过学，便有无数朋友，因此也不会同人打架了。可是自从被那只恶狗攻过一次以后，到如今我却依然十分怕狗。

至于我那地方的大人，用单刀在大街上决斗本不算回事。事情发生时，那些有小孩子在街上玩的母亲，也不过说：“小杂种，站远一点，不要太近！”嘱咐小孩子稍稍站开点罢了。但本地军人互相砍杀虽不出奇，行刺暗算却不作兴。这类善于殴斗的人物，在当地另成一组，豁达大度，谦卑接物，为友报仇，爱义好施，且多非常孝顺。但这类人物为时代所陶冶，到民五[1]以后也就渐渐消灭了，虽有些青年军官还保存那点风格，风格中最重要的一点洒脱处，却为了军纪一类影响，大不如前辈了。

我有三个堂叔叔，皆住在城南乡下，离城四十里左右。那地方名黄罗寨，出强悍的人同猛鸷的兽，我爸爸三岁时在那里差一点险被老虎咬去，我四岁左右，到那里第一天，就看见乡下人抬了一只死虎进城，给我留下极深刻的印象。

我还有一个表哥，住在城北十里地名长宁哨的乡下，从那里再过十里便是苗乡。表哥是一个紫色脸膛的人，一个守碉堡的战兵。我四岁时被他带到乡下去过了三天，二十年后还记得那个小小城堡黄昏来时鼓角的声音。

这战兵在苗乡有点势力，很能喊叫一些苗人。每次来城时，必为我带一只小鸡或一点别的东西。一来为我说苗人故事，临走时我总不让他走。我欢喜他，觉得他比乡下叔父有趣。

辛亥革命的一课

有一天我那表哥又从乡下来了，见了他使我非常快乐。我问他那些水车，那些碾坊，又问他许多我在乡下所熟习的东西。可

---

① 即民国五年，公元1916年。

是我不明白，这次他竟不大理我，不大同我亲热。他只成天出去买白带子，自己买了许多不算，还托我四叔买了许多。家中搁下两担白带子，还说不大够用。他同我爸爸又商量了很多事情，我虽听到却不很懂是什么意思。其中一件便是把三弟同大哥派阿妍[①]送进苗乡去，把我大姊、二姊送过表哥乡下那山洞里去。爸爸即刻就遵照表哥的计划办去，母亲当时似乎也承认这么办较安全方便。在一种迅速处置下，四人当天离开家中同表哥上了路。表哥去时挑了一担白带子，我疑心他想开一个铺子，方用得着这样多带子。

当表哥一行人众动身时，爸爸问表哥："明夜来不来？"那一个就回答说："不来，怎么成事？我的事还多得很！"

我知道表哥的许多事中，一定有一件事是为我带那匹花公鸡，那是他早先答应过我的。因此就插口说：

"你来，可别忘记答应我那个东西！"

当我两个姊姊一个哥哥一个弟弟同那苗妇人躲进苗乡时，我爸爸问我：

"你怎么样？跟阿妍进苗乡去，还是跟我在城里？"

"什么地方热闹些？"我意思只是向热闹处走。

"不要这样问，我明白你的意思，你要在城里看热闹，就留

① 苗语，"大姐"的意思。

下来莫过苗乡吧。”

听说同我爸爸留在城里，我真欢喜。我记得分分明明，第二天晚上，叔父红着脸在灯光下磨刀的情形，真十分有趣。一时走过仓库边看叔父磨刀，一时又走到书房去看我爸爸擦枪。家中人既走了不少，忽然显得空阔许多，我平时似乎胆量很小，到这天也不知道吓怕了。我不明白行将发生什么事情，但却知道有一件很重要的新事快要发生。我满屋各处走去，又傍近爸爸听他们说话，他们每个人脸色都不同往常安详，每人说话皆结结巴巴。几个人一面检查枪支，一面又常常互相来一个莫名其妙的微笑，我也就跟着他们微笑。

我看到他们在日光下做事，又看到他们在灯光下商量，那长身叔父一会儿跑出门去，一会儿又跑回来悄悄地说一阵，我装作不注意的神气，算计到他出门的次数。这一天他一共出门九次，到最后一次出门时，我跟他身后走出到屋廊下，我说：

“四叔，怎么的，你们是不是预备杀仗？”

“咄，你这小东西，还不去睡，回头要猫儿吃你。”

于是我便被一个丫头拖到上边屋里去，把头伏到母亲腿上，一会儿就睡了。

这一夜中城里城外发生的事我全不清楚。等到我照常醒来时，只见全家中各个人皆脸儿白白的，在那里悄悄地说些什么。大家问我昨夜听到什么没有，我只是摇头。我家中似乎少了几个人，数了一下，几个叔叔全不见了，男的只我爸爸一个人，坐在他那唯一专利的太师椅上，低下头来一句话不说。我记起了杀仗的事情，我问他：

“爸爸，爸爸，你究竟杀过仗了没有？”

“小东西，莫乱说，夜来我们杀败了！全军人马覆灭，死了几千人！”

正说着，高个儿叔父从外面回来了，满头是汗，结结巴巴地说：衙门从城边已经抬回了四百一十个人头，一大串耳朵，七架云梯，一些刀，一些别的东西。对河还杀得更多，烧了七处房子，现在还不许上城去看。

爸爸听说有四百个人头，就向叔父说：

“你快去看看，躲韩在里边没有。赶快去，赶快去。”

躲韩就是我那黑而且胖的表兄，我明白他昨天晚上也在城外杀仗后，心中十分关切。听说衙门口有那么多人头，还有一大串人耳朵，正与我爸爸平时为我说到的杀长毛故事相合，我又欢乐又吓怕，兴奋得脸白白的，简直不知道怎么办。洗过了脸，我方走出房门，看看天气阴阴的，像要落雨的神气，一切皆很黯淡。街口平常照例可以听到卖糕人的声音，以及各种别的叫卖声音，今天却异常清静，似乎过年一样。我想得到一个机会出去看看，我最关心的是那些我从不曾摸过的人头。一会儿，我的机会便来了，长身四叔跑回来告我爸爸，人头里没有躲韩的头。且说衙门口人多着，街上铺子皆奉令开了门，张家老爷也上街看热闹了。因此我爸爸便问我：

“小东西，怕不怕人头，不怕就同我出去。”

“不，我想看看人头。”

于是我就在道尹衙门口平地上看到了一大堆肮脏血污人头，还有衙门口鹿角上，辕门上，也无处不是人头。从城边取回的几架云梯，全用新竹子做成（就是把这新从山中砍来的竹子，横横地贯了许多木棍）。云梯木棍上也悬挂许多人头，看到这些东西我实在稀奇，我不明白为什么要杀那么多人。我不明白这些人因什么事就被把头割下。我随后又发现了那一串耳朵，那么一串东西，一生真再也不容易见到过的古怪东西！叔父问我：“小东西，你怕不怕？”我回答得极好，我说：“不怕。”我听了多少杀仗的故事，总说是“人头如山，血流成河”，看戏时也总据说是“千军万马分个胜败”，却除了从戏台上间或演秦琼哭头时可看到一个木人头放在朱红盘子里，此外就不曾看到过一次真的杀仗砍下什么人头。现在却有那么一大堆血淋淋的从人颈脖上砍下的东西。我并不怕，可不明白为什么这些人就让兵士砍他们，有点疑心，以为这一定有了错误。

为什么他们被砍，砍他们的人又为什么？心中许多疑问，回到家中时问爸爸，爸爸只说这是“造反”，也不能给我一个满意的答复。我当时以为爸爸那么伟大的人，天上地下知道不知多少事，居然也不明白这件事，倒真觉得奇怪。到现在我才明白这事永远在世界上不缺少，可是谁也不能够给小孩子一个最得体的回答。

这革命原是城中绅士早已知道，用来对付两个衙门，同那些外路商人，攻城以前先就约好了的。但临时却因军队方面谈的条件不妥误了大事。

革命算已失败了，杀戮还只是刚在开始。城防军把防务布置周密妥当后，就分头派兵下乡去捉人，捉来的人只问问一句两句话，就牵出城外去砍掉。平常杀人照例应当在西门外，现在造反的人既从北门来，因此应杀的人也就放在北门河滩上杀戮。当初每天必杀一百左右，每次杀五十个人时，行刑兵士还只是二十，看热闹的也不过三十左右。有时衣也不剥，绳子也不捆缚，就那么跟着赶去的。常常听说有被杀的站得稍远一点，兵士以为是看热闹的人就忘掉走去。被杀的差不多全从乡下捉来，糊糊涂涂不知道是些什么事。因此还有一直到了河滩被人吼着跪下时，方明白行将有什么新事，方大声哭喊惊惶乱跑，刽子手随即赶上前去那么一阵乱刀砍翻的。

这愚蠢的杀戮继续了约一个月，方渐渐减少下来。或者因为天气既很严冷，不必担心到它的腐烂，埋不及时就不埋，或者又因为还另外有一种示众意思，河滩的尸首总常常躺下四五百。

到后人太多了，仿佛凡是西北苗乡捉来的人皆得杀头。衙门方面把文书禀告到抚台时，大致说的就是苗人造反，因此照规矩还得剿平这一片地面上的人民。捉来的人一多，被杀的头脑简单异常，无法自脱，但杀人那一方面却似乎有点寒了心。几个本地有力的绅士，也就是暗地里同城外人讲通却不为官方知道的人，便一同向宪台请求有一个限制，经过一番选择，该杀的杀，该放的放。每天捉来的人既有一百两百，差不多全是无辜的农民，既不能全部开释，也不忍全部杀头，因此选择的手续，便委托了本地人民所敬信的天王，把犯人牵到天王庙大殿前，在神前掷竹筊，一仰一覆的顺筊，开释，双仰的阳筊，开释，双覆的阴筊，杀头。生死取决于一掷，应死的自己向左走去，该活的自己向右走去。一个人在一份赌博上既占去便宜三分之二①，因此应死的谁也不说话，就低下头走去。

我那时已经可以自由出门，一有机会就常常到城头上去看对河杀头，每当人已杀过赶不及看那一砍时，便与其他小孩比赛眼力，一二三四屈指计数那一片死尸的数目，或者又跟随了犯人，到天王庙看他们掷筊。看那些乡下人，如何闭了眼睛把手中一副竹筊用力抛去，有些人到已应当开释时还不敢睁开眼睛。又看着些虽应死去还想念到家中小孩与小牛猪羊的，那份颓丧那份对神

① 1980年作者注："这里原文是'三分之二'，我的好友数学家钟开莱先生说，根据概率论的道理，实际有四分之三的机会开释，建议我改过来。"

埋怨的神情，真使我永远忘不了。

我刚好知道“人生”时，我知道的原来就是这些事情。

第二年三月本地革命成功了，各处悬上白旗，写个“汉”字，算是对革命军投了降，革命反正的兵士结队成排在街上巡游，镇守使、道尹、知县已表示愿意走路，地方一切皆由绅士出面来维持，我爸爸便即刻成为当地要人了。

那时节我哥哥、弟弟同两个姊姊，全从苗乡接回来了。家中无数军人来来往往：院子中坐满了人。在一群陌生人中，我发现了那个紫黑脸膛的表哥。他并没有死去，背了一把单刀，朱红牛皮的刀鞘上描着黄金色双龙抢宝的花纹。他正在同别人说那一夜走近城边的情形。我悄悄地告诉他：“我过天王庙看犯人掷筊，想知道犯人中有不有你，可见不着。”那表哥说：“他们手短了些，捉不着我。现在应当我来打他们了。”当天全城人过天王庙开会时，我爸爸正在台上演说经过，那表哥他当真就爬上台去打了县知事一个嘴巴，使得到会人都笑闹不已，演说也无法继续。

革命使我家中也起了变化，爸爸与一个姓吴的竞选过长沙的会议代表失败，心中十分不平，赌气出门往北京去了。爸爸这一去，直到十二年后当我从湘边下行时，在辰州地方又见过他一面，从此以后便再也见不着了。

我爸爸在竞选失败离开家乡那一年，我最小的一个九妹，刚好出世三个月。

革命后地方不同了一点，绿营制度没有改变多少，屯田制度也没有改变多少。地方有军役的，依然各因等级不同，按月由本人或家中人到营上去领取食粮与碎银，守兵当值的，到时照常上衙门听候差遣。衙门前钟鼓楼每到晚上仍有三五个吹鼓手奏乐。但防军组织分配稍微不同了，军队所用器械不同了，地方官长不同了。县知事换了本地人，镇守使也换了本地人。当兵的每个家中大门边钉了一小牌，载明一切，且各因兵役不同，木牌种类也完全不同。

但革命印象在我记忆中不能忘记的，却只是关于杀戮那几千无辜农民的几幅颜色鲜明的图画。

民三①左右地方新式小学成立，民四我进了新式小学。

我上许多课仍然不放下那一本大书

我改进了新式小学后，学校不背诵经书，不随便打人，同时也不必成天坐在桌边，每天不只可以在小院子中玩，互相扭打，先生见及，也不加以约束，七天照例又还有一天放假，因此我不必再逃学了。可是在那学校照例也就什么都不曾学到。每天上课时照例上上，下课时就遵照大的学生指挥，找寻大小相等的人，

---

① 即公元1914年。

到操坪中去打架。一出门就是城墙，我们便想法爬上城去，看城外对河的景致。上学散学时，便如同往常一样，常常绕了多远的路，去看看那些木工手艺人新雕的佛像，贴了多少金。看看那些铸钢犁的人，一共出了多少新货。或者什么人家孵了小鸡，也常常不管远近必跑去看看。一到星期日，我在家中写了十六个大字后，就一溜出门，一直到晚，方回家中。

半年后家中母亲相信了一个亲戚的建议，以为应从城内第二初级小学换到城外第一小学，这件事实行后更使我方便快乐。新学校临近高山，校屋前后各处是树，同学又多，当然十分有趣。到这学校我仍然什么也不学得，字也不认多少，可是我倒学会了爬树。几个人一下课就各自拣选一株合抱大梧桐树，看谁先爬到顶。我从这方面便认识约三十种树木的名称。因为爬树有时跌下或扭伤了脚，拉破了手，就跟同学去采药，又认识了十来种草药。我开始学会了钓鱼，总是上半天学钓半天鱼。我学会了采笋子，采蕨菜。后山上到春天各处是兰花，各处是可以充饥解渴的刺莓，在竹篁里且有无数雀鸟，我便跟他们认识了许多雀鸟且认识许多果树。去后山约一里左右，又有一个制瓷器的大窑，我们便常常过那里去看人制造一切瓷器，看一块白泥在各样手续下成为一个饭碗，或一件别种用具的情形。

学校环境使我们在校外所学的实在比校内课堂上多十倍，但在学校也学会了一件事，便是各人用刀在座位板下镌雕自己的名字。又因为学校有做手工的白泥，我们即用白泥摹塑教员的肖像，且各为取一怪名。绵羊，耗子，老土地菩萨，还有更古怪的称呼！在这些事情上我的成绩照例比学校功课好一点，但自然不能得到任何奖励。

照情形看来，我已不必逃学，但学校既不严格，四个教员恰恰又有我两个表哥在内，想要到什么地方去时，我便请假。看戏请假，钓鱼请假，甚至于几个人到三里外田坪中去看人割禾，也向老师请假。

那时我家中每年还可收取租谷三百石左右，到秋收时，我便同叔父或其他年长亲戚，往二十里外的乡下去，监视佃夫督促临时雇来的工人割禾。等到田中成熟禾穗已空，新谷装满白木浅缘方桶时便把新谷倾倒到大晒谷簟上来，与佃夫相对平分，其一半应归佃夫所有的，由他们去处置，我们把我家应得那一半，雇人押运回家。在那里最有趣处是可以辨别各种禾苗，认识各种害虫，学习捕捉蚱蜢分别蚱蜢。同时学用鸡笼去罩捕水田中的肥大鲤鱼、鲫鱼，把鱼捉来即用黄泥包好塞到热灰里去煨熟分吃。又向佃户家讨小小斗鸡，且认识种类，准备带回家来抱到街上去寻找别人公雏作战。又从小农人处学习抽稻草心织小篓小篮，剥桐木皮做卷筒哨子，用小竹子做唢呐。有时捉得一个刺猬，有时打死一条大蛇，又有时还可跟叔父让佃户带到山中去，把雉媒抛出去，吹嗯哨招引野雉，鸟枪里装上一把散碎铁砂同黑色土药，猎取这华丽骄傲的禽鸟。

为了打猎，秋末冬初我们还常常去佃户家。我最欢喜的是猎取野猪同黄麂，看他们下围，跟着他们乱跑，有一次还被他们捆缚在一株大树高枝上，看他们把受惊的黄麂从树下追赶过去。我又看过猎狐，眼看着一对狡猾野兽在一株大树根下转，到后这东西便变成了我叔父的马褂。

学校既然不必按时上课，其余的时间我们还得想出几件事情来消磨，到下午三点才能散学。几个人爬上城去，坐在大铜炮上看城外风光，一面拾些石头奋力向河中掷去，这是一个办法。另外就是到操场一角砂地上去拿顶翻筋斗，每个人轮流来做这件事，不溜刷的便仿照技术班办法，在那人腰身上缚一条带子，两个人各拉一端，翻筋斗时用力一抬，日子一多，便无人不会翻筋斗了。

因为学校有几个乡下来的同学，身体壮大异常，便有人想出好主意，提议要这些乡下人装成马匹，让较小的同学跨到马背上去，同另一匹马上另一员勇将来作战，在上面扭成一团，直到跌下地后为止。这些做马匹的同学，总照例非常忠厚可靠，在任何情形下皆不卸责。作战总有受伤的，不拘谁人头面有时流血了，就抓一把黄土，将伤口敷上，全不在乎似的。我常常设计把这些人马调度得十分如法，他们服从我的编排，比一匹真马还驯服规矩。

放学时天气若还早一些，几个人不是上城去坐，就常常沿了城墙走去。有时节出城去看看，有谁的柴船无人照料，看明白了这只船的的确确无人时，几人就匆忙跳上了船，很快地向河中心划去。等一会儿那船主人来时，若在岸上和和气气地说：

“兄弟，兄弟，你们把船划回来。我得回家！”

遇到这种和平人时，我们也总得十分和气把船划回来，各自跳上了岸，让人家上船回家。若那人性格暴躁点，一见自己小船为一群胡闹的小将把它送到河中打着圈儿转，心中十分愤怒，大声地喊骂，说出许多恐吓无理的野话，那我们便一面回骂着，一面快快地把船向下游流去，尽他叫骂也不管它，到下游时几个人上了岸，就让这船搁在浅滩上不再理会了。有时刚上船坐定，即刻便被船主人赶来，那就得有一份担当经验了。船主照例知道我们受不了什么簸荡，抢上船头，把身体故意向左右连续倾侧不已，因此小船就在水面胡乱颠簸，一个无经验的孩子担心身体会掉到水中去，必惊骇得大哭不已。但有了经验的人呢，你估计一下，先看看是不是逃得上岸，若已无可逃避，那就好好地坐在船中，尽那乡下人的磨炼，拼一身衣服给水湿透，你不慌不忙，只稳稳地坐在船中，不必作声告饶，也不必恶声相骂，过一会儿那乡下人看看你胆量不小，知道用这方法吓不了你，他就会让你明白他的行为不过是一种带恶意的玩笑，这玩笑到时应当结束了，必把手叉上腰边，向你微笑，抱歉似的微笑。

“少爷，够了，请你上岸！”

于是几个人便上岸了。有时不凑巧，我们也会为人用小桨竹篙一路追赶着打我们，还一路骂我们，只要逃走远一点点，用什么话骂来，我们照例也就用什么话骂回去，追来时我们又很快地跑去。

那河里有鳜鱼，有鲫鱼，有小鲇鱼，钓鱼的人多向上游一点走去。隔河是一片苗人的菜园，不涨水，从跳石上过河，到菜园里去看花买菜心吃的次数也很多。河滩上各处晒满了白布同青菜，每天还有许多妇人背了竹笼来洗衣，用木棒杵在流水中捶打，回声訇訇地从东城墙脚下应出。

天热时，到下午四点以后，满河中都是赤光光的身体。有些军人好事爱玩，还把小孩子，战马，看家的狗，同一群鸭雏，全部都带到河中来。有些人父子数人同来。大家皆在激流清水中游泳，不会游泳的便把裤子泡湿，扎紧了裤管，向水中急急地一兜，捕捉了满满的一裤空气，再用带子捆好，便成了极合用的水马，有了这东西，即或全不会漂浮的人，也能很勇敢地向水深处泅去。到这种人多的地方，照例不会被水淹死的，一出了什么事，大家皆很勇敢地救人。

我们洗澡可常常到上游一点去，那里人既很少，水又极深，对我们才算合适。这件事自然得瞒着家中人。家中照例总为我担忧，唯恐一不小心就会为水淹死。每天下午既无法禁止我出去玩，又知道下午我不会到米厂上去同人赌骰子，那位对于管拘我侦察我十分负责的大哥，照例一到饭后我出门不久，他也总得到城外河边一趟。人多时不能从人丛中发现我，就沿河去注意我的衣服，在每一堆衣服上来一份注意，一见到我的衣服，一句话不说，就拿起来走去，远远地坐到大路上，等候我要穿衣时来同他会面。衣裤既然在他手上，我不能不见他了，到后只好走上岸来，从他手上把衣服取到手，两人沉沉默默地回家，回去不必说什么，只准备一顿打。可是经过两次教训后，我即或仍然在河中洗澡，也就不至于再被家中人发现了。我可以搬些石头把衣压着，只要一看到他从城门洞边大路走来时，必有人告给我，我就快快地泅到河中去，向天仰卧，把全身泡在水中，只浮出一张脸一个鼻孔来，尽岸上那一个搜索也不会得到什么结果。有些人常常同我在一处，哥哥认得他们，看到了他们时，就唤他们：

“熊澧南，印鉴远，你见我兄弟吗？”

那些同学便故意大声答着：

“我们不知道，你不看看衣服吗？”

“你们不正是成天在一堆胡闹吗？”

“是呀，可是现在谁知道他在哪一片天底下？”

“他不在河里吗？”

“你不看看衣服吗？不数数我们的数目吗？”

这好人便各处望望，果然不见我的衣裤，相信我那朋友的答复不是句谎话，于是站在河边欣赏了一阵河中景致，又弯下腰拾起两个放光的贝壳，用他那双常若含泪发愁的艺术家眼睛赏鉴了一下，或坐下来取出速写簿，随意画两张河景的素描，口上嘘嘘打着唿哨，又向原来那条路上走去了。等他走去以后，我们便来模仿我这个可怜的哥哥，互相反复着前后那种答问。“熊澧南，印鉴远，看见我兄弟吗？”“不知道，不知道，你自己不看看这里一共有多少衣服吗？”“你们成天在一堆！”“是呀！成天在一堆，可是谁知道他现在到哪儿去了呢？”于是互相浇起水来，直到另一个逃走方能完事。

有时这好人明知道我在河中，当时虽无法擒捉，回头却常常隐藏在城门边，坐在苗妇人小茅棚里，很有耐心地等待着，等到我十分高兴地从大路上同几个朋友走近身时，他便风快得同一只公猫一样，从那小棚中跃出，一把攫住了我衣领。于是同行的朋友就大嚷大笑，伴送我到家门口，才自行散去，不过这种事也只有三两次，我从经验上既知道这一着棋时，我进城时便常常故意慢一阵，有时且绕了极远的东门回去。

我人既长大了些，权利自然也多些了，在生活方面我的权利便是即或家中明知我下河洗了澡，只要不是当面被捉，家中可不能用爬搔皮肤方法决定我的应否受罚了。同时我的游泳自然也进步多了，我记到我能在河中来去泅过三次，至于那个名叫熊澧南的，却大约能泅过五次。

下河的事若在平常日子，多半是晚饭以后才去。如遇星期日，则常常几人先一天就邀好，过河上游一点棺材潭的地方去，泡一个整天，泅一阵水又摸一会儿鱼，把鱼从水中石底捉得，就用枯枝在河滩上烧来当点心。有时那一天正当附近十里二十里苗乡场集，就空了两只手跑到那地方去，玩一个半天。到了场上后，过卖牛处看看他们讨论价钱的样子，又过卖猪处看看那些大猪小猪，又到赌场上去看看那些乡下人一只手抖抖地下注，替别人担一阵心。又到卖山货处去，用手摸摸那些豹子老虎的皮毛，且听听他们谈到猎取这野物的种种经验。又到卖鸡处去，欣赏欣赏那些大鸡小鸡，我们皆知道什么鸡战斗时厉害，什么鸡生蛋极多。我们且各自把那些斗鸡毛色记下来，因为这些鸡照例当天全将为城中来的兵士和商人买去，五天以后就会在城中斗鸡场出现。我们间或还可在敞坪中看苗人决斗，用扁担或双刀互相拼命。小河边到了场期，照例来了无数小船，无数竹筏，竹筏上且常常有长眉秀目脸儿极白奶头高肿的青年苗族女人，用绣花大衣袖掩着口笑，使人看来十分舒服。我们来回走二三十里路，各个人两只手既是空空的，因此在场上什么也不能吃。间或谁一个人身上有一两枚铜圆，就到卖狗肉摊边去割一块狗肉，蘸些咸水，平均分来吃吃。或者无意中谁一个在人丛中碰着了一位亲长，被问道：“吃过点心吗？”大家正饿着，互相望了会儿，羞羞怯怯地一笑。那人知道情形了，便说：“这成吗？不喝一杯还算赶场吗？”到后自然就被拉到狗肉摊边去，切一斤两斤肥狗肉，分割成几大块，各人来那么一块，蘸了盐水往嘴上送。

机会不好不曾碰到这么一个慷慨的亲戚，我们也依然不会瘪着肚皮回家。沿路有无数人家的桃树李树，果实全把树枝压得弯弯的，等待我们去为它们减除一分担负！还有多少黄泥田里，红萝卜大得如小猪头，没有我们去吃它，赞美它，便始终委屈在那深土里！除此以外路塍上无处不是莓类同野生樱桃，大道旁无处不是甜滋滋的枇杷，无处不可得到充饥果腹的东西。口渴时无处不可以随意低下头去喝水。即或任何东西没得吃，我们还是十分高兴，就为的是乡场中那一派空气，一阵声音，一分颜色，以及在每一处每一项生意人身上发出那一股臭味，就够使我们觉得满意！我们用各样官能吃了那么多东西，即使不再用口来吃喝也很够了。

到场上去我们还可以看各样水碾水碓，并各种形式的水车。我们必得经过好几个榨油坊，远远地就可以听到油坊中打油人唱歌的声音。一过油坊时便跑进去，看看那些堆积如山的桐子，经过些什么手续才能出油。我们只要稍稍绕一点路，还可以从一个造纸工作场过身，在那里可以看他们利用水力捣碎稻草同竹筱；用细篾帘子勺取纸浆做纸。我们又必须从一些造船的河滩上过身，有万千机会看到那些造船工匠在太阳下安置一只小船的龙骨，或把粗麻头同桐油石灰嵌进缝罅里补治旧船。

总而言之，这样玩一次，就只一次，也似乎比读半年书还有益处。若把一本好书同这种好地方尽我拣选一种，直到如今我还觉得不必看这本用文字写成的小书，却应当去读那本用人事写成的大书。

我不明白我为什么就学会了赌骰子，大约还是因为每早上买菜，总可剩下三五个小钱，让我有机会傍近用骰子赌输赢的糕类摊上面，起始当三五个人蹲到那些戏楼下，把三粒骰子或四粒骰子或六粒骰子抓到手中，奋力向大土碗掷去，跟着它的变化喊出种种专门名词时，我真忘了自己也忘了一切。那富于变化的六骰子赌，七十二种“快”“臭”，一眼间我皆能很得体地喊出它的得失。谁也不能在我面前占去便宜，谁也骗不了我。自从精明这一项事情以后，我家里这一早上若派我出去买菜，我就把买菜的钱去作注，同一群小无赖在一个有天棚的米厂上玩骰子，赢了钱自然全部买东西吃，若不凑巧全输掉时，就跑回来悄悄地进门找寻外祖母，从她手中把买菜的钱得到。

但这是件冒险的事，家中知道后可得痛打一顿，因此赌虽然赌，总只下一个铜子的注，赢了拿钱走去。输了也不再来，把菜少买一些，总可敷衍下去。

由于赌术精明我不大担心我输赢。我倒最希望玩个半天结果无输无赢。我所担心的只是正玩得十分高兴，忽然后领一下子为一只强硬有力的手攫定，一个哑哑的声音在我耳边响着：

“这一下捉到你了，这一下捉到你了！”

先是一惊。想挣扎可不成，既然捉定了，不必回头，我就明白我被谁捉到，且不必猜想，我就知道我回家去应受些什么款待，于是提了菜篮让这个仿佛生下来给我作对的人把我揪回去。这样过街可真无脸面，因此不是请求他放和平点抓着我一只手，总是在他不着意的情形下，忽然挣脱先行跑回家去，准备他回来时受罚。

每次在这件事上我受的罚都似乎略略过分了些，总是把一条绣花的白腰带缚定两手，系在空谷仓里，用鞭子打几十下，上半天不许吃饭，或是整天不许吃饭。亲戚中看到觉得十分可怜，便以为哥哥不应当这样虐待弟弟。但这样不顾脸面地去同一些乞丐赌博，给了家中多少气怄，我是不知道的。

我从那方面学会了些下等野话，在亲戚中身份似乎也就低了些。只是当十五年后，我能够用我各方面的经验写点故事时，这些粗话野话，却给了我许多帮助，增加了故事中人物的生命。

革命后本地设了女学校，我两个姊姊皆被送过女学校读书。我那时也欢喜过女学校去玩，就因为那地方有些新奇的东西。学校外边一点，有个做小鞭炮的作坊，从起始用一根细钢条，卷上了纸，送到木机上一搓，吱的一声就成了空心的小管子，再如何经过些什么手续，便成了燃放时叭的一声的小爆仗，被我看得十分熟习。我借故去瞧姊姊时总在那里看他们工作。我还可看他们烘焙火药，碓舂木炭，筛硫黄，配合火药的原料，因此明白制烟火用的药同制爆仗用的药，硝磺的分配分量如何不同。

一到女学校时，我必跑到长廊下去，欣赏那些平时不易见到的织布机器。那些机器钢齿轮互相衔接，一动它时全部皆转动起来，且发出一种异样陌生的声音，听来我总十分欢喜。我平时是个怕鬼的人，但为了欣赏这些机器，黄昏中我还敢在这儿逗留，直到她们大声呼喊各处找寻时，我才从廊下跑出。

当我转入高小那年，正是民国六年，我们那地方为了上年受蔡锷讨袁战事的刺激，感觉军队非改革不能自存，因此本地镇守署方面，设了一个军官团，前为道尹后改屯务处方面，也设了一个将弁学校。另外还有一个教练兵士的学兵营，一个教导队。小小的城里多了四个军事学校，一切皆用较新方式训练，地方因此气象一新。由于常常可以见到这类青年学生结队成排在街上走过，本地的小孩，以及一些小商人，皆觉得学军事较有意思。有人与军官团一个教官做邻居的，要他在饭后课余教教小孩子，先在大街上操，到后却借了附近的军官团操场使用，顷刻之间便召集了一百人左右。

有同学在里面受过训练来的，精神比起别人来特别强悍，我们觉得奇怪。这同学就告我们一切，且问我愿不愿意去。并告我到里面后，每两月可以考选一次，配吃一份口粮，做守兵的，就可以补上名额当兵。在我生长那个地方，当兵不是耻辱。本地的光荣原本是从过去无数男子的勇敢搏来的。谁都希望当兵，因为这是年轻人一条出路，也正是年轻人唯一的出路。同学说及进技术班时，我就答应试来问问我的母亲，看看母亲的意见，这将军的后人，是不是仍然得从步卒出身。

那时节我哥哥已过热河找寻父亲去了，我因不受拘束，生活已日益放肆，母亲正想不出处置我的方法，因此一来，将军后人就决定去做兵役的候补者了。

预备兵的技术班

家中听说我一到那边去，既有机会考一份口粮，且明白里面规矩极严，以为把我放进去受预备兵的训练，实在比让我在外面撒野较好。即或在学校免不了有从天桥掉下的危险，但有人亲眼看到掉下来，总比无人照料，到那些空山里从高崖上摔下为好，因此当时便答应了。

我把这消息告给学校那个梁班长时，军衣还不曾缝好，他就带我去见了一次教官。我第一次见到那个挺着胸脯的人，实在有点害怕，但我却因为听说他的杠杆技术曾经得过全省锦标，能够在天桥上竖蜻蜓用手来回走四次，又能在杠杆上打大车轮至四十来次，简直是个新式徐良，因此虽畏惧他却也欢喜他。

这教官给我第一次印象不坏，并且此后的印象也十分好，他对于我似乎也很满意。先看我人那么小，排队总在最后一名，在操场中做“跑步”时便把我剔出，到“正步走”“向后转”走时，我的步子较小一点，又想法让我不吃亏。但经过十天后，我的能力和勇敢，就得到他完全的承认，做任何事应当大家去做的，我头上也总派到一份了。

我很感谢那教官，由于他那份严厉，逼迫我学会了一种攀杠杆的技术，到后来还用这点技术救过我自己一次生命的危险。我身体到后在军队中去混了那么久，那一次重重的伤寒病四十天的高热，居然能够支持下来，未必不靠从技术班训练好的一个结实体格所帮助。我的性格方面永远保持到一点坚实军人的风味，不管做什么总去做，不大关心成败，似乎也就是那将近一年的训练养成的。

我进到了那军役补习组后，方知道原来在学校做班长的梁凤生，在技术班也还是我们的班长，我在里面得他的帮助可不少。一进去时的单人教练，他就做了我的教师，当每人到小操场的砂地上学习打筋斗时，用腰带束了我的腰，两个人各用手紧紧地抓着那根带子，好在我正当把两只手垫到地面，想把身体翻过去再一下挺起时，他就赶忙用手一拉，使我不要扭坏腰腿。有时我攀上杠杆，用膀子向后反挂，预备来一次背车，在旁小心照料的也总是他。有时我不小心摔到沙地上，跌哑了喉，想说话无论如何怎样用力再也说不出口，一为他见及，就赶忙搀起我来，扶着我乱跑，必得跑过好一阵，我口方说得出话。

这人在学校书既读得极好，每次考试总得第一，过技术班来成绩也非常好。母亲是一个寡妇，守着三个儿子，替人缝点衣服过日子。这同学散操以后，便跑回去，把那个装了无数甘蔗，业已分配得上好的篮子，提上街到各处去卖，把甘蔗卖完便赚回三五十个小钱。可是这人虽然为了三五十个钱，每个晚上皆得大街小巷地走去，倘在任何地方一遇到同学好友时，总一句话不说，走到你身边来，把二节值十文一段的甘蔗，忽然一下塞到你的手里，风快地就跑掉了。我遇到他这样两次，心中真感动得厉害。我并不想那甘蔗吃，却因为他那种慷慨大方处，白日见他时简直使我十分害羞。

这朋友虽待得我很好，可是在学校方面，我最好的一个同学却是个姓陈的。在技术班方面，好朋友也姓陈，名继瑛。这个陈继瑛家只隔我家五户，他每天同我一把晚饭吃过后，就各人穿了灰布军服，在街上气昂昂地并排走出城去。每出城到门洞边时，卖牛肉的屠户，正在收拾他的业务，总故意逗我们，喊叫我们作“排长”。一个守城的老兵也总故意做一个鬼脸，说两句无害于事的玩笑话。两人心中以为这是小事，我们上学的原因，为的是将来做大事，这些小处当然用不着关心。

当时我们所想的实在与这类事不同，他只打量做团长，我就只想进陆军大学。即或我爸爸希望做一将军终生也做不到，但他把祖父那一份光荣，用许多甜甜的故事输入到这荒唐顽皮的小脑子里后，却引起了很大的影响。书本既不是我所关心的东西，国家又革了命，我知道中状元已无可希望，却俨然有一个将军的志气。家中别的什么教育都不给我，所给的也恰恰是我此后无多大用处的。可是爸爸给我的教育，却对于我此后生活的转变，以及在那个不利于我读书的生活中支持，真有很大的益处。体魄不甚健实的我，全得爸爸给我那份骄傲，使我在任何困难情形中总不气馁，任何得意生活中总不自骄，比给我任何数目的财产，也似乎更可贵重。

当营上的守兵有了几名缺额，我们那一组应当分配一名时，我照例去考过一次，考试的结果当然失败。但我总算把各种技术演习了那么一下。也在小操场杠杆上做挂腿上，翻上，再来了十个背车。又蹿了一次木马，走了一度天桥，且从平台上拿了一个大顶，再丢手侧身倒掷而下。又在大操场指挥一个小队，做正步，跑步，跪下，卧下，种种口令，完事时还跑到阅兵官面前用急促的声音完成一种报告。操演时因为有镇守使同许多军官在场，临事虽不免有点慌张，但一切举动做得还不坏，不跌倒，不吃沙，不错误手续。且想想，我那时还是一个十三岁半的孩子！这次结果守兵名额虽然被一位美术学校的学生田大哥得去了，大家却不难过。（这人在我们班里做了许久大队长，各样皆十分来得。这人若当时机会许可他到任何大学去读书，一定也可做个最出色的大学生。若机会许可他上外国去学艺术，在绘画方面的成就，会成一颗放光的星子。可是到后来机会委屈了他，环境限制了他，自己那点自足骄傲脾气也妨碍了他，十年后跑了半个中国，还是在一个少校闲曹的位置上打发日月。）当时各人虽没有得到当兵的荣耀，全体却十分快乐。我记得那天回转家里时，家中人问及一切，竟对我亲切地笑了许久。且因为我得到过军部的奖语，仿佛便以为我未来必有一天可做将军，为了欢迎这未来将军起见，第二天杀了一只鸡，鸡肝、鸡头全为我独占。

第二回又考试过一次，那守兵的缺额却为一个姓舒的小孩子占去了，这人年龄和我不相上下，各种技术皆不如我，可是却有一分独特的胆量，能很勇敢地在一个两丈余高的天桥上，翻倒筋斗掷下，落地时身子还能站立，因此大家仍无话说。这小孩子到后两年却害热病死了。

第三次的兵役给了一个名“旧棒棰”的，能跳高，撑篙跳会考时第一，这人后来当兵出防到外县去，也因事死掉了。

我在那里考过三次，得失之间倒不怎么使家中失望。家中人眼看着我每天能够把军服穿得整整齐齐地过军官团上操，且明白了许多军人礼节，似乎上了正路，待我也好了许多。可是技术班全部组织，差不多皆为那教官一人所主持，全部精神也差不多全得那教官一人所提起，就由于那点稀有精神，使那位镇守使看中了意，当他卫队团的营副出了缺时，我们那教官便被调去了。教官一去，学校也自然无形解散了。

这次训练算来大约是八个月左右，因为起始在吃月饼的八月，退伍是开桃花的三月。我记得那天散操回家，我还在一个菜园里摘了一大把桃花。

那年我死了一个第二的姊姊，她比我大两岁，美丽，骄傲，聪明，大胆，在一行九个兄弟姊妹中，这姊姊比任何一个都强过一等。她的死也就死在那份要好使强的性格上。

一个老战兵

当时在补充兵的意义下，每日受军事训练的，本城计分三组，我所属的一组为城外军官团陈姓教官办的，那时说来似乎高贵一些。另一组在城里镇守使衙门，归镇守使署卫队杜连长主持，名分上便较差些。这两处皆用新式入伍训练。还有一处归我本街一个老战兵滕四叔所主持，用的是旧式教练。新式教练看来虽十分合用，钢铁的纪律把每个人皆造就得自重强毅，但实在说来真无趣味。且想想，一群小孩子，最大的不过十七岁，较小的还只十二岁，一下操场总是两点钟，一个跑步总是三十分钟，姿势稍有不合就是当胸一拳，服装稍有疏忽就是一巴掌。盘杠杆，从平台上拿顶，向木马上扑过，一下子掼到地上时，哼也不许哼一声儿。过天桥时还得双眼向前平视，来回做正步通过，野外演习时，不管是水是泥喊卧下就得卧下，这规矩真不大同本地小孩性格相宜。可是旧式的那一组，他们却太潇洒了。他们学的是翻筋斗，打藤牌，舞长矟，耍齐眉棍。我们穿一色到底的灰衣，他们却穿各色各样花衣。他们有描花皮类的方盾牌，藤类编成的圆盾牌，有弓箭，有标枪，有各种华丽悦耳的武器。他们或单独学习，或成对厮打，各人可各照自己意见去选择。他们常常是一人手持盾牌单刀，一人使关刀或戈矛，照规矩练“大刀取耳”“单戈破牌”或其他有趣厮杀题目。两人一面厮打一面大声喊“砍”“杀”“摔”“坐”，应当归谁翻一个筋斗时，另一个就用敏捷的姿势退后一步，让出个小小地位，应当归谁败下时，战败的跌倒时也有一定的章法，做得又雅致又活泼。做教师的在身旁指点，稍有了些错误，自己就占据到那个地位上去示范，为他们纠正错误。

这教师就是个奇人趣人，不拘向任何一方翻筋斗时，毫不用力，只需把头一偏，即刻就可以将身体在空中打一个转折。他又会爬树，极高的桅子，顷刻之间就可上去。他又会拿顶，在城墙雉堞上，在城楼上，在高桅半空拱枓上，无地无处不可以身体倒竖把手当成双脚，来支持很久的时间。他又会泅水，任何深处皆可以一氽子到底，任何深处皆可泅去。他又会摸鱼，钓鱼，叉鱼，有鱼的地方他就可以得鱼。他又明医术，谁跌碰伤了手脚时，随手采几样路边草药，捣碎敷上，就可包好。他又善于养鸡养鸭，大门前常有许多高贵种类的斗鸡。他又会种花，会接果树，会用泥土捏塑人像。

这旧式的一组能够存在，且居然能够集收许多子弟，实在说来，就全为的是这个教练的奇才异能。他虽同那么一大堆小孩子成天在一处过日子，却从不拿谁一个钱，也从不要公家津贴一个钱，他只属于中营的一个老战兵，他做这件事也只因为他欢喜同小孩子在一处。全城人皆喊他为“滕师傅”，他却的的确确不委屈这一个称呼。他样样来得懂得，并且无一事不精明在行，你要骗他可不成，你要打他你打不过他。最难得处就是他比谁都和气，比谁都公道。但由于他是一个不识字的老战兵，见“额外”“守备”这一类小官时，也得谦谦和和地喊一声“总爷”，同时他不单教小孩子打拳，有时还鼓励小孩子打架，他不只教他们摆阵，甚至于还教他们洗澡赌博，因此家中有规矩点的小孩，却不大到他这里来，到他身边来的，多数是些寒微人家子弟。

他家里藏了漆朱红花纹的牛皮盾牌，带红缨的标枪，镀银的方天画戟，白檀木的齐眉棍。他家中有无数的武器，同时也有无数的玩具；有锣，有鼓，有笛子胡琴，渔鼓简板，骨牌纸牌，无不齐全。大白天，家中照例常常有人唱戏打牌，如同一个俱乐部。到了应当练习武艺时，弟子儿郎们便各自扛了武器到操坪去。天气炎热不练武，吃过饭后就带领一群小孩，并一笼雏鸭，拿了光致致的小鱼叉，一同出城下河去教练小孩子泅水，且用极优美姿势钻进深水中去摸鱼。

在我们新式操练两组里，谁犯了事，不问年龄大小，不是当胸一拳，就是罚半点钟立正，或一个人独自绕操场跑步一点钟。可是在他们这方面，就不作兴这类苛刻处罚。一提到处罚，他们就嘲笑这是种“洋办法”，事情由他们看来十分好笑。至于他们的错误，改正错误的却总是那师傅来一个示范的典雅动作，相伴一个微笑。犯了事，应该处罚，也总不外是罚他泅过河一次，或类似有趣味的待遇，在处罚中即包含另一种行为的奖励。我们敬畏老师，一见教官时就严肃了许多，也拘束了许多。他们则爱他的师傅，一近身时就潇洒快乐了许多。我们那两组学到后来得学打靶，白刃战的练习，终点是学科中的艰深道理，射击学，筑城学，以及种种不顺耳与普通生活无关系的名词。他们学到后来却是驰马射箭，再多学些便学摆阵，人穿了五彩衣服，扛了武器和旗帜，各自随方位调动，随金鼓声进退。我们永远是枯燥的，把人弄呆板起来，对生命不流动的，他们却自始至终使人活泼而有趣味，学习本身同游戏就无法分开。

本地武备补充训练既分三处，当时从学的，最合于事实的希望，大部只盼得一个守兵的名额。我们新式操练成绩虽不坏，可是有守兵出缺实行考试时，还依然让那老战兵所教练的旧式一组得去名额最多。即到十六年后的现在，从三处出身的军官，精明，能干，勇敢，负责，也仍然是一个从他那儿受过基础教育的张姓团长，最在行出色。

当时我同那老战兵既同住一条街上，家中间或有了什么小事，还得常常请他帮点忙。譬如要点药，或做点别的事，总少不了他。可是家中却不许我跟这战兵在一处，还是要我扛了一枝长长的青竹子，出城过军官团去学习撑篙跳，让班长用拳头打胸脯，大约就为的是担心我跟这样俗气的人把习惯弄坏。但家中却料不到十来年后，在军队中好几次危险，我用来自救救人的知识，便差不多全是从那老战兵学来的！

在我那地方，学识方面使我敬重的是我一个姨父，带兵方面使我敬重的是本地一个统领官，做人最美技能最多，使我觉得他富于人性十分可爱的，是这个老战兵。

家中对于我的放荡既缺少任何有效方法来纠正，家中正为外出的爸爸卖去了大部分不动产，还了几笔较大的债务，景况一天比一天坏下去。加之二姊死去，因此母亲看开了些，以为与其让我在家中堕入下流，不如打发我到世界上去学习生存，在各样机会上去做人，在各种生活上去得到知识与教训。当我母亲那么打算了一下，决定了要让我走出家庭到广大社会中去竞争生存时，就去向一个杨姓军官谈及，便得到了那方面的许可，应允尽我用补充兵的名义，同过辰州驻防。我自己还正好泡在河水里，试验我从那老战兵学来的沉入水底以后的耐久力，与仰卧水面的上浮力。这天正是七月十五中元节，我记得分明，到河边还为的是拿了些纸钱同水酒白肉奠祭河鬼，照习俗这一天谁也不敢落水，河中清静异常。纸钱烧过后，却把酒倒到水中去，把肉吃尽，脱了衣裤，独自一人在清清的河水中拍浮了约两点钟左右。

七月十六日那天早上，我就背了小小包袱，离开了本县学校，开始混进一个更广泛的学校了。

辰州（即沅陵）

离开了家中的亲人，向什么地方去，到那地方去又做些什么，将来便有些什么希望，我一点也不知道。我还只是十四岁稍多点一个孩子，这份年龄似乎还不许可我注意到与家中人分离的痛苦。我又那么欢喜看一切新奇东西，听一切新奇声响，且那么渴慕自由，所以初初离开本乡时，深觉得无量快乐。

可是一上路却有点忧愁了。同时上路的约三百人，我没有一个熟人。我身体既那么小，背上的包袱却似乎比本身还大。到处是陌生面孔，我不知道日里同谁吃饭，且不知道晚上同谁睡觉。听说当天得走六十里路，才可到有大河通船舶的地方，再坐船向下行。这么一段长路照我过去经验说来，还不知道是不是走得到。家中人担心我会受寒，在包袱中放了过多的衣服，想不到我还没享受这些衣服的好处以前，先就被这些衣服累坏了。

尤其使我吓怕的，便是那些坐在轿子里的几个女孩子，和骑在白马上几个长官，这些人我全认得他们，他们已仿佛不再认识我。由于身份的自觉，当无意中他们骄马同我走近时，我实在又害怕又羞怯。为了逃避这些人的注意，我就同几个差弁模样的年轻人，跟在一伙脚夫后面走去。后来一个脚夫看我背上包袱太大了一点，人可太小了一点，便许可我把包袱搭到他较轻的一头去。我同时又与一个中年差遣谈了话，原来这人是我叔叔一个同学。既有了熟人，又双手洒脱地走空路，毫不疲倦的，黄昏以前我们便到了一个名叫高村的大江边了。

一排篷船泊定在水边，有二十余只，其中一只较大的还悬了一面红绸帅字旗。各个船头上全是兵士，各人皆在寻觅着指定的一船。那差遣已同我离开了，我便一个人背了那个大包袱，怯怯地站到岸上，随后向一只船旁冲去，轻轻地问："有地方吗？大爷。"那些人总说："满了，你自己看，全满了！你是第几队的？"我自己就不知道自己应分在第几队，也不知道去问谁，有些没有兵士的船看来仿佛较空的，他们要我过去问问，又总因为船头上站得有穿长衣的师爷参谋，他们的神气我实害怕，不敢冒险过去问问。

天气看看渐渐地夜了下来，有些人已经在船头烧火煮饭，有些人已蹲着吃饭，我却坐在岸边大石上，发呆发愁，想不出什么办法。那时阔阔的江面，已布满了薄雾，有野鹭䴔䴖之类接翅在水面向对河飞去，天边剩余一抹深紫。见到这些新奇光景，小小心中来了一分无言的哀戚，自己便微笑着，揉着为长途折磨坏了的两只脚。

一会儿又看见个差遣，差遣也看到我了。

“啊，你这个人，怎么不上船呀？”

“船上全满了，没有地方可上去的。”

“船上全满了，你说！你那么拳头大的小孩子，放大方点，什么地方不可以肏进去。来，来，我的老弟，这里有的是空地方！”

我见了熟人高兴极了。听他一说我就跟了他到那只船上去，原来这还是一只空船！不过这船舱里舱板也没有，上面铺的只是一些稀稀的竹格子，船摇动时就听到舱底积水汤汤地流，到夜里怎么睡觉？正想同那差遣说我们再去找找看，是不是别的地方当真还可照他用的那个粗俚字眼肏进去，一群留在后边一点本军担荷篷帐的夫子赶来了，我们担心一走开，回头再找寻这样一个船舱也不容易，因此就同这些夫子挤得紧紧的住下来。到吃饭时有人各船上来喊叫，因为取饭的原因，我却碰到了一个军械处的熟人，我于是换了一个船，到军械船上住下，一会儿便异常舒服地睡熟了。

船上所见无一事不使我觉得新奇，二十四只大船有时衔尾下滩，有时疏散散浮到那平潭里，两岸时时刻刻在一种变化中，把小小的村落，广大的竹林，黑色的悬崖，一一收入眼底。预备吃饭时，长潭中各把船只任意溜去，那份从容那份愉快处，实在感动了我。摇橹时满江浮荡着歌声。我就看这些，听这些，把家中人暂时完全忘掉了。四天以后，我们的船编成一长排，停泊在辰州城下的河岸边。

又过了两天，我们已驻扎在总爷巷一个旧衙门里，一份新的日子便开始了。

墙壁各处是膏药，地下各处是瓦片同乱草；草中留下成堆黑色的粪便，这就是我第一次进衙门的印象。于是轮到了我们来着手扫除了，做这件事的共计二十人，我便是其中一个。大家各在一种异常快乐情形下，手脚并用整整工作了一个日子，居然全部弄清爽了。庶务处又送来了草荐同木板，因此在地面垫上了砖头，把木板平铺上去，摊开了新做的草荐，一百个人便一同躺到这草荐上，把第一个夜晚打发走了。

到地后，各人应当有各人的事，做补充兵的，只需要大清早起来操跑步，操完跑步就单人教练，把手肘向后抱着，独自在一块地面上，把两只脚依口令起落，学慢步走。下午无事可做，便躺在草荐上唱“大将南征”的军歌。每个人皆结实单纯，年纪大的约二十二岁，年纪小的只有十三岁，睡硬板子的床，吃粗粝陈久的米饭，却在一种沉默中活着下来。我从本城技术班学来那份军事知识，很有好处，使我为日不多就做了班长。

直到现在我还不明白为什么当时有些兵士不能随便外出，有些人又可自由出入。照我想来则大约系城里人可以外出，乡下人可以外出却不敢外出。

我记得我的出门是不受任何限制的，但每早上操过跑步时，总得听苗人吴姓连长演说："我们军人，原是卫国保民。初到这来客军极多，一切要顾脸面。外出时节制服应当整齐，扣子扣齐，腰带弄紧，裹腿缠好。胡来乱为的，要打屁股。"说到这里时，于是复大声说："听到了吗？"大家便说："听到了。"既然答应全已听到，就散开了。当时因犯事被按在石地上打板子的，就只有营中火夫，兵士却因为从小地方开来，十分怕事，谁也不敢犯罪，不作兴挨打。

我很满意那个街上，一上街触目皆十分新奇。我最欢喜的是河街，那里使人惊心动魄的是有无数小铺子，卖船缆、硬木琢成的活车、小鱼篓、小刀、火镰、烟嘴，满地皆是有趣味的物件。我每次总去蹲到那里看一个半天，同个绅士守在古董旁边一样恋恋不舍。

城门洞里有一个卖汤圆的，常常有兵士坐在那卖汤圆人的长凳上，把热热的汤圆向嘴上送去，间或有一个本营里官佐过身，得照规矩行礼时，便一面赶忙放下那个土花碗，把手举起，站起身来含含糊糊地喊"敬礼"。那军官见到这种情形，有时也总忍不住微笑。这件事碰头最多的还是我，我每天总得在那里吃一回汤圆，或坐下来看过往行路人！

我又常常同那团长看马的张姓马夫，牵马到朝阳门外大坪里去放马，把长长的缰绳另一端那个檀木钉，钉固在草坪上，尽马各处走去，我们就躺到草地上晒太阳，说说各人所见过的大蛇大鱼。又或走近教会中学的城边去，爬上城墙，看看那些中学生打球。又或过有树林处去，各自选定一株光皮梧桐，用草揉软做成一个圈套，挂在脚上，各人爬到高处椏枝上坐坐，故意把树摇荡一阵。

营里有三个小号兵同我十分熟习，每天他们必到城墙上去吹号，过城外河坝去吹号，我便跟他们去玩。有时我们还爬到各处墙头上去吹号，我不吹号却能打鼓。

我们的功课固定不变的，就只是每天早上的跑步。跑步的用处是在追人还是在逃亡，谁也不很分明。照例起床号吹过不久就吹点名号，一点完名跟着下操坪，到操场里就只是跑步。完事后，大家一窝蜂子向厨房跑去，那时节豆芽菜一定已在大锅中沸了许久，大甑笼里的糙米饭也快好了。

我们每天吃的总是豆芽菜汤同糙米饭，每到礼拜天那天，每人就吃一次肉，各人名下有一块肥猪肉，分量四两，是从豆芽汤中煮熟后再捞出的。

到后我们把枪领来了。

除了跑步无事可做，大家就只好在太阳下擦枪，用一根细绳子缚上一些布条，从枪膛穿过，绳子两端各缚定在廊柱上，于是把枪一往一来地拖动。那时候的枪名有下列数种，单响，九子，五子；单响分广式、猪槽两种，五响分小口紧、双筒、单筒、拉筒、盖板五种。也有说“日本春田”“德国盖板”的，但不通俗。兵士只知道这种名称，填写枪械表时也照这样写上。

我们既编入支队司令的卫队，除了司令官有时出门拜客，选派二十、三十护卫外，无其他服务机会。某一次保护这生有连鬓胡子的司令官过某处祝寿，我得过五毛钱的奖赏，算是我最先一次得到国家的钱。

那时节辰州地方组织了一个湘西政府。驻扎了三个部队，军人首脑其一为军政长凤凰人田应诏，其一为民政长芷江人张学济，另外一个却是黔军旅长后来回黔做了省长的卢焘，与之对抗的是驻兵常德身充旅长的冯玉祥。这一边军队既不向下取攻势，那一边也不敢向上取攻势，各人就只保持原有地盘，等待其他机会。

单是湘西一隅，除客军一混成旅外，集中约十万人。我们部队是游击第一支队，属于靖国联军第二军，归张学济管辖。全辰州地方约五千家户口，各部分兵士大致就有两万。当时军队虽十分庞杂，各军联合组织得有宪兵稽查处，故还不至于互相战争。不过当时发行钞票过多，每天兑现时必有小孩同妇人被践踏死去。每天给领军米，各地方部队为争夺先后，互相殴打伤人，在那时也极平常。

一次军事会议的结果，上游各县重新做了一度分配，划定若干防区，军队除必需一部分沿河驻扎防卫下游侵袭外，其余照指定各县城驻防清乡，由于特殊原因，第一支队派定了开过那总司令官的家乡芷江去剿匪。

清乡所见

据传说快要清乡去了，大家莫不喜形于色。开差时每人发了一块现洋钱，我便把钱换成铜圆，买了三双草鞋，一条面巾，一把名为“黄鳝尾”的小尖刀，刀把还缚了一片绸子，刀鞘还是朱红漆就的。我最快乐的就是有了这样一把刀子，似乎一有了刀子可不愁什么了。我于是仿照那苗人连长的办法，把刀插到裹腿上去，得意扬扬地到城门边吃了一碗汤圆，说了一阵闲话，过两天便离开辰州了。

我们队伍共约两团，先是坐小船上行，大约走了七天，到我第一次出门无法上船的地方，再从旱路又走三天，便到了沅州所属的东乡榆树湾。这一次我们既然是奉命来到这里清乡，因此沿路每每到达一个寨堡时，就享受那堡中有钱地主用蒸鹅肥腊肉的款待，但在山中小路上，却受了当地人无数冷枪的袭击。有一次当我们从两个长满小竹的山谷狭径中通过时，啪的一声枪响，我们便倒下了一个。听到了枪声，见到了死人，再去搜索那些竹林时，却毫无什么结果。于是把枪械从死去的身上卸下，砍了两根大竹子缚好，把他抬着，一行人又上路了。两天路程中我们部队又死去了两个，但到后我们却杀了那地方人将近两千。

到地后我们便与清乡司令部一同驻扎在天后宫楼上。一到第二天，各处团总来见司令供办给养时，同时就用绳子缚来四十三个老实乡下人，当夜过了一次堂，每人照呈案的罪名询问了几句，各人按罪名轻重先来一顿板子，一顿夹棍，有二十七个在刑罚中画了供，用墨涂在手掌上取了手模，第二天，我们就簇拥了这二十七个乡下人到市外田坪里把头砍了。

第一次杀了将近三十个人，第二次又杀了五个。从此一来就成天捉人，把人从各处捉来时，认罪时便写上了甘结，承认缴纳清乡子弹若干排，或某种大枪一支，再行取保释放。无力缴纳捐款，或仇家乡绅方面业已花了些钱运动必须杀头的，就随随便便列上一款罪案，一到相当时日，牵出市外砍掉。认罪了的虽名为缴出枪械子弹，其实则无枪无弹，照例作价折钱，枪每支折合一百八十元，子弹每排一元五角，多数是把现钱派人挑来。钱一送到，军需同副官点验数目不错后，当时就可取保放人。

关于杀人的纪录日有所增，我们却不必出去捉人，照例一切人犯大多数由各乡区团总地主送来。我们有时也派人把团总捉来，罚他一笔钱又再放他回家。地方人民即非常蛮悍，民三左右时一个黄姓的辰沅道尹，在那里杀了约两千人，民六黔军司令王晓珊，在那里又杀了三千左右，现时轮到我们的军队做这种事，前后不过杀一千人罢了！

那地方上行去沅州县城约九十里，下行去黔阳县城约六十里。一条河水上溯可至黔省的玉屏，下行经过湘西重要商埠的洪江可到辰州。

那地方照例五天一集，到了这一天便有猪牛肉和其他东西可买。我们用钱雇来的本地侦探，且常常到市集热闹人丛中去，指定了谁是土匪处派来的奸细，于是捉回营里去一加搜查，搜出了一些暗号，认定他是从土匪方面派来的探事奸细时，即刻就牵出营门，到那些乡下人往来最多的桥头上，把奸细头砍下来，在地面流一摊腥血。人杀过后，大家欣赏一会儿，或用脚踢那死尸两下，踹踹他的肚子，仿佛做完了一件正经工作，有别的事情的，便散开做事去了。

住在这地方共计四个月，有两件事在我记忆中不能忘去，其一是当场集时，常常可以看到两个乡下人因仇决斗，用同一分量同一形色的刀互砍，直到一人躺下为止，我看过这种决斗两次，他们方法似乎比我那地方所有的决斗还公平。另外一件是个商会会长年纪极轻的女儿，得病死去埋葬后，当夜便被本街一个卖豆腐的年轻男子，从坟墓里挖出，背到山洞中去睡了三天，方又送回坟墓去。到后来这事为人发觉时，这打豆腐的男子，便押解过我们衙门来，随即就地正法了。临刑稍前一时，他头脑还清清楚楚，毫不糊涂，也不嚷吃嚷喝，也不乱骂，只沉默地注意到自己一只受伤的脚踝。我问他："脚被谁打伤的？"他把头摇摇，仿佛记起一件极可笑的事情，微笑了一会儿，轻轻地说："那天落雨，我送她回去，我也差点滚到棺材里去了。"我又问他："为什么你做这件事？"他依然微笑，向我望了一眼，好像当我是个小孩子，不会明白什么是爱的神气，不理会我，但过了一会儿，又自言自语地轻轻地说："美得很，美得很。"另一个兵士就说："疯子，要杀你了，你怕不怕？"他就说："这有什么可怕的。你怕死吗？"那兵士被反问后有点害羞了，就大声恐吓他说："癫狗肏的，你不怕死吗？等一会儿就要杀你这癫子的头！"那男子于是又柔弱地笑笑，便不作声了。那微笑好像在说："不知道谁是癫子。"我记得这个微笑。十余年来在我印象中还异常明朗。

怀化镇

四个月后我们移防到另一个地名怀化的小乡镇住下。这地方给我的印象，影响我的感情极其深切。这地方一切，在我《从文子集》[①]里一篇题作《我的教育》的记载里，说得还算详细。我到了这个地方，因为勉强可以写几个字，那时填造枪械表正需要一些写字的人，有机会把生活改变了一个方式，因此在那领饷清

① 应为《沈从文甲集》。

册上，我便成为上士司书了。

我在那地方约一年零四个月，大致眼看杀过七百人。一些人在什么情形下被拷打，在什么状态下被把头砍下，我皆懂透了。又看到许多所谓人类做出的蠢事，简直无从说起。这一份经验在我心上有了一个分量，使我活下来永远不能同城市中人爱憎感觉一致了。从那里以及其他一些地方，我看了些平常人不看过的蠢事，听了些平常人不听过的喊声，且嗅了些平常人不嗅过的气味；使我对于城市中人在狭窄庸懦的生活里产生的做人善恶观念，不能引起多少兴味，一到城市中来生活，弄得忧郁强悍不像一个“人”的感情了。

我所到的地方原来不过只是六百户左右一个小镇，地方唯一较大的建筑是一所杨姓祠堂，于是我们一来便驻扎到这个祠堂中。

这里有一个官药铺，门前安置一口破锅子，有半锅黑色膏药，锅旁贴着干枯了的蛇、壁虎、蜈蚣等等，表示货真价实。常常有那么一个穿上青洋板绫马褂，二马居蓝青布衫子，红珊瑚球小帽子的人，站在大门前边，一见到我们过路时，必机械似的把两手摊开，腰背微微弯下，和气亲人地向我们说：

“副爷，副爷，请里边坐，膏药奉送，膏药奉送。”

因为照例做兵士的总有许多理由得在身体不拘某一部分贴上一张膏药，并且各样病症似乎也都可由膏药治好。所以药铺表示欢迎驻军起见，管事的常常那么欢迎我们，并且膏药锅边总还插上一个小小纸招，写着：

欢迎清乡部队，新摊五毒八宝膏药，奉送不取分文。

既然有了这种优待，兵士火夫到那里去贴膏药的自然也不乏其人。我方明白为什么戏楼墙壁上膏药特别多的理由，原来有不要钱买的膏药，无怪乎大家竞贴膏药了。

那个豆腐作坊门前常是一汪黑水，黑水里又涌起些白色泡沫，常常有五六只肮脏大鸭子，把个嫩红的嘴巴插到泡沫里去，且喋呷出一种声音来。

那个南货铺有冰糖红糖，有海带蜇皮，有陈旧的芙蓉酥同核桃酥，有大麻饼与小麻饼。铺子里放了无数放乌金光泽的大陶瓮，上面贴着剪金的福字寿字。有成束的干粉条，又有成束的咸面，皆用皮纸包好，悬挂在半空中，露出一头让人见到。

那个烟馆门前常常坐了一个年纪四十来岁的妇人，扁扁的脸上擦了很厚一层粉，眉毛扯得细细的，故意把五倍子染绿的家机布裤子，提得高高的，露出水红色洋袜子来。见兵士同火夫过身时，就把脸掉向里面，看也不看，表示贞静，若过身的穿着长衣或是军官，她便很巧妙地做一个眼风，把嘴角略动，且故意娇声娇气喊叫屋中男子，为她做点事情。我同兵士走过身时，只看到她的背影，同营副走过时，就看到她的正面了。这点人性的姿态，我当时就很能欣赏它，注意到这些时，始终没有丑恶的感觉，只觉得这是“人”的事情。我一生活下来太熟习这些“人”的事情了。

我们部队到那地方除了杀人似乎无事可做。我们兵士除了看杀人，似乎也是没有什么可做的。

由于过分寂寞，杀人虽不是一种雅观的游戏，本部队官佐中赶到行刑地去鉴赏这种事情的实在很不乏人。有几个副官同一个上校参谋，我每次到场时，他们也就总站在那桥栏上看热闹。

到杀人时，那个学问超人的军法长，常常也马马虎虎地宣布了一下罪状，在预先写好的斩条上，勒一笔朱红，一见人犯被兵士簇拥着出了大门，便匆匆忙忙提了长衫衣角，拿起光亮白铜水烟袋，从后门菜园跑去，赶先走捷径到离桥头不远一个较高点的土墩上，看人犯到桥头大路上跪下时砍那么一刀。

若这一天正杀了人，那被杀的在死前死后又有一种出众处，或招供时十分快爽，或临刑时颜色不变，或痴痴呆呆不知世故，或死后还不倒地，于是副官处，卫队营，军需处，参谋军法秘书处，总有许久时间谈到这个被杀的人有趣味地方，或又辗转说到关于其他时节种种杀戮故事。杀人那天如正值场期，场中有人卖猪肉、牛肉，刽子手照例便提了那把血淋淋的大刀，后面跟着两个火夫，抬一只竹箩，每到一个屠桌前可割三两斤肉，到后把这一箩筐猪肉、牛肉各处平分，大家便把肉放到火炉上去炖好，烧酒无限制地喝着。等到各人皆有点酒意时，就常常偏偏倒倒地站起来，那么随随便便地扬起筷子，向另一个正蹲着吃喝的同事后颈上一砍，于是许多人就扭成一团，大笑大闹一阵。醉得厉害一些的，倒到地下谁也不管，只苦了那些小副兵，必得同一只狗一样守着它的主人，到主人醒来时方能睡去。

地方逢一六赶场，到时副官处就派人去摆赌抽头，得钱时，上至参谋，下至传达，人人有份。

大家有时也谈谈学问。几个高级将校，各样学识皆像个有知识的军人，有些做过一两任知事，有些还能作作诗，有些又到日本留过学。但大家都似乎因为所在地方不是说学问的地方，加之那姓杨的司令官又不识字，所以每天大家就只好陪司令官打打牌，或说点故事，烧烧鸦片烟，喝一杯烧酒。他们想狗肉吃时，就称赞我上一次做的狗肉如何可口，且总以为再来那么一次试试倒不坏。我便自告奋勇，拿了钱即刻上街。几个上级官佐自然都是有钱的，每一次罚款，他们皆照例有一份，摆赌又有一份，他们的钱得来就全无用处。不说别人，单是我一点点钱，也就常常不知道怎么去花！因此有时只要听到他们赞美了我烹调的手腕后，我还常常不告给他们，就自己跑出去把狗肉买得，一个人拿过修械处打铁炉上去，把那一腿狗肉皮肤烧烧，再同一个小副兵到溪边水里去刮尽皮上的焦处，砍成小块，用钵头装好，上街去购买各样作料，又回到修械处把有铁丝贯耳的瓦钵，悬系打铁炉上面，自己努力去拉动风箱，直到把狗肉炖得稀烂。晚饭摆上桌子时，我方要小副兵把我的创作搬来，使每个人的脸上皆写上一个惊讶的微笑，各个人的脸嘴皆为这一钵肥狗肉改了样子。于是我得意了，我便异常快乐地说："来，来，试一试，今天的怎么样！"我那么忙着，赤个双脚跑上街去又到冰冷的溪水里洗刮，又守在风箱边老半天，究竟为的是什么？就为的是临吃饭时惊讶他们那么一下！这些将校也可真算得是懂幽默，常常从楼上眼看着我手上提了狗肉，知道我正在做这件事时，只装作不知道，对于我应办的公文，那秘书官却自己来动手。见我向他们微笑，他们总故意那么说："天气这样坏，若有点狗肉大家来喝一杯，真不错！"说了他们又互相装成抱歉的口吻说："上一次真对不起小师爷，请我们的客忙了他一天。"他们说到这里时就对我望着，仿佛从我微笑时方引起一点疑心，方带着疑问似的说："怎么，怎么，小师爷你难道又要请客了吗？这次可莫来了，再来我们就不好意思了！"可是，我笑笑，跑了。他们明白这件事，他们也没有什么不好意思。我虽然听得出他们的口吻，懂得他们的做作，但我还是欢喜那么做东请客。

就因为这点性格，名义上做的是司书，实际上每五天一场，我总得做一回厨子。大约当时我焖狗肉的本领较之写字的本领实在也高一着，我的生活兴味，对于做厨子办菜，又似乎比写点公函呈文之类更相近。

我间或同这些高等人物走出村口，往山脚下乡绅家里去吃蒸鹅喝家酿烧酒，间或又同修械处小工人上山采药摘花，找寻山果。我们各人会用筱竹做竖笛，在一支短竹上钻四个圆圆的眼儿，另一端安置一个扁扁的竹膜哨子，就可吹出新婚嫁女的唢呐声音。胡笳曲中的“娘送女”“山坡羊”等等，我们无一不可以合拍吹出。我们最得意处也就是四五个人各人口中含了那么一个东西向街上并排走去，呜呜喇喇声音引起许多人注意，且就此吹进营门。住在戏楼上人，先不知道是谁做的事，各人皆争着把一个大头从戏楼窗口伸出，到后明白只是我们的玩意儿时，一面大骂我们一面也就笑了许久。大致因为大家太无事可做，所以他们不久反而来跟我们学习吹这个东西，有一姓杨的参谋，便常常拿了这种绿竹小管，依傍在楼梯边吹它，一吹便是半天。

我们又常常在晚上拿了火炬镰刀到小溪里去砍鱼，用鸡笼到田中去罩鱼。且上山装套，设阱捕捉野狸同黄鼠狼。把黄鼠狼皮整个剥来，用米糠填满它的空处，晒干时用它装零件东西。

我有一次无意中还在背街发现了一个融铁工厂。

当我发现了那个制铁处以后，就常常一个人跑到那里去，看他们工作。因此明白那个地方制铁分四项手续，第一收买从别处担来的黄褐色原铁矿，七个小钱一斤，按分量算账。其次把买来的铁矿每一层矿石夹一层炭，再在上面压一大堆矿块，从下面生火让它慢慢地燃。第三等到六七天后矿已烘酥冷却，再把它同木炭放到黄泥做成可以倾侧的炉子里面去，一个人把炉旁风箱拉动，进空气进炉腹，等到铁汁已融化时，就把炉下一个泥塞子敲去，把黑色矿石渣先扒出来，再把炉倾侧，放光的白色融液，泻出到划成方形的沙地上，再过一会儿白汁一凝结，便成生铁板了。末了再把这些铁板敲碎放到煤火的炉上去烧红，用锤打成方条，便成为运出本地到各地去的熟铁了。我一到这里来就替他们拉风箱，风箱拉动时做出一种动人的吼声，高巍巍的炉口便喷起一股碧焰，使人耳目十分愉快。用一阵气力在这圆桶形风箱上面，不到一刻就可看到白色放光闪着火花的铁汁从缺口流出，这工作也很有意义的。若拉了一阵风箱，亲眼看过倾泻一次铁汁，我回去时便极高兴地过修械处告给那几个小工人，又看他们拉风箱打铁。我常常到修械处，我欢喜那几个小工人，我欢喜他们勇敢而又快乐地工作。我最高兴的是看他们那个麻子主任，高高地坐在一堆铁条上面，一面唱《孟姜女哭长城》，一面调度指挥三个小孩子的工作。他们或者裸着瘦瘦的膊子，舞动他们的铁锤，或用鱼头钻在铁盘上钻眼，或把敷了酱的三角形新钢锪，烧红时放到盐水里一淬，或者什么事也不做，只是蹲成一团，围到一大钵狗肉，各人用小土碗喝酒，向那麻子“师傅长师傅短”地随意乱说乱笑。说到“做男子的不勇敢可不像男子”时，那师傅若多喝了一杯，时间虽到了十一月，为了来一个证明，总说：

“谁愿意做大丈夫谁同我下溪里泅一阵水！”

到后必是师徒四人一齐从后门出去。到溪水里去乱浇一阵水，闹一阵，光着个上身跑回来，大家哈哈笑个半天。有一次还多了一个人，因为我恰恰同他们喝酒，我也就做了一次“大丈夫”。

在部中可看到的还很多，间或有什么火夫犯了事，值日副官就叫他到大堂廊下，臭骂一顿，喊：“护兵，打这狗杂种一百！”于是那火夫知道是要打他了，便自动卸了裤子，趴在冷硬的石阶上，露出一个黑色的大脏臀，让板子啪啪地打，把数目打足，站起来提着裤头荷荷地哭着走了。

白日里出到街市尽头处去玩时，常常还可以看见一幅动人的图画，前面几个兵士，中间一个十二三岁的小孩子，挑了两个人头，这人头便常常是这小孩子的父亲或叔伯，后面又是几个兵，或押解一两个双手反缚的人，或押解一担衣箱，一匹耕牛。这一行人众自然是应当到我们总部去的，一见到时我们便跟了去。

晚上拷打时，常常看到他们用木棒打犯人脚下的螺丝骨，这刑罚是垫在一块方铁上执行的，二十下左右就可把一只脚的骨髓敲出。又用香火熏鼻子，用香火烧胸胁。又用铁棍上“地绷”，啵的一声把脚扳断，第二天上午就拖了这人出去砍掉。拷打这种无知乡民时，我照例得坐在一旁录供，把那些乡下人在受刑不过情形中胡胡乱乱招出的口供，记录在一角公文纸上。末后兵士便把那乡下人手掌涂了墨，在公文末尾空白处按个手迹，这些东西末了还得归我整理，再交给军法官存案。

姓文的秘书

当我已升做司书常常伏在戏楼上窗口边练字时，从别处地方忽然来了一个趣人，做司令部的秘书官。这人当时只能说他很有趣，现在想起他那个风格，也做过我全生活一颗钉子，一个齿轮，对于他有可感谢处了。

这秘书先生小小的个儿，白脸白手，一来到就穿了青缎马褂各处拜会。这真是稀奇事情。部中上下照例全不大讲究礼节，吃饭时各人总得把一只脚跷到板凳上去，一面把菜饭塞满一嘴，一面还得含含糊糊骂些野话。不拘说到什么人，总得说：

“那杂种，真是……”

这种辱骂并且常常是一种亲切的表示，言语之间有了这类语助词，大家谈论就仿佛亲爱了许多。小一点且常喊小鬼，小屁眼客，大一点就喊吃红薯吃糟的人物，被喊的也从无人作兴生气。如果见面只是规规矩矩寒暄，大家倒以为是从京里学来的派头，有点“不堪承教”了。可是那姓文的秘书到了部里以后，对任何人都客客气气的，即或叫副兵，也轻言细语，同时当着大家放口说野话时，他就只微微笑着。等到我们熟了点，单是我们几个秘书处的同事在一处时，他见我说话，凡属自称必是“老子”，他把头摇着：

“啊呀呀，小师爷，你人还那么一点点大，一说话也老子长老子短！”

我说："老子不管，这是老子的自由。"可是我看看他那和气的样子，我有点害羞起来了，便解释我的意见，"这是说来玩的，不损害谁。"

那秘书官说：

"莫玩这个，你聪明，你应当学好的，世界上有多少好事情可学！"

我把头偏着说：

"那你为老子说说，老子再看看什么样好就学什么吧。"

因为我一面说话一面看他，所以凡是说到"老子"时总不得不轻声一点，两人谈到后来，不知不觉就成为要好的朋友了。

我们的谈话也可以说是正在那里互相交换一种知识，我从他口中虽得到了不少知识，他从我口中所得的也许还更多一点。

我为他做狼嗥，做老虎吼，且告诉他野猪脚迹同山羊脚迹的分别，我可从他那里知道火车叫的声音、轮船叫的声音，以及电灯电话的样子。我告他的是一个被杀的头如何沉重，那些开膛取胆的手续应当如何把刀在腹部斜勒，如何从背后踢那么一脚，他却告我美国兵、英国兵穿的衣服，且告我鱼雷艇是什么，氢气球是什么；他对于我所知道的种种觉得十分新奇，我也觉得他所明白的真真古怪。

这种交换谈话各人皆仿佛各有所得，故在短短的时间中，我们便成就了一种最可纪念的友谊。他来到了怀化后，先来几天因为天气不大好，不曾清理他的东西。三天后出了太阳，他把那行李箱打开时，我看到他有两本厚厚的书，字那么细小，书却那么厚实，我竟吓了一跳。他见我为那两本书发呆，就说：

“小师爷，这是宝贝，天下什么都写在上面，你想知道的各样问题，全部写得有条有理。”

这样说来更使我敬畏了。我用手摸摸那书面，恰恰看到书脊上两个金字，我说：

“《辞源》，《辞源》。”

“正是《辞源》。你且问我不拘一样什么古怪的东西，我立刻替你找出。”

我想了想，一眼望到戏楼下诸葛亮三气周瑜的浮雕木刻，我就说：“诸葛孔明卧龙先生怎么样？”他即刻低下头去，前面翻翻后面翻翻，一会儿就被他翻出来了。到后另外又翻了一件别的东西。我快乐极了。他看我自己动手乱翻乱看，恐怕我弄脏了他的书，就要我下楼去洗手再来看。我相信了他的话，洗过了手还乱翻了许久。

因为他见我对于他这一本宝书爱不释手，就问我看过报没有。我说：“老子从不看报，老子不想看什么报。”他却从他那《辞源》上翻出“老子”一条来，我方知道老子就是太上老君，太上老君竟是真有的人物。我不再称自己做太上老君，我们却来讨论报纸了。于是同另一个老书记约好，三人各出四毛钱，订一份《申报》来看，报钱买成邮花寄往上海后，报还不曾寄来，我就仿佛看了报，且相信他的话，报纸是了不得的东西，我且俨然就从报纸上学会许多事情了。这报纸一共订了两个月，我似乎从那上面认识了好些生字。

这秘书虽把我当个朋友看待，可是我每天想翻翻他那本宝书可不成，他把书好好放在箱子里，他对这书显然也不轻视的。既不能成天翻那本书，我还是只能看看《秋水轩尺牍》，或从副官长处一本一本地把《西游记》借来看看。办完公事不即离开白木桌边时，从窗口望去正对着戏台，我就用公文纸头描画戏台前面的浮雕。我的一部分时间，跟这人谈话，听他说下江各样东西，大部分时间，还是到外边无限制的玩。但我梦里却常常偷翻他那宝书，事实上也间或有机会翻翻那宝书。氢气是什么，《淮南子》是什么，参议院是什么，就多半从那本书上知道的。

驻扎到这里来名为清乡，实际上便是就食。从湘西方面军队看来，过沅州清乡，比较据有其他防地占了不少优势，当时靖国联军第二军实力尚厚，故我们部队能够得到这片地土。为时不久，靖国联军一军队伍节制权由田应诏转给了他的团长陈渠珍[①]

① 陈渠珍（1882—1952），湖南凤凰人，毕业于湖南武备学堂，1919年下半年接替田应诏任湖南靖国联军第一军军长，1920年任湘西巡防统领。此人掌湘西兵权数十年，人称“湘西王”。

后，一二军的势力有了消长。二军杂色军队过多，无力团结，一军力图自强，日有振作。做民政长兼二军司令的张学济，在财政与军事两方面，支配处置皆发生了困难，第一支队清乡除杀人外既毫无其他成绩，军誉又极坏，因此防地发生了动摇。当一军陈部从麻阳开过，本部感受压迫时，既无法抵抗，我们便在一种极其匆忙中退向下游。于是仍然是开拔，用棕衣包裹双脚，在雪地里跋涉，又是小小的船浮满了一河。五天后我又到辰州了。

军队防区既有了变化，杂牌军队有退出湘西的模样，二军全部皆用“援川”名义，开过川东去就食。我年龄由他们看来，似乎还太小了点，就命令我同一个老年副官长，一个跛脚副官，一个吃大烟的书记官，连同二十名老弱兵士，留在后方的留守部。

军队开走后，我除了每三天誊写一份报告，以及在月底造一留守处领饷清册呈报外，别的便无事可做。街市自从二军开拔后，似乎也清静多了。我每天仍然常常到那卖汤圆处去坐坐，间或又到一军学兵营看学兵下操。或听副官长吩咐，与一个兵士为他过城外水塘边去钓蛤蟆，把那小生物弄回部里给他下酒。

女难

我欢喜辰州那个河滩，不管水落水涨，每天总有个时节在那河滩上散步。那地方上水船下水船虽那么多，由一个内行眼中看来，就不会有两只相同的船。我尤其欢喜那些从辰溪一带载运货物下来的高腹昂头“广舶子”，一来总斜斜地孤独地搁在河滩黄泥里，小水手从那上面搬取南瓜，茄子，成束的生麻，黑色放光的圆瓮。那船在暗褐色的尾梢上，常常晾得有朱红裤褂，背景是黄色或浅碧色一派清波，一切皆那么和谐，那么愁人。

美丽总是愁人的。我或者很快乐，却用的是发愁字样。但事实上每每见到这种光景。我总默默地注视许久。我要人同我说一句话，我要一个最熟的人，来同我讨论这些光景。可是这一次来到这地方，部队既完全开拔了，事情也无可做的，玩时也不能如前一次那么高兴了。虽仍然常常到城门边去吃汤圆，同那老人谈谈，看看街，可是能在一堆玩，一处过日子，一阵子说话的，已无一个人。

我感觉到我是寂寞的。记得大白天太阳很好时，我就常常爬到墙头上去看驻扎在考棚的卫队玩。有时又跑到井边去，看人家轮流接水，看人家洗衣，看他们做豆芽菜的浇水进桶里去。我坐在那井栏一看就是半天。有时来了一个挑水的老妇人，就帮着这妇人做做事，把桶递过去，把瓢递过去。我有时又到那靠近学校的城墙上去，看那些教会学生玩球，或互相用小小绿色柚子抛掷，或在那坪里追赶扭打。我就坐在城墙上看热闹，间或他们无意中把球踢上城时，学生们懒得上城捡取，总装成怪和气的样子：

“小副爷，小副爷，帮个忙，把我们皮球抛下来。”

我便赶快把球拾起，且仿照他们把脚尖那么一踢，于是那皮球便高高地向空中窜去，且很快地落到那些年轻学生身边了。那些人把赞许与感谢安置在一个微笑里，有的还轻轻地呀了一声，看我一眼，即刻又竞争皮球去了。我便微笑着，照旧坐下来看别人的游戏，心中充满了不可名言的快乐。我虽做了司书，因为穿的还是灰布袄子，故走到什么地方去，别人总是称呼我作“小副爷”。我就在这些情形中，以为人家全不知道我身份，感到一点秘密的快乐。且在这些情形中，仿佛同别个世界里的人也接近了一点。我需要的就是这种接近。

可是不到一会儿，那学校响了上堂铃，大家一窝蜂散了，只剩下一个圆圆的皮球在草坪角隅，墙边不知名的繁花正在谢落，天空静静的，我望到日头下自己的扁扁影子，有说不出的无聊。我得离开这个地方，得沿了城墙走去。有时在城墙上见一群穿了花衣的女人从对面走来，小一点的女孩子远远地一看到我，就“三姐二姐”地乱喊，且说“有兵有兵”，意思便想回头走去。我那时总十分害羞，赶忙把脸向雉堞缺口向外望去，好让这些人从我身后走过，心里却又对于身上的灰布军衣有点抱歉。我以为我是读书人，不应当被别人厌恶。可是我有什么方法使不认识我的人也给我一份尊敬？我想起那册厚厚的《辞源》，想起三个人共同订的那一份《申报》，还想起《秋水轩尺牍》。

就在这一类隐隐约约的刺激下，我有时回到部中，坐在用公文纸裱糊的桌面上，发愤去写细字，一写便是半天。

时间过去了，春天夏天过去了，且重新又过年了。川东鄂西的消息来得够坏。只听说我们军队在川边已同当地神兵接了火，接着就说得退回湖南，第三次消息来时，却说我们军队全部都覆灭了，营长、团长、旅长、军法长、秘书长、参谋长完全皆被杀了。这件事最初不能完全相信，做留守的老副官长就亲自跑过二军留守部去问，到时那边正接到一封详细电报，把我们总司令部如何被人袭击，如何占领，如何残杀的事，一一说明。拍发电报的就正是我的上司。他幸运先带一团人过湘境龙山布防，因此方不遇难。

好，这一下可好！熟人全杀尽了，兵队全打散了，这留守处还有什么用处？自从得到了详细报告后，五天之中我们便领了遣散费，各人带了护照各自回家。

回到家中约在八月左右。一到十二月，我又离开家中过沅州。家中实在蹲不住，军队中不成，还得另想生路，沅州地方应当有机会。那时正值大雪，既出了几次门，有了出门的经验，把生棕衣毛松松地包裹到两只脚，背了个小小包袱，跟着我一个亲戚的轿后走去，脚倒全不怕冻。雪实在大了点，山路又窄，有时跌到了雪坑里去，便大声喊呼，必得那脚夫把扁担来援引方能出险。可是天保佑，跌了许多次数我却不曾受伤。走了四天到地以后我暂住在一个舅父[①]家中，不久舅父做了警察所长，我就做了那小小警察所的办事员。办事处在旧县衙门，我的职务只是每天抄写违警处罚的条子。隔壁是个典狱署，每夜皆可听到监狱里犯人受狱中老犯拷掠的呼喊。警察署也常常捉来些偷鸡摸狗的小窃，一时不即发落，便寄存到牢狱里去，因此每天黄昏将近牢狱里应当收封点名时，照例我也得同一个巡官，拿一本点名册，跟着进牢狱里去，点我们这边寄押人犯的名。点完名后，看着他们那方面的人把重要犯人一一加上手镣，必须套枷的还戴好方枷，必须固定的还把他们系在横梁铁环上，几个人方走出牢狱。

警察署不久从地方财产保管处接收了本地的屠宰税，我这办事员因此每天又多了一份职务。每只猪抽收六百四十文的税捐，我便每天填写税单。另外派了人去查验，恐怕那查验的舞弊不实，我自己也得常常出来到全城每个屠案桌边看看。这份职务有趣味处倒不是查出多少漏税的行为，却是我可以因此见识许多事情。我每天得把全城跑到，还得过一个长约一里在湘西方面说来十分著名的长桥，往对河地方去看看。各个店铺里的人俱认识我，同时我也认识他们。成衣铺，银匠铺，南纸店，丝烟店，不拘走到什么地方，便有人向我打招呼，我随处也照例谈谈玩玩。这些商店主人照例就是本地绅士，常常同我舅父喝酒，也知道许

① 指沈从文的堂舅黄巨川。

多事情皆得警察所帮忙，因此款待我很不坏。

另外还有个亲戚，在本地又是一个大拇指人物，有钱，有势，从知事起任何人物任何军队皆对他十分尊敬，从不敢稍稍得罪他。这个亲戚对于我的能力，也异常称赞。

那时我的薪水每月只有十二千文，一切事倒做得有条不紊。

大约正因为舅父同另外那个亲戚每天作诗的原因，我虽不会作诗，却学会了看诗。我成天看他们作诗，替他们抄诗，工作得很有兴致。因为盼望所抄的诗被人嘉奖，我开始来学写小楷字。因为空暇的时间仍然很多，恰恰那亲戚家中有两大箱商务印行的《说部丛书》，这些书便轮流做了我最好的朋友。我记得狄更斯的《冰雪因缘》《滑稽外史》《贼史》这三部书①，反复约占去了我两个月的时间。我欢喜这种书，因为它告给我的正是我所要明白的。它不如别的书说道理，它只记下一些现象。即或它说的还是一种很陈腐的道理，但它却有本领把道理包含在现象中。我就是个不想明白道理却永远为现象所倾心的人。我看一切，却并不把那个社会价值搀加进去，估定我的爱憎。我不愿问价钱上的多少来为百物做一个好坏批评，却愿意考查它在我官觉上使我愉快不愉快的分量。我永远不厌倦的是“看”一切。宇宙万汇在动

① 狄更斯，英国小说家。《冰雪因缘》即《董贝父子》，《滑稽外史》即《匹克威克外传》，《贼史》即《雾都孤儿》。

作中，在静止中，我皆能抓定她的最美丽与最调和的风度，但我的爱好却不能同一般目的相合。我不明白一切同人类生活相联结时的美恶，另外一句话说来，就是我不大能领会伦理的美。接近人生时我永远是个艺术家的感情，却绝不是所谓道德君子的感情。可是，由于社会人与人的关系产生的各种无固定性的流动的美，德性的愉快，责任的愉快，在当时从别人看来，我也是毫无瑕疵的。我玩得厉害，职分上的事仍然做得极好。

那时节我的母亲同姊妹，已把家中房屋售去，剩下几千块钱，既把老屋售去不大好意思在本城租人房子住下，且因为我事情做得很好，沅州的亲戚又多，便坐了轿子来到沅州，我们一同住下。本地人只知道我家中是旧家，且以为我们还能够把钱拿来存放钱铺里，我又那么懂事明理有做有为，那在当地有势力的亲戚太太，且恰恰是我母亲的妹妹，因此无人不同我十分要好，母亲也以为一家的转机快到了。

假若命运不给我一些折磨，允许我那么把岁月送走，我想象这时节我应当在那地方做了一个小绅士，我的太太一定是个略有财产商人的女儿，我一定做了两任知事，还一定做了四个以上孩子的父亲。照情形看来，我的生活是应当在那么一个公式里发展的。这点打算不是现在的想象，当时那亲戚就说到了。因为照他意思看来，我最好便是做他的女婿，所以别的人请他向我母亲询询对于我的婚事意见时，他总说得慢一点。

不意事业刚好有些头绪，那做警察所长的舅父，却害肺病死掉了。

因他一死，本地捐税抽收保管改为一个新的团防局，我得到职务上“不疏忽”的考语，仍然把职务接续下去，改到了新的地方，做了新机关的收税员。改变以后情形稍稍不同的，我得每天早上一面把票填好，一面还得在十点后各处去查查。不久在那团防局里我认识了十来个绅士，却同时认识一个白脸长身的小孩子。由于这小孩子同我十分要好，半年后便有一个脸儿白白的身材高的女孩印象，把我生活完全弄乱了。

我是个乡下人，我的月薪已从十二千增加到十六千，我已从那些本地乡绅方面学会了刻图章，写草字，作点半通不通的五律七律，我年龄也已经到了十七岁。在这样情形下，一个样子诚实聪明懂事的年轻人，和和气气邀我到他家中，去看他的姐姐，请想想，我结果怎么样。

乡下人有什么办法，可以抵抗这命运所摊派的一分？

当那在本地跷大拇指的亲戚，隐隐约约明白了这件事情时，当一些乡绅知道了这件事情时，每个人都劝告我不要这么傻。有些本来看中了我，同我常常作诗的绅士，就向我那有势力的亲戚示意，愿意得到这样一个女婿。那亲戚于是把我叫去，当着我的母亲，把四个女孩子提出来问我看谁好就定谁。四个女孩子中就有我一个表妹。老实说来，我当时也还明白四个女孩子生得皆很体面，比另外那一个强得多，全是在平时不敢希望得到的好女孩子。可是上帝的意思与魔鬼的意思两者必居其一，我以为我爱了另外那个白脸女孩子，且相信那白脸男孩子的谎话，以为那白脸女孩子也正爱我。一份离奇的命运，行将把我从这种庸俗生活中攫去，再安置到此后各样变故里，因此我当时同我那亲戚说："那不成，我不做你的女婿，也不做店老板的女婿。我有计划，得自己照我自己的计划做去。"什么计划？真只有天知道。

我母亲什么也不说，似乎早知道我应分还得受多少折磨，家中人也免不了受许多磨难的样子，只是微笑。那亲戚便说："好，那我们看，一切有命，莫勉强。"

那时节正是三月，四月中起了战事，八百土匪把一个小城团团围住，在城外各处放火，四百左右驻军同一百左右团丁站在城墙上对抗，到夜来流弹满天交织，如无数紫色小鸟振翅，各处皆喊杀连天。三点钟内城外即烧去了七百栋房屋。小城被围困共计四天，外县援军赶到方解了围。这四天中城外的枪炮声我一点也不关心，那白脸孩子的谎话使我只知道有一件事情，就是我已经被一个女孩子十分关切，我行将成为他的亲戚。我为他姊姊无日无夜作旧诗，把诗作成他一来时便为我捎去。我以为我这些诗必成为不朽作品，他说过，他姊姊便最欢喜看我的诗。

我家中那点余款本来归我保管存放的。直到如今，我还不明白为什么那白脸孩子今天向我把钱借去，明天即刻还我，后天再借去，大后天又还给我，结果算去算来却有一千块钱左右的数目，任何方法也算不出用它到什么方面去。这钱居然无着落了。但还有更坏的事。

到这时节一切全变了，他再不来为我把每天送他姊姊的情诗捎去了，那件事情不消说也到了结束时节了。

我有点明白，我这乡下人吃了亏。我为那一笔巨大数目着了骇，每天不拘做任何事都无心情。每天想办法处置，却想不出比逃走更好的办法。

因此有一天，我就离开那一本账簿，同那两个白脸姊弟，四个一见我就问我“诗作得怎么样”的理想岳丈，四双眼睛漆黑身长苗条发辫极大的女孩印象，以及我那个可怜的母亲同姊妹走了。为这件事情，我母亲哭了半年。这老年人不是不原谅我的荒唐，因我不可靠用去了这笔钱而流涕；却只为的是我这种乡下人的气质，到任何处总免不了吃亏，而想来十分伤心。

常德

我本预备到北京的，但去不成。我本想走得越远越好，正以为我必得走到一个使人忘却了我的存在，种种过失，也使自己忘却了自己种种痴处蠢处的地方，方能够再活下去。可是一到常德后，便有个人[1]把我留下了。

到常德后一时什么事也不能做，只住在每天连伙食共需三毛六分钱的小客栈里打发日子，因此最多的去处还依然同上年在辰州军队里一样，一条河街占去了我大部分生活。辰州河街不过几家做船上人买卖的小茶馆，同几家与船上人做交易的杂货铺，常德的河街可不同多了。这是一条长约两里的河街，有客栈，有花纱行，有油行，有卖船上铁锚铁链的大铺子，有税局，有各种会馆与行庄。这河街既那么长又那么复杂，长年且因为被城中人担水把地面弄得透湿的，我每天来回走个一回两回，又在任何一处随意蹲下欣赏当时那些眼前发生的新事，以及照例存在的一切，日子很快地也就又夜下来了。

那河街既那么长，我最中意的是名为麻阳街的一段。那里一面是城墙，一面是临河而起的一排陋隘逼窄的小屋。有烟馆同面馆，有卖绳缆的铺子，有杂货字号，有屠户，有铸铁锚与琢硬木活车以及贩卖小船上应用器具的小铺子。又有小小理发馆，走路的人从街上过身时，总常常可见到一些大而圆的脑袋，带了三分呆气在那里让剃头师傅用刀刮头，或偏了头搁在一条大腿上，在那里向阳取耳。有几家专门供船上划船人开心的妓院，常常可以见到三五个大脚女人，身穿蓝色印花洋布衣服，红花洋布裤子，

① 指沈从文的表兄黄玉书，沈从文大舅的儿子，其故事见《一个传奇的本事》。

粉脸油头，鼻梁根扯得通红，坐在门前长凳上剥朝阳花子，见有人过路时就迷笑迷笑，且轻轻地用麻阳人腔调唱歌。这一条街上龌浊不过，一年总是湿漉漉的不好走路，且一年四季总不免有种古怪气味。河中还泊满了住家的小船，以及从辰河上游洪江一带装运桐油牛皮的大船。上游某一帮船只拢岸时，这河街上各处都是水手，只看到这些水手手里提了干鱼，或扛了大南瓜，到处走动，各人皆忙匆匆地把从上游本乡带来的礼物送给亲戚朋友。这街上又有些从河街小屋子里与河船上长大的小孩子，大白天三三五五捧了红冠公鸡，身前身后跟了一只肥狗，街头街尾各处找寻别的公鸡打架。一见了什么人家的公鸡时，就把怀里的鸡远远抛去，各占据着那堆积在城墙脚下的木料下观战。自己公鸡战败时，就走拢去踢别的公鸡一脚出气。或者因点别的什么事，同伙两人互骂了一句娘，看看谁也不能输那一口气，就在街中很勇敢地揪打起来，缠成一团揉到烂泥里去。

那街上卖糕的必敲竹梆，卖糖的必打小铜锣，这些人在引起别人注意方法上，皆知道在过街时口中唱出一种放荡的调子，同女人身体某一些部分相关。街上又常常有妇女坐在门前矮凳上大哭乱骂，或者用一把菜刀，在一块木板上一面砍一面骂那把鸡偷去宰吃了的人。那街上且常常可以看到穿了青羽缎马褂，新浆洗过蓝布长衫的船老板，带了很多礼物来送熟人。街头中又常常有唱木头人戏的，当街靠城架了场面，在一种奇妙处置下，当当当当蓬蓬当地响起锣鼓来，许多人便张大了嘴看那个傀儡戏，到收钱时却一哄而散。

那街上有个茶馆，一面临街，一面临河，旁边甬道下去就是河码头，从各小船上岸的人多从这甬道上下，因此来去的人也极多。船上到夜来各处全是灯，河中心有许多小船各处摇去，弄船人拖出长长的声音卖烧酒同猪蹄子粉条。我想象那个粉条一定不坏，很愿意有一个机会到那小船上去吃点什么，喝点什么，但当然办不到。

我到这街上来来去去，看这些人如何生活，如何快乐又如何忧愁，我也就仿佛同样得到了一点生活意义。

我又间或跑向轮船码头去看那些从长沙从汉口来的小轮船，在趸船一角怯怯地站住，看那些学生模样的青年和体面女人上下船，看那些人的样子，也看那些人的行李。间或发现了一个人的皮箱上贴了许多上海、北京各地旅馆的标志，我总悄悄地走过去好好地研究它一番，估计这人究竟从哪儿来。内河小轮船刚一抵岸，在我这乡巴佬的眼下实在是一个奇观。

我间或又爬上城去，在那石头城上兜一个圈子，一面散步，一面且居高临下地欣赏那些傍了城墙脚边住家的院子里一切情形。在近北门一方面，地邻小河，每天照例有不少染坊工人，担了青布白布出城过空场上去晒晾，又有军队中人放马，又可看到埋人，又可看鸭子同白鹅。一个人既然无事可做，因此到城头看过了城外的一切，还觉得有点不足时，出城到那些大场里去找染坊工人与马夫谈话，情形也就十分平常。我虽然已经好像一个读书人了，可是事实上一切精神却更近于一个兵士，到他们身边时，我们谈到的问题，实在就比我到一个学生身边时可谈的更多。就现在说来，我同任何一个下等人就似乎有很多方面的话可谈，他们那点感想，那点观念，也大多数同我一样，皆从现实生活取证来的。可是若同一个大学教授谈话，他除了说从书本上学来的那一套心得以外，就是说从报纸上学来的他那一份感想，对于一个人的成分，总似乎缺少一点什么似的，可说的也就很少很少了。

我有时还跟随一队埋人的行列，走到葬地去，看他们下葬时所用的一些手续与我那地方的习俗如何不同。

另外那件使我离开原来环境逃亡的事，我当然没有忘记，我写了些充满忏悔与自责的书信回去，请求母亲的原恕，母亲知道我并不自杀，于是来信说：“已经做过了的错事，没有不可原恕的道理。你自己好好地做事，我们就放心了。”接到这些信时，我便悄悄到城墙上去哭。因为我想象得出，这些信由母亲口说姊姊写到纸上时，两人的眼泪一定是挂在脸上的。

我那时也同时听到了一个消息，就是那白脸孩子的姊姊，下行读书，在船上却被土匪抢入山中做押寨夫人去了。得到这消息后，我便在那小客店的墙壁上写下两句别人的诗，抒写自己的感慨："佳人已属沙吒利，义士今无古押衙。"义土虽无古押衙，其实过不久这女孩就从土匪中花了一笔很可观的数目赎了出来，随即同一个黔军团长结了婚。但团长不久又被枪毙，这女人便进到沅州本地的天主堂做洋尼姑去了。

我当然书也不读，字也不写，诗也无心再作了。

那时我所以留在常德不动，就因为上游九十里的桃源县，有一个清乡指挥部，属于我本地军队，这军队也就是当年的靖国联军第一军的一部分。那指挥官节制了三个支队，本人虽是个贵州人，所有高级官佐却大半是我的同乡。朋友介绍我到那边去，以为做事当然很容易。那时节何键正做骑兵团长，归省政府直辖，贺龙做支队司令，归清乡指挥统辖，部队全驻防桃源县。我得到了介绍信之后，就拿了去会贺龙，又去晋谒熟人，向清乡指挥部谋差事。可是两处虽有熟人却毫无结果。书记差遣一类事情既不能做，我愿意当兵，大家又总以为我不能当兵。不过事情虽无结果，熟人在桃源的既很多，我却可以常常坐小轮船过桃源来玩了。那时有个表弟[1]正从上面委派下来做译电，我一到桃源时，就住在他那里。两人一出外还仍然是到河边看来往船只。我离开那个清乡军队已两年，再看看这个清乡军队，一切可完全变了。枪械，纪律，完全不同过去那么马虎，每个兵士都仿佛十分自

① 指沈从文表弟聂清。

重，每个军官皆服装整齐凸着胸脯在街上走路，平时无事兵士全不能外出，职员们办公休息各有定时；军队印象使我十分感动。

那指挥官虽自行伍出身，一派文雅的风度，却使人看不出他的本来面目，笔下既异常敏捷，做事又富有经验，好些日子听别人说到他时就使我十分倾心。因此我那时就只想：若能够在他那儿当一名善弁，也许比做别的事更有意思。可是我尽这样在心中打算了很久，却终不能得到一个方便机会。

船上

住在那小旅馆实在不是个办法，每天虽只三毛六分钱，四个月以来欠下的钱很像个大数目了。欠账太多了，非常怕见内老板，每天又必得同她在一桌吃饭。她说的话我可以装作不懂，可是仍然留在心上，挪移不开。桃源方面差事既没有结果，那么，不想个办法，我难道就做旅馆的伙计吗？恰好那时有一只押运军服的帆船，正预备上行，押运人就是我哥哥一个老朋友，我也同他在一堆吃过喝过。一个做小学教员的亲戚，答应替我向店中办个交涉，欠账暂时不说，将来发财再看。在桃源的那个表弟，恰好也正想回返本队，因此三人就一同坐了这小船上驶。我的行李既只是一个用面粉口袋改作的小小包袱，所以上船时实在洒脱方便。

船上装满了崭新棉布军服，把军服摊开，就躺到那上面去，听押船上行的曾姓朋友，说过去生活中种种故事，我们一直在船上过了四十天。

这曾姓朋友读书不多，办事却十分在行，军人风味的勇敢，爽直，正如一般筸人的通性，因此说到任何故事时，也一例能使人神往意移。他那时年纪不会过二十五岁，却已赏玩了四十名左右的年轻黄花女。他说到这点经验时，从不显出一分自负的神气，不骄傲，不矜持。他说这是他的命运，是机缘的凑巧。从他口中说出的每个女子，皆仿佛各有一分不同的个性，他却只用几句最得体、最风趣的言语描出。我到后来写过许多小说，描写到某种不为人所齿及的年轻女子的轮廓，不至于失去她当然的点线，说得对，说得美，就多数得力于这个朋友的叙述。一切粗俗的话语，在一个直爽的人口中说来，却常常是妩媚的。这朋友最爱说的就是粗野话，总仿佛不用口去亲女人下体时，就得用口来说它。在我作品中，关于丰富的俗语与双关比譬言语的应用，从他口中学来的也不少。（这人就是《湘行散记》中那个戴水獭皮帽子大老板。）

我临动身时有一块七毛钱，那豪放不羁的表弟却有二十块钱，但七百里航程还只走过八分之一时，我们所有的钱却已完全花光了。把钱花光后我们仍然有说有笑，各人躺在温暖软和的棉军服上面，说粗野的故事，喝寒冷的北风，让船儿慢慢拉去，到应吃饭时，便用极厉害的辣椒在火中烧焦蘸盐下饭。

船只因为得随同一批有兵队护送的货船同时上行，一百来只大小不等的货船，每天皆同时拔锚，同时抛锚，故景象十分动人。但辰河滩水既太多，行程也就慢得极可以。任何一只船出事时皆得加以援助，一出事总就得停顿半天。天气又冷，河水业已下落，每到滩上河槽容船处都十分窄，船夫在这样天气下，还时时刻刻得下水中拉纤，故每天即或毫无阻碍也只能走三十里。送船兵士到了晚上有一部分人得上岸去放哨，大白天则全部上岸跟着船行，所以也十分劳苦。这些兵士经过上司的命令，送一次船一个钱也不能要，就只领下每天二毛二分钱的开差费，但人人却十分高兴，一遇船上出事时，就去帮助船夫，做他们应做的事情。

我们为了减轻小船的重量，也常常上岸走去，不管如何风雪，如何冷，在河滩上跟着船夫的脚迹走去，遇他们落水，我们便从河岸高山上绕道走去。

常德到辰州四百四十里，我们一行便走了十八天，抵岸那天恰恰是正月一日，船傍城下时已黄昏，三人空手上岸，走到市街去看了一阵春联，从一个屠户铺子经过，我正为他们说及四年前见到这退伍兵士屠户同人殴打，如《水浒传》上的镇关西，谁也不是他的对手。恰恰这时节我们前面一点就抛下了一个大爆竹，訇的一声，吓了我们一跳。那时各处虽有爆竹的响声，但曾姓朋友却以为这个来得古怪。看看前面不远又有人走过来，就拖我们稍稍走过了屠户门前几步，停顿了一下，那两个商人走过身时，只见那屠户家楼口小门里，很迅速地又抛了一个爆竹下来，又是訇的一声，那两个商人望望，仿佛知道这件事，赶快走开了。那曾姓朋友说："这狗杂种故意吓人，让我们去拜年吧。"还来不及阻止，他就到那边拍门去了。一面拍门一面和气异常地说："老板，老板，拜年，拜年！"一会儿有个人来开门，把门开时，曾姓朋友一望，就知道这人是镇关西，便同他把手拱拱，冷不防在那高个子眼鼻之间就是结结实实一拳，那家伙大约多喝了杯酒，一拳打去就倒到烛光辉煌的门里去了。只听到哼哼乱骂，但一时却爬不起来，且有人在楼上问什么什么，那曾姓朋友便说："狗肏的，把爆竹从我头上丢来，你认错了人。老子打了你，有什么话说，到中南门河边送军服船上来找我，我名曾祖宗。"一面说，一面便取出一个名片向门里抛去，拉着我们两人的膀子，哈哈大笑迈步走了。

我们倒以为那个镇关西会赶来的，因此各人随手还拾了些石头，须备来一场恶斗，谁知身后并无人赶来。上船后，尚以为当时虽不赶来，过不久定有人在泥滩上喊曾芹轩，叫他上岸比武。这朋友腹部临时还缚了一个软牛皮大抱肚，选了一块很合手的湿柴，表弟同我却各人拿了好些石块，预备这屠户来说理。也许一拳打去那家伙已把鼻子打塌了，也许听到寻事的声音是镇筸人，知道不大好惹，且自己先输了理，故不敢来第二次讨亏吃了，因此我们竟白等了一个上半夜。这个年也就在这类可笑情形中过了。第二天一早，船又离开辰州河岸，开进辰河支流的北河了。

从辰州上行，我们仍然沿途耽搁，走了十四天，在离目的地七十里的一个滩上，轮到我们的船出险了。船触大石后断了缆。右半舷业已全碎，五分钟后就满了水，恰好船只装的是军服，一时不即沉没，我们便随了这破船，急水中漂浮了约三里，那时船上除了我们三人，就只一个拦头工人一个舵手。水既激急，所以任何方法总不能使船安全泊岸。然而天保佑，到后居然傍近浅处了。慢慢地十几个拉纤的船夫赶来了，兵士赶来了，大家什么话也不说，只互相对望干笑。于是我们便爬到岸边高崖上去，让船中人把搁在浅处的碎船篷板拆下，在河滩上做起一个临时棚子，预备过夜。其余船只因为两天后已可到地，就不再等我们，全部把船开走了。本地虽无土匪，却担心荒山中有野兽，船夫们烧了两大堆火，我们便在那个河滩上听了一夜滩声，过了一个元宵。

保靖

目的地到达后，我住在一个做书记的另一表弟那里。无事可做等事做，照本地话说名为“打流”。这名词在吃饭时就见出了意义。每天早晚应吃饭时，便赶忙跑到各位老同事、老同学处去，不管地方，不问情由，一有吃饭机会总不放过机会。这些人有做书记的，每月大约可得五块到十块钱，有做副官的，每月大约可得十二块到十八块钱。还有做传达的，数目比书记更少。可是在这种小小数目上，人人却能尽职办事，从不觉得有何委屈，也仍然是在日光下笑骂吃喝，仍然是有热有光地打发每一个日子。职员中肯读书的，还常常拿了书到春天太阳下去读书。预备将来考入军官学校的，每天大清早还起来到卫队营去附操，一般高级军官，生活皆十分拮据，吃粗粝的饭，过简陋的日子，然而极有朝气，全不与我三年前所见的军队相像。一切都得那个精力弥满的统领官以身作则，擘画一切，调度一切，使各人能够在职务上尽力，不消沉也不堕落。这统领便是先一时的靖国联军一军司令，直到现在，还依然在湘西抱残守阙，与一万余年轻军人同过那种甘苦与共的日子。

当时我的熟人虽多，地位都很卑下，想找工作却全不能靠谁说一句话。我记得那时我只希望有谁替我说一句话，到那个军人身边去做一个护兵。且想即或不能做这人的护兵，就做别的官佐护兵也成。因此常常从这个老朋友处借来一件干净军服，从另一个朋友又借了条皮带，从第三个又借了双鞋子，大家且替我装扮起来，把我打扮得像一个有教育懂规矩的兵士后，方由我那表弟带我往军法处、参谋处、秘书处，以及其他地方，拜会那些高级办事员，先在门边站着，让表弟进去呈报。到后听说要我进去了，一走进去时就霍的立一个正，做着各样询问的答复，再在一张纸上写几个字。只记着“等等看，我们想法”，就出来了。可是当时竟毫无结果，都说可以想法，但谁也不给一个切实的办法。照我想来其所以失败的原因，大体还是一则做护兵的多用小苗人和乡下人，做事吃重点，用亲戚属中子侄，做事可靠点。二则他们都认识我爸爸，不好意思让我来为他们当差。我既无办法可想，又不能去亲自见见那位统领官，一坐下来便将近半年。

这半年中使我亲亲切切感到几个朋友永远不忘的友谊，也使我好好地领会了一个人当他在失业时萎悴无聊的心情。但从另外一方面说来，我却学了不少知识，凭一种无挂无碍到处为生的感情，接近了自然的秘密。我爬上一个山，傍近一条河，躺到那无人处去默想，漫无涯涘去做梦，所接近的世界，似乎皆更是一个结实的世界。

生活虽然那么糟，性情却依旧那么强，有一次因个小小问题，与那表弟吵了几句，半夜里不高兴再在他床上睡觉了，一时又无处可去，就走到一个养马的空屋里，爬到有干草同干马粪香味的空马槽里睡了一夜，到第二天去拿那小包袱告辞时，两人却又讲了和，笑着揉到地上扭打了一阵。但我那表弟却更有趣味。在另外一个夜里，与一个同事说到一件小事，互相争持不下时，就向那人说：“您不服吗，我两人出去打一架！看看！”那人便老老实实同他披了衣服出去，到黑暗无人的菜园里，扭打了一阵，践踏坏了一大堆白菜，各人滚了一身泥，鼻青眼肿悄悄回到住处，一句话也不说。第二天上饭桌时，才为人从脸目间认出夜里情形来，互相便坦白地大笑，同时也就照常成为好朋友了。这一群年轻人大致都那么勇敢直爽，十分可爱，但十余年来，却有大半早从军官学校出身做了小军官，在历次小小内战上牺牲腐烂了。

当时我既住到那书记处，几月以来所有书记原本虽不相识，到后也自然都熟透了。他们忙时我便为他们帮帮忙，写点不重要的训令和告示，一面算帮他们的忙，一面也算我自己玩，有一次正在写一件信札，为一个参谋处姓熊的高级参谋见到，问我是什么名义。我以为应分受责备了，心里发慌，轻轻地怯怯地说："我没有名义，我是在这里玩的。帮他们忙写这个文件！"到后那书记官却为我说了一句公道话，告给那参谋，说我帮了他们很多的忙。问清楚了姓名，因此把我名单开上去，当天我就做了四块钱一月的司书。我做了司书，每天必到参谋处写字，事做完时就回到表弟处吃饭睡觉。

事业一有了着落，我很迅速地便在司书中成为一个特殊的书记了。我比他们字写得实在好些。抄写文件时上面有了错误处，我能纠正那点笔误。款式不合有可斟酌处，我也看得出，说得出。我的几个字使我得到了较优越的地位，因此更努力写字。机会既只许可我这个人在这方面费去大部分时间同精力，我也并不放下这点机会。我得临帖，我那时也就觉得世界上最使人敬仰的是王羲之。我常常看报，原只注意有正书局的广告，把一点点薪水聚集下来，谨谨慎慎藏到袜筒里，或鞋底里，汗衣也不作兴有两件，但五个月内我却居然买了十七块钱的字帖。

一份惠而不费的赞美，带着点幽默微笑：“老弟，你字真龙飞凤舞，这公文你不写谁也就写不了！”就因为这类话语，常常可以从主任那瘪瘪口中听到，我于是当着众人业已熄灯上床时，还常常在一盏煤油灯下，很细心地用《曹娥碑》字体誊录一角公文或一份报告。

各种生活营养到我这个魂灵，使它触着任何一方面时皆若有一闪光焰。到后来我能在桌边一坐下来就是八个钟头，把我生活中所知道所想到的事情写出，不明白什么叫作疲倦，这份耐力与习惯，都出于我那做书记的命运。

我不久因工作能力比同事强，被调到参谋处服务了。

书记处所在地方，据说是彭姓土司一个妃子所住的花楼。新搬去住的参谋处，房子梁架还是年前从一个梁姓苗王处抬来的，笨大的材头，笨大的柱子，使人一见就保留一种稀奇印象。四个书记每天有训令命令抄写时，就伏在白木做成的方桌上抄写，不问早晚多少，以写完为止。文件太多了一点，照例还可调取其他部分的书记来帮忙，有时不必调请，照例他们也会赶来很高兴帮忙。把公事办完时，若那天正是十号左右发饷的日子，各人按照薪水多少不等，各领得每月中三分之一的薪饷，同事朋友必各自派出一份钱，亲自去买狗肉来炖，或由任何人做东，上街去吃面。若各人身边皆空空的，恰恰天气又很好，就各自手上拿一木棒，爬上后山顶上去玩，或往附近一土坡上去玩。那后山顶高约一里，并无什么正路，从险峻处爬到顶上时，却可以看许多地方。我们也就只是看那么一眼，不管如何困难总得爬上去。土坡附近常常有号兵在那里吹号，四周埋葬了许多小坟，每天差不多总有一起小棺材，或蒲包裹好的小小尸首，送到这地方来埋葬。当埋葬时，远近便蹲了无数野狗同小狼，埋人的一走，这坟至多到晚上，就被这群畜生扒开，小尸首便被吃掉了。这地方狼的数量不知道为什么竟那么多，既那么多为什么又不捕捉，这理由不易明白。我们每次到那小坡上去，总得带一大棒，就为的是恐怕被狼袭击，有木棒可以自卫。这畜生大白天见人时也并不逃跑，只静静地坐在坟头上望着你，眼睛光光的，牙齿白白的，你不惹它它也不惹你。等待你想用石头抛过去时，它却在石头近身以前，飞奔跑去了。

这地方每到夜间，当月晦阴雨时，就可听远远近近的狼嗥，声音好像伏在地面上，水似的各处流，低而长，忧郁而悲伤。间或还可听到后山的虎叫，昂的一声，谷中回音可延长许久。有时后山虎豹来人家猪圈中盗取小猪，从小猪锐声叫喊情形里，还可分分明明地知道山中野兽，从何处回山，经过何处。大家都已在床铺上听惯了这种声音，也不吃惊，也不出奇。可是由于虎狼太多，虽窗下就有哨兵岗位，但各人皆担心当真会有一天从窗口跃进一只老虎或一只豺狼，我们因此每夜总小心翼翼把窗门关好。这办法也并非毫无好处，有一次果然就有两只狼来扒窗子，两个背靠背放哨的兵士，深夜里又不敢开枪，用刺刀拟定这畜生时，据说两只狼还从从容容大模大样地并排走去。

我的事情既不是每天都很多很多，因此一遇无事可做时，几个人也常常出去玩。街上除了看洋袜子，白毛巾，为军士用的服装，和价值两元一枚的镀金表，别的就没有什么可引起我们注意的。逢三八赶场，在三八两天方有杂货百物买卖。因此我们最多勾留的地方，还是那个河边。河边有一个码头，长年湾泊五十号左右小木船。上面一点是个税局，扯起一面大大的幡旗。有一只方头平底渡船，每天把那些欢喜玩耍的人打发过河去，把马夫打发过河去，把跑差的兵士打发过河去，又装载上不少从永顺来的商人，及由附近村子里来做小买卖的人，从对河撑回，那河极美丽，渡船也美丽。

我们有时为了看一个山洞，寻一种药草，甚至于赌一口气，也常常走十里八里，到隔河大岭上跑个半天。对河那个大岭无所不有，也因为那山岭，把一条河显得更加美丽了。

我们虽各在收入最少卑微的位置上做事，却生活得十分健康。有时即或胡闹，把所有点点钱完全花到一些最可笑事情方面去，生活也仍然是健康的。我们不大关心钱的用处，为的是我们正在生活，有许多生活，本来只需我们用身心去接近，去经验，却不必用一笔钱或一本书来做居间介绍。

但大家就是那么各人守住在自己一份生活上，甘心尽日月把各人拖到坟墓里去吗？可并不这样，我们各人都知道行将有一个机会要来的，机会来时我们会改造自己变更自己的，会尽我们的一份气力去好好做一个人的。应死的倒下，腐了烂了，让他完事。可以活的，就照份上派定的忧乐活下去。

十个月后，我们部队有被川军司令汤子模请过川东填防的消息，我们长官若答应时，便行将派四团人过川东。这消息从几次代表的行动上，决定了一切技术上问题，过不久，便因军队调动把这消息完全证实了。

一个大王

那时节参谋处有个同乡问我："军队开过四川去，要一个文件收发员，你去不去？"他且告给我若愿意去，能得九块钱一月。答应去时，他可同参谋长商量作为调用，将来要回湘时就回来，全不费事。

听说可以过四川去，我自然十分高兴。我心想：上次若跟他们部队去了，现在早腐了烂了。上次碰巧不死，一条命好像是捡来的，这次应为子弹打死也不碍事。当时带军队过川东的司令姓张，也就正是我两年前在桃源时想跟他当兵不成那个指挥官。贺龙做了我们部队的警卫团长，另外有一顾营长，曾营长，杨营长。有些人同去的也许都以为入川可以捞几个横财，讨一个媳妇。我所想的还不是钱不是女人。我那时自然是很穷的，六块钱的薪水，扣去伙食两块，每个月我手中就只四块钱，但假若有了更多的钱，我还是不会用它。得了钱除了充大爷邀请朋友上街去吃面，实在就无别的用处。至于女人呢，仿《疑雨集》写艳体诗情形已成过去了，我再不觉得女人有什么意思。我那时所需要的似乎只是上司方面认识我的长处，我总以为我有份长处，待培养，待开发，待成熟。另外还有一个理由，就是我很想看看巫峡。我有两个朋友为了从书上知道了巫峡的名字后，便亲自徒步从宜昌沿江上重庆走过一次。我听他们说起巫峡的大处，高处，险处，有趣味处，实在神往倾心。乡下人所想的，就正是把自己全个生命押到极危险的注上去，玩一个尽兴！我们当时的防地同川军长官汤子模约好了的，是酉阳、龙潭、彭水、龚滩，统由筸军接防，前卫则到涪州为止。我以为既然到了那边，再过巫峡当然很方便了。

我既答应了那同乡，不管多少钱，不拘什么位置，皆愿意去，于是三天以后，就随了一行人马上路了。我的职务便是文件收发员。临动身时每人照例可向军需处支领薪水一月，得到九块钱后，我什么也不做，只买了一双值一块二毛钱的丝袜子，买了半斤冰糖，把余钱放在板带里。那时天气既很热，晚上还用不着棉被，为求洒脱起见，因此把自己唯一的两条旧棉絮也送给了人，自己背了小小包袱就上路了。我那包袱中的产业计旧棉袄一件，旧夹袄一件，手巾一条，夹裤一条，值一块二毛钱的丝袜子一双，青毛细呢的响皮底鞋子一双，白大布单衣裤一套。另外还有一本值六块钱的《云麾碑》，值五块钱的《圣教序》，值两块钱的《兰亭序》，值五块钱的《虞世南夫子庙堂碑》。还有一部《李义山诗集》。包袱外边则插了一双自由天竹筷子，一把牙刷，且挂了一个钻有小小圆眼用细铁丝链子扣好的搪瓷碗儿。这就是我的全部产业。这份产业现在说来，依然是很动人的。

这次旅行与任何一次旅行一样，我当然得随同伙伴走路。我们先从湖南边境的茶峒到贵州边境的松桃，又到四川边境的秀山，一共走了六天。六天之内，我们走过三个省份的接壤处，到第七天在龙潭驻了防。

这次路上增加了我经验不少，过了些用木头编成的渡筏，那些渡筏的印象，十年后还在我的记忆里，极其鲜明占据了一个位置。（《边城》即由此写成。）晚上落店时，因为人太多了一点，前站总无法分配众人的住处，各人便各自找寻住处，我却三次占据一条窄窄长凳睡觉。在长凳上睡觉，是差不多每个兵士都得养成习惯的一件事情，谁也不会半夜掉下地来。我们不只在凳上睡，还在方桌上睡。第三天住在一个乡下绅士家里，便与一个同事两人共据了一张漆得极光的方桌，极安适地睡了一夜。有两次连一张板凳也找寻不出时，我同四个人就睡在屋外稻草堆上，半夜里还可看流星在蓝空中飞！一切生活当时看来皆不使人难堪，这类情形直到如今还不会使我难堪。我最烦厌的就是每天睡在同样一张床上，这份平凡处真不容易忍受。到现在，我不能不躺在同一床上睡觉了，但做梦却常常睡到各种新奇地方去。

通过黔湘边境时，我们上了一个高坡，名棉花岭，上三十二里，下三十五里。那个坡折磨了我们一整天，可是爬上这样一个高坡，在岭头废堡垒边向下望去，一群小山，一片云雾，那壮丽自然的画图，真是一个动人的奇观。这山峰形势同堡垒形势，十余年来还使我神往。在四川边境上时，我记得还必须经过一个大场，每次场集据说有五千牛马交易。又经过一个古寺院，有六人不能合抱的松树，寺中南边一白骨塔，穹形的塔顶，全用刻满佛像的石头砌成，径约四丈。锅井似的圆坑里，人骨零乱，有些腕骨上还套着麻花纹银镯子，也无谁人取它动它。听寺僧说，是上年闹神兵，一个城子的人都死尽了，半年后把骨头收来，隔三年再焚化。

我们的军队到川东时虽仍向前方开去，司令部却不能不在龙潭暂且住下。

我们在一个庙里扎了营，办事处仍然是戏楼，比较好些便是新到的地方墙壁上没有多少膏药，市面情形也不如数年前在怀化清乡那么糟了。商会欢迎客军，早为我们预备一切，各人有个木板床，上面安置一条席子，院中且预先搭好了一个大凉棚，因此住在楼上也不很热。市面粗粗看来，一切都还像个样子。地方虽不十分大，但正当川盐入湘的孔道，又有一条小河，从洞庭湖来的小船还可由湘西北河上行直达市镇，出口的桐油与入口的花纱杂物交易都很可观。因此地方有邮局，有布置得干净舒适的客商安宿处，还有“私门头”，供过往客商及当地小公务员寻欢取乐。

地方有大油坊和染坊，有酿酒糟坊，有药店，有当铺。还有一个远近百里著名的龙洞，深处透光处约半里，高约十丈，常年从洞中流出一股寒流，冷如冰水，时正六月，水的寒冷竟使任何兵士也不敢洗手洗脚，手一入水，骨节就疼痛麻木，失去知觉。那水灌溉了千顷平田，本地禾苗便从无旱灾。本部上自司令下至马夫，到这洞中次数最多的，恐怕便是我。我差不多每天必来一回，在洞中大石板上一坐半天，听水吹风够了时，方用一个大葫芦贮满了生水回去，款待那些同事朋友。

那地方既有小河，我当然也欢喜到那河边去，独自坐在河岸高崖上，看船只上滩。那些船夫背了纤绳，身体贴在河滩石头下，那点颜色，那种声音，那派神气，总使我心跳。那光景实在美丽动人，永远使人同时得到快乐和忧愁。当那些船夫把船拉上滩后，各人伏身到河边去喝一口长流水，站起来再坐到一块石头上，把手拭去肩背各处的汗水时，照例总很厉害地感动我。

我的职务并不多，只是从外来的文件递到时，照例在簿籍上照款式写着某年某月某日某时收到某处来文，所说某事。发去的也同样记上一笔，文件中既分平常、次要、急要三种，我便应当保管七本册子，一本作为来往总账，六本做分别记录。这些册子到晚上九点钟，必把它送给参谋长房里去，好转呈司令官检查一次，画一个阅字再退回来。我的职务虽比司书稍高，薪饷却并不比一个弁目为高。可是我也有了些好处，一到了这里，不必再出伙食，虽名为自办伙食，所有费用统归副官处报账。我每月可净得九块钱，在当时，可不是一个小数目！得了钱时不知如何花费，就邀朋友上街到面馆吃面，每次得花两块钱。那时可以算为我的好朋友的，是那司令官几个差弁，几个副官，和一个青年传令兵。

我们的住处各用木板隔开，我的职务在当时虽十分平常，所保管的文件却似乎不能尽人知道，因此住处便在戏楼最后一角，隔壁是司令官的十二个差弁，再过去是参谋长同秘书长，再过去是司令官，再过去是军法，对面楼上分军试处、军需处、军械处三部分，楼下有副官处和庶务处。戏台上住卫队一连。正殿则用竹席布幕编成一客厅，接见当地绅士和团总时，就在这大客厅中，同时又常常用来审案。各地方皆贴上白纸的条子，写明所属某部，那纸条便出自我的手笔。差弁房中墙上挂满了大枪小枪，我房间中却贴满了自写的字。每个视线所及的角隅，我还贴了小小字条。上面这样写着：“胜过钟王，压倒曾李。”因为那时节我知道写字出名的，死了的有钟王两人，活着却有曾农髯和李梅庵[①]。我以为只要赶过了他们，一定就可独霸一世了。

我出去玩时，若只一人我常到龙洞与河边，两人以上就常常过对河去。因为那时节防地虽由川军让出，川军却有一个旅司令部与小部分军队驻在河对面一个庙里。上级虽相互要好，兵士不免常打点小架，我一人过去时怕吃人的亏，有了两人则不拘何处走去不必担心了。

到这地方每月虽可以得九块钱，不是吃面花光，就是被别的朋友用了，我却从不缝衣，身上就只一件衣。一次因为天气很好，把自己身上那件汗衣洗洗，一会儿天却落了雨，衣既不干，另一件又为一个朋友穿去了，差弁全已下楼吃饭，我又不能赤膊从司令官房边走过，就老老实实饿了一顿。

我不是说过我同那些差弁全认识吗？其中共十二个人，我以为最有趣的是那个弁目。这是一个土匪，一个大王，一个真真实实的男子。这人自己用两只手毙过两百个左右的敌人，却曾经有过十七位押寨夫人。这大王身个儿小小的，脸庞黑黑的，除了一双放光的眼睛外，外表任你怎么看也估不出他有多少精力同勇气。年前在辰州河边时，大冬天有人说："谁现在敢下水，谁不

① "钟王"即魏晋时期的书法家钟繇和王羲之。"曾农髯"即曾熙，"李梅庵"即李瑞清，两人均是中国近代书法家。

要命！”他什么话也不说，脱光了身子，即刻扑通一声下水给人看看。且随即在宽约一里的河面游了将近一点钟，上岸来时，走到那人身边去：“一个男子的命就为这点水要去吗？”或者有人述说谁赌扑克被谁欺骗把荷包掏光了，他当时一句话也不说，一会儿走到那边去，替被欺骗的把钱要回来，将钱一下掼到身边，一句话不说就又走开了。这大王被司令官救过他一次，于是不再做山上的大王，到这行伍出身的司令官身边做了一个亲信，用上尉名义支薪，侍候这司令官却如同奴仆一样的忠实。

我住处既同这样一个大王比邻，两人不出门，他必走过我房中来和我谈话。凡是我问他的，他无事不回答得使我十分满意。我从他那里学习了一课古怪的学程。从他口上知道烧房子，杀人，强奸妇女，种种犯罪的记录；且从他那种爽直说明中了解那些行为背后所隐伏的生命意识。我从他那儿明白所谓罪恶，且知道这些罪恶如何为社会所不容，却也如何培养着这个坚实强悍的灵魂。我从他坦白的陈述中，才明白在用人生为题材的各样变故里，所发生的景象，如何离奇，如何眩目。这人当他做土匪以前，本是一个良民，为人又怕事又怕官，被外来军人把他当成一个土匪胡乱枪决过一次，到时他居然逃脱了，后来且居然就做大王了！

他会唱点旧戏，写写字，画两笔兰草，每到我房中把话说倦时，就一面口中唱着一面跳上我的桌子，演唱《夺三关》与《杀四门》。

有一天，七个人同在副官处吃饭。不知谁人开口说到听说本市什么庙里，川军还押得有一个古怪的犯人，一个出名的美姣姣，十八岁时做了匪首，被捉后，年轻军官全为她发疯，互相杀死两个小军官，解到旅部后，部里大小军官全想得到她，可是谁也不能占到便宜。听过这个消息后，我就想去看看这女土匪。我由于好奇，似乎时时刻刻要用这些新鲜景色喂养我的灵魂，因此说笑话，以为谁能带我去看看，我便请谁喝酒。几天以后，对那件事自然也就忘掉了。一天黄昏将近时分，正在自己擦拭灯罩，那大王忽然走来喊我：

"兄弟，兄弟，同我去个好地方，你就可以看你要看的东西。"

我还来不及询问到什么地方去看什么东西，就被他拉下楼梯走出营门了。

我们过河去到了一个庙里，那里驻扎得有一排川军，他同他们似乎都已非常熟悉，打招呼行了个军礼，进庙后我们就一直向后殿走去。不一会儿转入另一个院落，就在栅栏边看到一个年轻妇人了。

那妇人坐在一条朱红毯子上，正将脸向另一面，背了我们凭借灯光做针线。那大王走近栅栏边时就说：

"夭妹，夭妹，我带了个小兄弟来看你！"

妇人回过身来，因为灯光黯淡了一点，只见着一张白白的脸儿，一对大大的眼睛。她见着我后，才站起身走过我们这边来。逼近身边时，隔了棚栏望去，那妇人身材才真使我大吃一惊！妇人面目不算得是怎样稀罕的美人，但那副眉眼，那副身段，那么停匀合度，可真不是常见的家伙！她还上了脚镣，但似乎已用布片包好，走动时并无声音。我们隔了棚栏说过几句话后，就听她问那弁目：

“刘大哥，刘大哥，你是怎么的？你不是说那个办法吗？今天十六。”

那大王说：

“我知道，今天已经十六。”

“知道就好。”

“我着急，卜了个课，说月份不利，动不得。”

那妇人便咕嘟着嘴吐了一个“呸”，不再开口说话。神气中似有三分幽怨。这时节我虽把脸侧向一边去欣赏那灯光下的一切，但却留心到那弁目的行为。我看他对妇人把嘴向我呶呶，我明白在这地方太久不是事，便说我想先回去。那女人要我明天再来玩，我答应后，那弁目就把我送出庙门，在庙门口捏捏我的手，好像有许多神秘处，为时不久全可以让我明白，于是又进去了。

我当时只稀奇这妇人不像个土匪，还以为别是受了冤枉捉到这里来的。我并不忘掉另一时在怀化剿匪所经过的种种，军队里照例有多少糊涂事做……一夜过去后，第二天当吃早饭时，一桌子人都说要我请他们喝酒。因为那女匪王夭妹已被杀，我要想看，等等到桥头去就可看见了。有人亲眼见到的，还说这妇人被杀时一句话不说，神色自若地坐在自己那条大红毛毯上，头掉下地时尸身还并不倒。消息吓了我一跳，我以为昨晚上还看到她，她还约我今天去玩，今早怎么就会被杀？吃完饭我就跑到桥头上去，那死尸却已有人用白木棺材装殓，停搁在路旁，只地下剩一摊腥血以及一堆纸钱白灰了。我望着那个地面上凝结的血块，我还不大相信，心里乱乱的，忙匆匆地走回衙门去找寻那个弁目。只见他躺在床上，一句话也不说。我不敢问他什么，便回到自己房中办事来了。可是过不多久，我却从另一差弁口中知道这件事情的原委了。

原来这女匪早就应当杀头的，虽长得体面标致，可是为人著名毒辣，爱慕她的军官虽多，谁也不敢接近她，谁也不敢保释她。只因为她还有七十支枪埋到地下，谁也不知道这些军械埋藏处。照当时市价这一批武器将近值一万块钱，不是一个小数目，因此，尽想设法把她所有的枪诱骗出来，于是把她拘留起来，且待她比任何犯人也不同。这弁目知道了这件事，又同川军排长相熟，就常过那边去。与女人熟识后，却告给女人，他也还有六十支枪埋在湖南边境上，要想法保她出来，一同把枪支掘出上山落草，就可以天不怕地不怕在山上做大王活过下半世。女人信托了他，夜里在狱中两人便亲近过了一次。这事被军官发现后，因此这女人第二天一早，便为川军牵出去砍了。

当两个人夜里在狱中所做的事情，被庙中驻兵发觉时，触犯了做兵士的最大忌讳，十分不平，以为别的军官不能弄到手的，到头来却为一个外来人占先得了好处。俗话说“肥水不落外人田”，因此一排人把步枪上了刺刀，守在门边，预备给这弁目过不去。可是当有人叫他名姓时，这弁目明白自己的地位，不慌不忙地，结束了一下他那皮带，一面把两支小九响手枪取出拿在手中，一面便说：“兄弟，兄弟，多不得三心二意，天上野鸡各处飞，谁捉到手是谁的气运。今天小小冒犯，万望海涵。若一定要牛身上捉虱，钉尖儿挑眼，不高抬个膀子，那不要见怪，灯笼子认人枪子儿可不认人！”那一排兵士知道这不是个傻子，若不放他过身，就得要几条命。且明白这地方川军只驻扎一连人，筸军却有四营，出了事也不会有好处。因此让出一条路，尽这弁目两只手握着枪从身旁走去了。人一走，这王夭妹第二天一早便被砍了。

女人既已死去，这弁目躺在床上约一礼拜左右，一句空话不说，一点东西不吃，大家都怕他也不敢去撩他。到后忽然起了床，又和往常一样活泼豪放了。他走到我房中来看我，一见我就说：

“兄弟，我运气真不好！夭妹为我死的，我哭了七天，现在好了。”

当时看他样子实在又好笑又可怜。我什么话也不好说，只同他捏着手，微笑了一会儿。

在龙潭我住了将近半年。

当时军队既因故不能开过涪州，我要看巫峡一时还没有机会。我到这里来熟人虽多，却除了写点字以外毫无长进处。每天生活依然是吃喝，依然是看杀人，这份生活对我似乎不大能够满足。不久就有了一个机会转湖南，我便预备领了护照搭坐了小货船回去。打量从水道走，一面我可以经过几个著名的险滩，一面还可以看见几个新地方。其时那弁目正又同一个洗衣妇要好，想把洗衣妇讨作姨太太。司令官出门时，有人拦舆递状纸，知道其中有了些纠纷，告他这事不行，说是我们在这里做客，这种事对军誉很不好。那弁目便向其他人说："这是文明自由的事情，司令官不许我这样做，我就请长假回家，拖队伍干我老把戏去。"他既不能娶那洗衣妇人，当真就去请假，司令官也即刻就准了他的假。那大王想与我一道上船，在同一护照上便填了我与他两人的姓名。把船看好，刚准备当天下午动身。正吃过早饭，他在我房中说到那个王夭妹被杀前的种种事情。忽然军需处有人来请他下去算饷，他十分快乐地跑下楼去。不到一分钟，楼下就吹集合哨子，且听到有值日副官喊"备马"。我心中正纳闷，以为照情形看来好像要杀人似的。但杀谁呢？难道枪决逃兵吗？难道又要办一个土棍吗？随即听人大声嘶嚷，推开窗子看看，原来那弁目已被绑好，正站在院子中，卫队已集了合，成排报数，准备出发，值日官正在请令，看情形，大王一会儿就要推出去了。

被绑好了的大王，反背着手，耸起一副瘦瘦的肩膊，向两旁楼上人大声说话：

“参谋长，副官长，秘书长，军法长，请说句公道话，求求司令官的恩典，不要杀我吧。我跟了他多年，不做错一件事。我太太还在公馆里侍候司令太太。大家做点好事说句好话吧。”

大家互相望着，一句话不说。那司令官手执一支象牙烟管，从大堂客厅中从从容容走出来，温文尔雅地站在滴水檐前，向两楼的高级官佐微笑着。

“司令官，来一份恩典，不要杀我吧。”

那司令官说：

“刘云亭，不要再说什么话丢你的丑。做男子的做错了事，应当死时就正正经经地死去，这是我们军队中的规矩。我们在这里做客，你黑夜里到监牢里去奸淫女犯，我念你跟我几年来做人的好处，为你记下一笔账，暂且不提。如今又想为非作歹，预备把良家妇女拐走，且想回家去拖队伍。我想想放你回乡去做坏事，作孽一生，尽人怨恨你，不如杀了你，为地方除一害。现在不要再说空话，你女人和小孩子我会照料，自己勇敢一点做个男子吧。”

那大王听司令官说过一番话后，便不再喊公道了，就向两楼的人送了一个微笑，忽然显得从从容容了：“好好，司令官，谢谢你几年来照顾，兄弟们再见，兄弟们再见。”一会儿又说，“司令官你真做梦，别人花六千块钱运动我刺你，我还不干！”司令官仿佛不听到，把头掉向一边，嘱咐副官买副好点的棺木。

于是这大王就被拥簇出了大门，从此不再见了。我当天下午依然上了船。我那护照上原有两个人的姓名，大王那一个临时用朱笔涂去，这护照一直随同我经过了无数恶滩，五天后到了保靖，方送到副官处去缴销。至于那温文尔雅才智不凡的张司令官，同另外几个差弁，则三年后在湘西辰州地方，被一个姓田的部属客客气气请去吃酒，进到辰州考棚二门里，连同四个轿夫，当欢迎喇叭还未吹毕时，一起被机关枪打死，所有尸身随即被浸渍在阴沟里，直到两月事平后方清出尸骸葬埋。刺他的部属田旅长，也很凑巧，一年后又依然在那地方，被湖南主席叶开鑫派另一个部队长官，用请客方法，在文庙前面夹道中刺死。

学历史的地方

从川东回湘西后，我的缮写能力得到了一方面的认识，我在那个治军有方，名誉极佳的统领官身边做书记了。薪饷仍然每月九元，却住在一个山上高处单独新房子里。那地方是本军的会议室，有什么会议需要记录时，机要秘书不在场，间或便应归我担任。这份生活实在是我一个转机，使我对于全个历史各时代各方面的光辉，得了一个从容机会去认识，去接近。原来这房中放了四五个大楠木橱柜，大橱里约有百来轴自宋及明清的旧画，与几十件铜器及古瓷，还有十来箱书籍，一大批碑帖，不久且来了一部《四部丛刊》。这统领官①既是个以王守仁、曾国藩自许的军人，每个日子治学的时间，似乎便同治事时间相等，每遇取书或抄录书中某一段时，必令我去替他做好。那些书籍既各得安置在一个固定地方，书籍外边又必须做一识别，故书籍的秩序，书箱的表面，全由我去安排。旧画与古董登记时，我又得知道这一幅画的人名时代同他当时的地位，或器物名称同它的用处。全由于应用，我同时就学会了许多知识。又由于习染，我成天翻来翻去，把那些旧书大部分也慢慢地看懂了。

我的事情那时已经比我在参谋处服务时忙了些，任何时节都有事做。我虽可随时离开那会议室，自由自在到别一个地方去玩，但正当玩得十分畅快时，也会为一个差弁找回去的。军队中既常有急电或别的公文，于半夜时送来。回文如需即刻抄写时，我就随时得起床做事。但正因为把我仿佛关闭到这一个房子里，不便自由离开，把我一部分玩的时间皆加入到生活中来，日子一长，我便显得过于清闲了。因此无事可做时，把那些旧画一轴一轴地取出，挂到壁间独自来鉴赏，或翻开《西清古鉴》《薛氏彝

① 指陈渠珍。

器钟鼎款识》这一类书，努力去从文字与形体上认识房中铜器的名称和价值。再去乱翻那些书籍，一部书若不知道作者是什么时代的人时，便去翻《四库提要》。这就是说我从这方面对于这个民族在一段长长的年份中，用一片颜色，一把线，一块青铜或一堆泥土，以及一组文字，加上自己生命做成的种种艺术，皆得了一个初步普遍的认识。由于这点初步知识，使一个以鉴赏人类生活与自然现象为生的乡下人，进而对于人类智慧光辉的领会，发生了极宽泛而深切的兴味。若说这是个人的幸运，这点幸运是不得不感谢那个统领官的。

那军官的文稿，草字极不容易认识，我就从他那手稿上，望文会义地认识了不少新字。但使我很感动的，影响到一生工作的，却是他那种稀有的精神和人格。天未亮时起身，半夜里还不睡觉。凡事任什么他明白，任什么他懂。他自奉常常同个下级军官一样。在某一方面说来，他还天真烂漫，什么是好的他就去学习，去理解。处置一切他总敏捷稳重。由于他那份稀奇精力，筸军在湘西二十年来博取了最好的名誉，内部团结得如一片坚硬的铁，一束不可分离的丝。

到了这时我性格也似乎稍变了些，我表面生活的变更，还不如内部精神生活变动得剧烈，但在行为方面我已经同一些老同事稍稍疏远了。有时我到屋后高山去玩玩，有时又走近那可爱的河水玩玩，总拿了一本线装书。我所读的一些旧书，差不多就完全是这段时间中奠基的。我常常躺在一片草场上看书，看厌倦时，便把视线从书本中移开，看白云在空中移动，看河水中缓缓流去的菜叶。既多读了些书，把感情弄柔和了许多，接近自然时感觉也稍稍不同了。加之人又长大了一点，也间或有些不安于现实的打算，为一些过去了的或未来的东西所苦恼，因此生活虽在一种极有希望的情况中过着日子，但是我却觉得异常寂寞。

那时节我爸爸已从北方归来，正在那个前驻龙潭的张指挥部做军医正。他们军队虽有些还在川东，指挥部已移防下驻辰州。我的母亲和最小一妹皆在辰州；家中人对我前事已毫无芥蒂。我的弟弟正同我在一个部中做书记，我们感情又非常好。

我需要几个朋友，那些老朋友却不能同我谈话。我要的是个听我陈述一份酝酿在心中十分混乱的感情。我要的是对于这种感情的启发与疏解，熟人中可没有这种人。可是不久却有个人来了，是我一个姨父，这人姓聂，与熊希龄①同科的进士，上一次从桃源同我搭船上行的表弟便是他的儿子，这人是那统领官的先生，一来时被接待住在对河一个庙里，地名狮子洞。为人知识极博，而且非常有趣味，我便常常过河去听他谈“宋元哲学”，谈“大乘”，谈“因明”，谈“进化论”，谈一切我所不

① 熊希龄（1870—1937），出生于湖南湘西凤凰县，中国近代著名教育家、社会活动家、实业家和慈善家，曾任北洋政府第四任国务总理，与陈渠珍、沈从文并称“凤凰三杰”。

知道却愿意知道的问题。这种谈话显然也使他十分快乐，因此每次所谈时间总很长很久。但这么一来，我的幻想更宽，寂寞也就更大了。

我总仿佛不知道应怎么办就更适当一点。我总觉得有一个目的，一件事业，让我去做，这事情是合于我的个性，且合于我的生活的，但我不明白这是什么事业，又不知用什么方法即可得来。

当时的情形在老朋友中只觉得我古怪一点，老朋友同我玩时也不大玩得起劲了。觉得我不古怪，且互相有很好的友谊的，只四个人：一个满振先，读过《曾文正公全集》，只想做模范军人。一个陆弢，侠客的崇拜者。一个田杰，就是我小时候在技术班的同学，第一次得过兵役名额的美术学校学生，心怀大志的角色。这三个人当年纪轻轻的时节，便一同徒步从黔省到过云南，又徒步过广东，又向西从宜昌徒步直抵成都。还有一个回教徒郑子参，从小便和我在小学里念书，我在参谋处办事时节，便同他在一个房子里住下。平常人说的多是幼有大志，投笔从戎，我们当时却多是从戎而无法投笔的人。我们总以为这目前一份生活不是我们的生活。目前太平凡，太平安。我们要冒点险去做一件事，不管所做的是一件如何小事，当我们未明白以前，总得让我们去挑选，不管到头来如何不幸，我们总不埋怨这命运。因此到后来姓陆的就因泅水淹毙在当地大河里。姓满的做了小军官，广西江西各处打仗，民十八在桃源县被捷克式自动步枪打死了。姓郑的从黄埔四期毕业，在东江作战以后，也消失了。姓田的从军官学校毕业做了连长，现在还是连长。我就成了如今的我。

我们部队既派遣了一个部队过川东做客，本军又多了一个税收局卡，给养也充足了些。那时“兵工筑路垦荒”，“办学校”，“兴实业”，几个题目正给许多人在报纸上讨论。那个统领官既力图自强，想为地方做点事情，因此亲手草了一个精密的计划，召集了几度县长与乡绅会议，计划把所辖十三县划成一百余乡区，试行湘西乡自治。草案经过各县区代表商定后，一切照决议案着手办去。不久就在保靖地方设立了一个师范讲习所，一个联合模范中学，一个女学，一个职业女学，一个模范林场。另外还组织了六个工厂。本地又原有一个军官学校，一个兵士教练营。再加上六千左右的军农队。学校教师与工厂技师，全部由长沙聘来，因此地方就骤然有了一种崭新的气象。此外为促进乡治的实现与实施，还筹备了个定期刊物，办了一部大印报机，设立了一个报馆。这报馆首先印行的便是《乡治条例》与各种规程，这种文件大部分由那统领官亲手草成，乡代表审定通过，由我在石印纸上用胶墨写过一次，现在既得用铅字印行，一个最合理想的校对，便应当是我了。我于是暂时调到新报馆做了校对，部中有文件抄写时，便又转回部中。从市街走两地相距约两里，从后山走相距稍近，我为了方便时常从那埋葬小孩坟墓上蹲满野狗的山地走过，每次总携一个大棒。

一个转机

调进报馆后，我同一个印刷工头住在一间房子里。房中只有一个窗口，门小小的，隔壁是两架手摇平板印刷机，终日叽叽格格大声响着。

这印刷工人倒是个有趣味的人物。脸庞眼睛全是圆的，身个儿长长的，具有一点青年挺拔的气度。虽只是个工人，却因为在长沙地方得风气之先，由于五四运动的影响，成了个进步工人。他买了好些新书新杂志，削了几块白木板子，用钉子钉到墙上去，就把这些古怪东西放在上面。我从司令部搬来的字帖同诗集，我却把它们放到方桌上。我们同在一个房里睡觉，同在一盏灯下做事，他看他新书时我就看我的旧书。他把印刷纸稿拿去同几个别的工人排好印出样张时，我就好好地来校对。到后自然而然我们就熟习了。我们一熟习，我那好向人发问的乡巴佬脾气，有机会时，必不放过那点机会。我问那本封面上有一个打赤膊人像的书是什么，他告了我是《改造》以后，我又问他那《超人》是什么东西。我还记得他那时的样子，脸庞同眼睛皆圆圆的，简直同一匹猫儿一样："唉，伢俐，怎么个末朽①？一个天下闻名

① "伢俐"，长沙方言，意为"小伙子"；"个末朽"，长沙方言，意为"这么差劲"。

的女诗人……也不知道吗？”“我只知道唐朝女诗人鱼玄机是个道士。”“新的呢？”“我知道随园女弟子。”“再新一点？”我把头摇摇，不说话了。我看到他那神气我倒觉得有点害羞，我实在什么也不知道。等一会儿我可就知道了，因为我顺从他的指点，看了这本书中一篇小说。看完后我说：“这个我知道了。你那报纸是什么报纸？是老《申报》吗？”于是他一句话不说，又把刚清理好的一卷《创造周报》推到我面前来，意思好像只要我一看就会明白似的，若不看，他纵说也说不明白的。看了一会儿，我记着了几个人的名字。又知道白话文与文言文不同的地方，其一落脚用也字同焉字，其一落脚却用呀字同啊字，其一写一件事情越说得少越好，其一写一件事情越说得多越好。我自己明白了这点区别以后，又去问那印刷工人，他告我的大体也差不多，当时他似乎对于我有点觉得好笑，在他眼中我真如长沙话所谓有点朽。

不过他似乎也很寂寞，需要有人谈天，并且向这个人表现表现思想。就告我白话文最要紧处是“有思想”，若无思想，不成文章。当时我不明白什么是思想，觉得十分忸怩。若猜得着十年后我写了些文章，被一些连看我文章上所说的话语意思也不懂的批评家，胡乱来批评我文章“没有思想”时，我却不懂“思想”是什么意思，当时似乎也就不必怎样惭愧了。

这印刷工人使我很感谢他，因为若没有他的一些新书，我虽时时刻刻为人生现象、自然现象所神往倾心，却不知道为新的人生智慧光辉而倾心。我从他那儿知道了些新的，正在另一片土地同一日头所照及的地方的人，如何去用他们的脑子，对于目前社会做一度检讨与批判，又如何幻想一个未来社会的标准与轮廓。他们那么热心在人类行为上找寻错误处，发现合理处，我初初注意到时，真发生不少反感！可是，为时不久，我便被这些大小书本征服了。我对于新书投了降，不再看《花间集》，不再写《曹娥碑》，却欢喜看《新潮》《改造》了。

我记下了许多新人物的名字，好像这些人同我都非常熟习。我崇拜他们，觉得比任何人还值得崇拜。我总觉得稀奇。他们为什么知道事情那么多，一动起手来就写了那么多，并且写得那么好。可是我完全想不到我原来知道比他们更多，过一些日子我并且会比他们写得更好。

为了读过些新书，知识同权力相比，我愿意得到智慧，放下权力。我明白人活到社会里应当有许多事情可做，应当为现在的别人去设想，为未来的人类去设想，应当如何去思索生活，且应当如何去为大多数人牺牲，为自己一点点理想受苦，不能随便马虎过日子，不能委屈过日子了。

我常常看到报纸上普通新闻栏说的卖报童子读书补锅匠捐款兴学等记载，便想自己读书既毫无机会，捐款兴学倒必须做到。有一次得了十天的薪饷，就全部买了邮票，封进一个信封里，另外又写了一张信笺，说明自己捐款兴学的意思，末尾署名“隐名兵士”，悄悄把信寄到上海《民国日报·觉悟》编辑处去，请求转交“工读团”，这捐款自然不会有什么着落，但做过这件事情后，心中却有说不出的秘密愉快。

那时皮工厂、帽工厂、被服厂、修械厂，组织就绪已多日，各部分皆有了大规模的标准出品。第一班师范讲习所已将近毕业，中学校、女学校、模范学校，全已在极有条理情形中上课。我一面在校对职务上做我的事情，一面向那印刷工人问些下面的情形，一面就常常到各处去欣赏那些我从不见到过的东西。修械处的长大车床，与各种大小轮轴，被一条在空中的皮带拖着飞跃活动，从我眼中看来实在是一种壮观。其他各个工厂亦无事不触目惊人。尚有学校，那些从各处派来的青年学生，在一般年轻教师指导下，在无事无物不新的情形中，那份活动实在使我十分羡慕。我无事情可做时，总常常去看他们上课，看他们打球。学生中有些原来和我在小学时节一堆玩过闹过的，把我请到他们宿舍去，看看他们那样过日子，我便有点难受。我能聊以自解的只一件事，就是我正在为国家服务，却已把服务所得，做了一次捐资兴学的伟大事业。

本军既多了一些税收，乡长会议复决定了发行钞票的议案，金融集中到本市，因此本地顿呈现空前的繁荣。为了乡自治的决议案，各县皆摊款筹办各种学校，同时造就师资，又决定了派送学生出省或本省留学的办法。凡学棉业、蚕桑、机械、师范，以及其他适于建设的学生，在相当考试下，皆可由公家补助外出就学。若愿入本省军官学校，人既在本部任职，只要有意思前去，即可临时改委一少尉衔送去。我想想，我也得学一样切实的技能好来为本军服务，可是我应当学什么？能够学什么？完全不知道。

因为部中的文件缮写，需要我处似乎比报纸较多，我不久又被调了回去，仍然做我的书记。过了不久，一场热病袭到了身上，在高热糊涂中任何食物不入口，头痛得像斧劈，鼻血一碗一摊的流，我支持了四十天。感谢一切过去的生活，造就我这个结实的体魄，没有被这场大病把生命取去。但危险期刚过不久，平时结实得同一只猛虎一样的老同学陆弢，为了同一个朋友争口气，泅过宽约一里的河中，却在小小疏忽中被洄流卷下淹死了。第四天后把他死尸从水面拖起，我去收拾他的尸骸掩埋，看见那个臃肿样子时，我发生了对自己的疑问。我病死或淹死或到外边去饿死，有什么不同？若前些日子病死了，连许多没有看过的东西都不能见到，许多不曾到过的地方也无从走去，真无意思。我知道见到的实在太少，应知道应见到的可太多，怎么办？

我想我得进一个学校，去学些我不明白的问题，得向些新地方，去看些听些使我耳目一新的世界。我闷闷沉沉地躺在床上，在水边，在山头，在大厨房同马房，我痴呆想了整四天，谁也不商量，自己很秘密地想了四天。到后得到一个结论了，那么打量着："好坏我总有一天得死去，多见几个新鲜日头，多过几个新鲜的桥，在一些危险中使尽最后一点气力，咽下最后一口气，比较在这儿病死或无意中为流弹打死，似乎应当有意思些。"到后我便这样决定了："尽管向更远处走去，向一个生疏世界走去，把自己生命押上去，赌一注看看，看看我自己来支配一下自己，比让命运来处置得更合理一点呢还是更糟糕一点？若好，一切有办法，一切今天不能解决的明天可望解决，那我赢了；若不好，向一个陌生地方跑去，我终于有一时节肚子瘪瘪地倒在人家空房下阴沟边，那我输了。"

我准备过北京读书，读书不成便做一个警察，做警察也不成那就认了输，不再做别的好打算了。

当我把这点意见，这样打算，怯怯地同我上司说及时，感谢他，尽我拿了三个月的薪水以外，还给了我一种鼓励，临走时他说："你到那儿去看看，能进什么学校，一年两年可以毕业，这里给你寄钱来，情形不合，你想回来，这里仍然有你吃饭的地方。"我于是就拿了他写给我的一个手谕，向军需处取了二十七块钱，连同他给我的一份勇气，离开了我那个学校，从湖南到汉口，从汉口到郑州，从郑州转徐州，从徐州又转天津，十九天后，提了一卷行李，出了北京前门的车站，呆头呆脑在车站前面广坪中站了一会儿。走来一个拉排车的，高个子，一看情形知道我是乡巴佬，就告给我可以坐他的排车到我所要到的地方去。我相信了他的建议，把自己那点简单行李，同一个瘦小的身体，搁到那排车上去，很可笑的让这运货排车把我拖进了北京西河沿一家小客店，在旅客簿上写下——

沈从文年二十岁学生湖南凤凰县人

便开始进到一个使我永远无从毕业的学校，来学那课永远学不尽的人生了。

廿年[①]八月在青岛作

廿九年十月十日在昆明校改

三十年一月七日校毕

附记

这个《自传》，写在一九三二年[②]秋间，算来时间快有半个世纪了。当时我正在青岛大学教散文习作。本人学习用笔还不到十年，手中一支笔，也只能说正逐渐在成熟中，慢慢脱去矜持、

---

① 即民国二十年，公元1931年。

② 误，应为1931年。

浮夸、生硬、做作，日益接近自然。为了补救业务上的弱点，我得格外努力。因此不断变换作品的内容和形式，用不同方法处理文字组织故事，进行不同的试探。当时年龄刚过三十，学习情绪格外旺盛。加之海边气候对我又特别相宜；每天都有机会到附近山上或距离不及一里的大海边去，看看远近云影波光的变化，接受一种对我生命具有重要启发性的教育。因此工作效率之高，也为一生所仅有。前一段十年，基本上在学习用笔。后来留下些短短篇章，若还看得过去，大多数是在青岛这两年半内完成的。并且还影响此后十年的学习和工作。我的作品，下笔看来容易，要自己点头认可却比较困难。因为前后二十年，总是把所写作品当成一个学习过程看待，不大在成败得失上注意。这个《自传》的产生却不同一些。一个朋友准备在上海办个新书店，开玩笑要我来为“打头阵”，约定在一个月内必须完成。这种迫促下出题交卷，对我并不习惯。但当时主观设想，觉得既然是自传，正不妨解除习惯上的一切束缚，试改换一种方法，干脆明朗，就个人记忆到的写下去，既可温习一下个人生命发展过程，也可以让读者明白我是在怎样环境下活过来的一个人。特别在生活陷于完全绝望中，还能充满勇气和信心始终坚持工作，他的动力来源何在。因此仅仅用了三个星期，写成后重看一次，就破例寄过上海交了卷。过不久印成单行本后，却得到些意外好评。部分读者可能但觉得“别具一格，离奇有趣”。只有少数相知亲友，才能体会到近于出入地狱的沉重和辛酸。可是由我说来，不过是还不过关的一本“顽童自传”而已。书中前一部分学生生活占分量过多。虽着重在反对教“子曰”老塾师顽固而无效果教育方法，一般读者可能只会得到些“有趣”印象，不可能感到有什么积极意义。因为到他们读我作品时，时代已不同了，“子曰”早已失去作用，随之而来的却是封建军阀大小割据打来杀去国势陷于十分危急时期。后一部分写离开家庭进入大社会后的见闻和生活遭遇，体力和精神两方面所受灾难性挫折和创伤。个人还是不免受到些有形无形限制束缚，不能毫无顾忌地畅所欲言。当时还以为到再版时，将有机会加以调整补充。事实上一九三三年夏回到北平后，新的工作一接手，环境一变，我的打算全部落了空，不能不放弃了。

时间过了半个世纪，我所经历的一切和我的创作都成了过时陈迹，现在《新文学史料》编辑部忽然建议重发我的《自传》，我是颇有些犹豫的。时代前进了，我这本《自传》还能给青年读者起些什么教育作用，实令人怀疑。但是这本《自传》确实也说明了一点事实。由此可以明白，一个材质平凡的乡下青年，在社会剧烈大动荡下，如何在一个小小天地中度过了二十年噩梦般恐怖黑暗生活。由于五四运动余波的影响才有个转机，争取到自己处理自己命运的主动权，完成了向社会学习前一阶段的经历后，并开始进入一个更广大复杂的社会大学，为进行另一阶段的学习做了准备。如今说来，四五十岁生长在大城里的知识分子，已很少有明白我是干什么的人；即部分专业同行，也很难有机会读到我过去的作品。即或偶然见到些劫余残本，对于内中反映的旧社会部分现实，也只会当成“新天方夜谭”或“新聊斋志异”看待。只有少数中的少数，真正打量采用个历史唯物主义严肃认真态度，不带任何成见来研究现代文学史的工作者，对他们或许还有点滴用处。因为借此作为线索，才可望深一层明白我一九二五年“良友”印的《习作选题记》①《边城题记》，一九四七年印的《长河引言》②及一九五七年《沈从文小说选题记》中对于写作的意图和理想，以及尊重实践、言简意深的含义，再用来和我作品互相对照，得到的理解，必将比前人认识明确、深刻而具体？因此我同意把它重新发表，并做了些补充、修改和校订。

从文　一九八〇年五月十七日

---

① 误，应为《习作选集代序》，收在《从文小说习作选》一书中，出版的实际年代是1936年。

② 误，应为《长河题记》，发表于1943年，收在《长河》一书中，出版的实际年代是1945年和1948年。

从现实学习

——近年来常有人说我不懂“现实”，追求“抽象”，勇气虽若热烈实无边际。在杨墨[①]并进时代，不免近于无所归依，因之落伍。这个结论不错，平常而自然。极不幸即我所明白的现实，和从温室中培养长大的知识分子所明白的全不一样，和另一种出身小城市自以为是属于工农分子明白的也不一样，所以不仅目下和一般人所谓现实脱节，即追求抽象方式，恐亦不免和其他方面脱节了。试梳理个人游离于杨墨以外种种，写一个小文章，用做对于一切陌生访问和通信所寄托的责备与希望的回答。

我第一次听到“现实”两个字，距如今已二十五年。我原是个不折不扣的乡巴佬，辗转于川黔湘鄂二十八县一片土地上。耳目经验所及，属于人事一方面，好和坏都若离奇不经。这份教育

---

① “杨”即杨朱，“墨”即墨翟，都是战国时期著名思想家，前者主张“贵己”，后者主张“兼爱”。这里用“杨墨”代指两种不同的人生态度。

对于一个生于现代城市中的年轻人，实在太荒唐了。可是若把它和目下还存在于中国许多事情对照对照，便又会觉得极平常了。当时正因为所看到的好的农村种种逐渐崩毁，只是大小武力割据统治做成的最愚蠢的争夺打杀，对于一个年轻人教育意义是现实，一种混合愚蠢与堕落的现实，流注浸润，实在太可怕了，方从那个半军半匪部队中走出。不意一走便撞进了住有一百五十万市民的北京城。第一回和一个亲戚[①]见面时，他很关心地问我："你来北京，做什么的？"我即天真烂漫地回答说："我来寻找理想，读点书。""嗐，读书。你有什么理想，怎么读书？你可知道，北京城目下就有一万大学生，毕业后无事可做，愁眉苦脸不知何以为计。大学教授薪水十折一，只三十六块钱一月，还是打拱作揖联合罢教软硬并用争来的。大小书呆子不是读死书就是读书死。哪有你在乡下做老总有出息！""可是我怎么做下去？六年中我眼看在脚边杀了上万无辜平民，除对被杀的和杀人的留下个愚蠢残忍印象，什么都学不到！做官的有不少聪明人，人越聪明也就越纵容愚蠢气质抬头，而自己俨然高高在上，以万物为刍狗。被杀的临死时的沉默，恰像是一种抗议：'你杀了我肉体，我就腐烂你灵魂。'灵魂是个看不见的东西，可是它存在，它将从另外许多方面能证明存在。这种腐烂是有传染性的，于是

① 指沈从文的姐夫田逸真。

军官就相互传染下去，越来越堕落，越变越坏。你可想得到，一个机关三百职员有百五十支烟枪，是个什么光景？我实在待不下了，才跑出来……我想来读点书，半工半读，读好书救救国家。这个国家这么下去实在要不得！”

我于是依照当时《新青年》《新潮》《改造》等等刊物所提出的文学运动社会运动原则意见，引用了些使我发迷的美丽词令，以为社会必须重造，这工作得由文学重造起始。文学革命后，就可以用它燃起这个民族被权势萎缩了的情感，和财富压瘪扭曲了的理性。两者必须解放，新文学应负责任极多。我还相信人类热忱和正义终必抬头，爱能重新黏合人的关系，这一点明天的新文学也必须勇敢担当。我要么从外面给社会的影响，或从内里本身的学习进步，证实生命的意义和生命的可能。说去说来直到自己也觉得不知所谓时，方带怔止住。事实上呢，只需几句话即已足够了。“我厌恶了我接触的好的日益消失坏的支配一切那个丑恶现实。若承认它，并好好适应它，我即可慢慢升科长，改县长，做厅长。但我已因为厌恶而离开了。”至于文学呢，我还不会标点符号！我承认应当从这个学起，且丝毫不觉得惭愧。因为我相信报纸上说的，一个人肯勤学，总有办法的。

亲戚为人本富于幽默感，听过我的荒谬绝伦抒情议论后，完全明白了我的来意，充满善心对我笑笑地说：“好，好，你来得好。人家带了弓箭药弩入山中猎取虎豹，你倒赤手空拳带了一脑子不切实际幻想入北京城做这份买卖。你这个古怪乡下人，胆气真好！凭你这点胆气，就有资格来北京城住下，学习一切经验一切了。可是我得告你，既为信仰而来，千万不要把信仰失去！因为除了它，你什么也没有！”

我当真就那么住下来了。摸摸身边，剩余七块六毛钱。五四运动以后第三年。

怎么向新的现实学习？先是在一个小公寓湿霉霉的房间，零下十二度的寒气中，学习不用火炉过冬的耐寒力。再其次是三天两天不吃东西，学习空空洞洞腹中的耐饥力。并其次是从饥寒交迫无望无助状况中，学习进图书馆自行摸索的阅读力。再其次是起始用一支笔，无日无夜写下去，把所有作品寄给各报章杂志，在毫无结果等待中，学习对于工作失败的抵抗力与适应力。各方面的测验，间或不免使得头脑有点乱，实在支撑不住时，便跟随什么奉系直系募兵委员手上摇摇晃晃那一面小小三角白布旗，和五七个面黄肌瘦不相识同胞，在天桥杂耍棚附近转了几转，心中浮起一派悲愤和混乱。到快要点名填志愿书发饭费时，那亲戚说的话，在心上忽然有了回音，“可千万别忘了信仰！”这是我唯一老本，我哪能忘掉？便依然从现实所做成的混乱情感中逃出，把一双饿得昏花蒙眬的眼睛，看定远处，借故离开了那个委员，那群同胞，回转我那“窄而霉小斋”，用空气和阳光做知己，照旧等待下来了。记得郁达夫先生第一次到我住处来看看，在口上，随后在文章上[1]，都带着感慨劝我向亲戚家顺手偷一点什么，即可从从容容过一年时，我只笑笑。为的是他只看到我的生活，不明白我在为什么而如此生活。这就是我到北方来追求抽象跟现实学习，起始走的第一段长路，共约四年光景。年轻人欢喜说“学习”和“争斗”，可有人想得到这是一种什么学习和争斗！

这个时节个人以外的中国社会呢，代表武力有大帅，巡阅使，督军……马弁。代表文治有内阁和以下官吏到传达。代表人民有议会参众两院到乡约保长，代表知识有大学教授到小学教员。武人的理想为多讨几个女戏子，增加家庭欢乐。派人和大土匪和小军阀招安搭伙，膨胀实力。在会馆衙门做寿唱堂会，增加收入并表示阔气。再其次即和有实力的地方军人，与有才气的国会文人，换谱打亲家，企图稳定局面或扩大局面。凡属武力一直到火夫、马夫，还可向人民作威作福，要马料柴火时，吓得县长越墙而走。至于高级官吏和那个全民代表，则高踞病态社会组织最上层，不外三件事娱乐开心：一是逛窑子，二是上馆子，三是听乐子。最高理想是讨几个小婊子，找一个好厨子。（五子登科原来也是接收过来的！）若兼做某某军阀驻京代表时，住处即必然成为一个有政治性的俱乐部，可以唱京戏，推牌九，随心所欲，京兆尹和京师警察总监绝不会派人捉赌。会议中照报上记载

---

① 指郁达夫所写的《给一个文学青年的公开状》。

看来，却只闻相骂，相打，打到后来且互相上法院起诉。两派议员开会，席次相距较远，神经兴奋无从交手时，便依照《封神演义》上作战方式，一面大骂一面祭起手边的铜墨盒法宝，远远抛去，弄得个墨汁淋漓。一切情景恰恰像《红楼梦》顽童茗烟闹学，不过在庄严议会表演而已。相形之下，会议中的文治派，在报上发表的宪法约法主张，自然见得黯然无色。任何理论都不如现实具体，但这却是一种什么现实！在这么一个统治机构下，穷是普遍的事实。因之解决它即各自着手。管理市政的卖城砖，管理庙坛的卖柏树，管理宫殿的且因偷盗事物过多难于报销，为省事计，即索性放一把火将那座大殿烧掉，无可对证。一直到管理教育的一部之长，也未能免俗，把京师图书馆的善本书，提出来抵押给银行，用为发给部员的月薪。总之，凡典守保管的都可以随意处理。即自己性命还不能好好保管的大兵，住在西苑时，也异想天开，把圆明园附近大路路面的黄麻石，一块块撬起卖给附近学校人家起墙造房子。卖来卖去，政府当然就卖倒了。一团腐烂，终于完事。但促成其崩毁的新的一群，一部分既那么贴近这个腐烂堆积物，就已经看出一点征象，于不小心中沾上了些有毒细菌。当时既不曾好好消毒防止，当然便有相互传染之一日。

从现实以外看看理想，这四年中也可说是在一个新陈代谢挣扎过程中。文学思想运动已显明在起作用，扩大了年轻学生对社会重造的幻想与信心。那个人之师的一群呢，五四已过，低潮随来。官僚取了个最像官僚的政策，对他们不闻不问，使教书的同陷于绝境。然而社会转机也即在此。教授过的日子虽极困难，唯对现实的否定差不多却有了个一致性。学生方面则热忱纯粹分子中，起始有了以纵横社交方式活动的分子，且与五四稍稍不同，即"勤学"与"活动"已分离为二。不学并且像是一种有普遍性的传染病。（这事看来小，发展下去影响就不小！五四的活动分子，大多数都成了专家学者，对社会进步始终能正面负责任。三一八的活动分子，大多数的成就，便不易言了。）许多习文学的，当时即搁了学习的笔，在种种现实中活动，联络这个，对付那个，欢迎活的，纪念死的，开会，打架——这一切又一律即名为革命过程中的争斗，庄严与猥亵的奇异混合，竟若每事的必然，不如此即不成其为活动。问问"为什么要这样？"就中熟人即说："这个名叫政治。政治学权力第一。如果得到权力，就是明日伟大政治家。"这一来，我这个乡下人可糊涂了。第一是料想不到文学家的努力，在此而不在彼。其次是这些人将来若上了台，能为国家做什么事？有些和我相熟的，见我终日守在油腻腻桌子边出神，以为如此待下去，不是自杀必然会发疯，从他们口中我第二次听到现实。证明抽象的追求现实方式。

"老弟，不用写文章了。你真太不知道现实，净做书呆子做白日梦，久想产生伟大的作品，哪会有结果？不如加入我们一伙，有饭吃，有事做，将来还可以——只要你愿意，什么都不难。"

“我并不是为吃饭和做事来北京的！”

“那为什么？难道当真喝北风，晒太阳，可以活下去？欠公寓伙食账太多时，半夜才能回住处，欠馆子饭账三五元，就不大敢从门前走过，一个人可以如此长远无出息地活下去？我问你。”

“为了证实信仰和希望，我就能够。”

“信仰和希望，多动人的名词，可是也多空洞！你就呆呆地守住这个空洞名词拖下去，挨下去，以为世界有一天忽然会变好？老弟，世界上事不那么单纯，你所信仰希望的唯有革命方能达到。革命是要推翻一个当前，不管它好坏，不问用什么手段，什么方式。这是一种现实。你出力参加，你将来就可做委员，做部长，什么理想都可慢慢实现。你不参加，那就只好做个投稿家，写三毛五一千字的小文章，过这种怪寒伧的日子下去了。”

“休说信仰和希望，只是些单纯空洞名词，对于我并不如此。它至少将证明一个人由坚信和宏愿，能为社会做出点切切实实的贡献。譬如科学……”

“不必向我演说，我可得走了。我还有许多事情！四点钟还要出席同乡会，五点半出席恋爱自由讨论会，八点还要……老弟，你就依旧写作你的杰作吧，我要走了。”

时间于是过去了，“革命”成功了。现实使一些人青春的绿梦全褪了色。我那些熟人，当真就有不少凭空做了委员，娶了校花，出国又回国，从作家中退出，成为手提皮包，一身打磨得光亮亮小要人的。但也似乎证实了我这个乡下人的呆想头，并不十分谬误。做官固然得有人，做事还要人。挂个作家牌子，各处活动，终日开会吃点心固然要人，低头从事工作更要人。守住新文学运动所提出的庄严原则，从“工具重造”观点上有所试验，锲而不舍的要人，从“工具重用”观点上，把文学用到比宣传品作用深远一些，从种种试验取得经验的尤其要人。革命如所期待的来临，也如所忧虑的加速分化。在这个现实过程中，不幸的做了古人，幸运的即做了要人，文学成就是各自留下三五十首小诗，或三五篇小说，装点装点作家身份。至于我呢，真如某兄所说，完全落了伍。因为革命一来，把三毛到一元千字的投稿家身份也剥夺了，只好到香山慈幼院去做个小职员。但自己倒不在意，只觉得刚走毕第一段路，既好好接触这个新的现实，明白新的现实，一切高尚理想通过现实时，所形成的分解与溃乱，也无一不清清楚楚，而把保留叙述这点现实引为己任，以为必可供明日悲剧修正的参考。

在革命成功热闹中，活着的忙于权利争夺时，刚好也是文学作品和商业资本初次正式结合，用一种新的分配商品方式刺激社会时，现实政治和抽象文学亦发生了奇异而微妙的联系。我想要活下去，继续工作，就必得将工作和新的商业发生一点关系。我得起始走进第二步路，于是转到一个更大更现实的都市，上海。上海的商人，社会，以及作家，便共同给我以另外一课新的测验，新的经验。

当时情形是一个作家总得和某方面有点关联，或和政治，或和书店——或相信，或承认，文章出路即不大成问题。若依然只照一个“老京派”方式低头写，写来用自由投稿方式找主顾，当然无出路。且现代政治的特殊包庇性，既已感染到作家间，于是流行一种现实争斗，一例以小帮伙做基础，由隔离形成小恩小怨，对立并峙。或与商业技术合流，按照需要，交换阿谀，标榜同道，企图市场独占。或互相在文坛消息上制造谣言，倾覆异己，企图取快一时。在这种变动不安是非不明的现实背景中，人的试验自然也因之而加强。为适应环境更需要眼尖手快，以及能忽彼忽此。有昨日尚相互恶骂，今日又握手言欢的。有今天刚发表雄赳赳的议论，大家正为他安全担心，隔一日却已成为什么什么老伙计的。也有一面兼营舞场经理，赌场掌柜，十分在行，一面还用绿色水笔写恋爱诗，红色水笔写革命诗的……总之，千奇百怪，无所不有。对于文学，由这些人说来，不过是一种求发展求生存的工具或装饰而已。既不过是工具或装饰，热闹而不认真处，自然即种下些恶种子，影响于社会的将来。很可惜即一些准备执笔的年轻朋友，习染于这个风气中，不能不一面学习写作，一面就学习送丧拜寿。其时个人用个虔诚谨慎态度有所写作，成绩足以自见的，固不乏人，但一到集团，便不免空空洞洞。集团表面越势力赫赫，这部门也就越见得空虚。文运既由个人自由竞争转而成为党团或书商势力和钱财的堆积比赛，老板为竞争营业计，因之昨日方印行普罗文学，明日又会提倡儿童妇女教育。对作家则一例以不花钱为原则，减少商品成本，方合经济学原理。但为营业计，每一书印出尚可见大幅广告出现，未尝不刺激了作者，以为得不到金钱总还有个读者。至于政治，则既有那种用作家名分做委员要人的在内，当然还要文学，因此到某一天，首都什么文学夜会时，参加的作家便到了四五百人。且有不少女作者。事后报上还很生动地叙述这个夜会中的种种，以为要人和美丽太太都出席，增加了夜会的欢乐进步空气。要人之一其实即是和我同在北平小公寓中住下，做了十多年作家，还不曾印行过一个小小集子的老朋友，也就是告我政治即权力的活动家。夜会过后，这“魔手生蛋”一般出现的四百作家，也就似乎忽然消失了，再不曾听说有什么作品上报了。这个现实象征的是什么，热闹是否即进步，或稍稍有点进步的希望？现实对某些人纵不可怕，对年轻的一辈却实在是影响恶劣。原来一种新的腐败已传染到这个部门，一切如戏，点缀政治。无怪乎“文学即宣传”一名词，毫无人感觉奇异……乡下人觉得三年中在上海已看够了，学够了，因之回到了北平，重新消失于一百五十万市民群中，不见了。我明白，还只走完第二段路，尚有个新的长长的寂寞跋涉，待慢慢完成。北平的北风和阳光，比起上海南京的商业和政治来，前者也许还能督促我，鼓励我，爬上一个新的峰头，贴近自然，认识人生。

我以为作家本无足贵，可贵者应当是他能产生作品。作品亦未必尽可贵，可贵者应当他的成就或是为新文学运动提出个较高标准，创造点进步事实，一面足以刺激更多执笔者，有勇气，得启示，能做各种新的努力和探险，一面且足以将作品中所浸润寄托的宏博深致感情，对读者能引起普遍而良好的影响。因此一个作家当然不能仅具个作家身份，即用此身份转而成为现实政治的清客，或普通社会的交际花为己足。必须如一般从事科学或文史工作者，长时期沉默而虔敬地有所从事，在谨严认真持久不懈态度上，和优秀成就上，都有同样足资模范的记录。事业或职业部门多，念念不忘出路不忘功利的，很可以在其他部门中得到更多更方便机会，不必搞文学，不必充作家。政治上负责者无从扶助这个部门的正常发展，也就得放弃了它，如放弃学校教育一样，将它一律交给自由主义者，听其在阳光和空气下自由发展。（教育还包含了点权利，必国家花钱，至于文学，却近乎完全白尽义务，要的是政府给予自由，不是金钱！）这个看法本极其自然，与事实需要亦切合。然于时政治上已有个独占趋势，朝野既还有那些走路像作家，吃饭像作家，稿纸上必印就“××创作用稿”，名片上必印就“××文学会员”的活动人物，得在上海争文运作为政治据点，且寄食于这个名分上。因此在朝在野所做成的空气，就依然还是把作家放入宣传机构做属员为合理。凡违反这个趋势的努力都近于精力白费，不知现实。“民族文学”“报告小说”等等名词即应运而生。多少人的活动，也因之与中国公文政治有个一致性，到原则方案提出后，照例引起一阵辩论，辩论过后，告一段落，再无下文。正因为空论易热闹，实难见好，相互之间争持名词是非，便转而越见激烈。到无可争持时，同属一伙还得争个名分谁属，谁发明，谁领导，来增加文运活泼空气。真如所谓“妄人争年，以后止者为胜”，虽激烈而持久，无助于真实的进步亦可想而知！活泼背后的空虚，一个明眼人是看得出的。

文学运动既离不了商业竞卖和政治争夺，由切实工作转入宣传铺张，转入死丧庆吊仪式趋赴里，都若有个夙命的必然。在这个风气流转中，能制造点缀“时代”风景的作家，自然即无望产生受得住岁月陶冶的优秀作品。玩弄名词复陶醉催眠于名词下的作家既已很多了，我得和那个少数争表现。工作也许比他人的稍麻烦些，沉闷些，需保持单纯和严谨，从各方面学习试用这支笔，才能突破前人也超越自己。工作游离于理论纠纷以外，于普通成败得失以外，都无可避免。即作品所表现方式，也不得不从习惯以外有所寻觅，有所发现，扩大它，重造它，形成一种新的自由要求的基础。因之试从历史传说上重新发掘，腐旧至于佛典中的喻言禁律，亦尝试用一种抒情方式，重新加以处理，看看是不是还能使之翻陈生新。文体固定如骈文和偈语，亦尝试将它整个解散，与鄙俚口语重新拼合，证明能不能产生一种新的效果。

我还得从更多不同地方的人事和景物取证。因之不久又离开北京，在武汉，在青岛，各地来去过了三年。就中尤以在青岛两年中，从多阳光的海岸边所做的长时间的散步，大海边的天云与海水，以及浪潮漂洗得明莹如玉的螺蚌残骸所得的沉默无声的教育，竟比一切并世文豪理论反而还具体。唯工作方式既游离于朝野文学运动理论和作品所提示的标准以外，对于寄食的职业又从不如何重视，所以对普遍生活言，我近于完全败北。然而对于工作信仰和希望，却反而日益明确。在工作成就上，我明白，还无望成为一个优秀作家；在工作态度上，却希望能无愧于手中一支笔，以及几个良师益友一群赞赏者对于这支笔可做的善意期许。

东北沦陷于日人手中后，敌人势力逼近平津，华北有特殊化趋势。为国家明日计，西北或河南山东，凡事都得要重新做起，问题不轻细。有心人必承认，到中央势力完全退出时，文字在华北将成为唯一抵抗强邻坚强自己的武器。三十岁以上一代，人格性情已成定型，或者无可奈何了，还有个在生长中的儿童与少壮，待注入一点民族情感和做人勇气。因之和几个师友接受了一个有关国防的机构委托，为华北学生编制基本读物。从小学起始，逐渐完成。把这些教材带到师大附小去做实验的，还是个国立大学校长①，为理想的证实，特意辞去了那个庄严职务，接受

① 指担任国立青岛大学校长的杨振声。

这么一份平凡工作。乡下人的名衔，则应当是某某小学国文教师的助理。（同样做助理的，还有个是国内极负盛名大学的国文系主任[1]！）照政治即权力的活动家说来，这义利取舍多不聪明，多失计。但是，乡下人老实沉默走上第三段路，和几个良师益友在一处工作继续了四年，很单纯，也很愉快。

在争夺口号名词是非得失过程中，南方以上海为中心，已得到了个“杂文高于一切”的成就。然而成就又似乎只是个结论，结论且有个地方性，有个时间性，一离开上海，过二三年后，活泼热闹便无以为继，且若无可追寻。在南京，则文学夜会也够得个活泼热闹！在北平呢，真如某“文化兄”所说，死沉沉的。人与人则若游离涣散，见不出一个领导团体。对工作信念，则各自为战，各自低头寻觅学习，且还是一套老心情，藏之名山，传诸其人，与群众脱离，与现实脱离。某“文化兄”说的当然是一种真实。但只是真实的一面，因为这死沉沉与相对的那个活泼泼，一通过相当长的时间，譬如说，三年四年吧，比较上就会不同一点的。在南方成就当然也极大。唯一时间用人工方法做成注意热闹集中的大众语、拉丁化等等，却似乎只做成一个政治的效果，留下一本论战的总集，热闹过后，便放弃了。总之，团体和成就竟若一个相反比例，集团越大成就就越少。所以在南京方面，我们竟只留下一个印象，即“夜会”继以“虚无”。然而在北方，

---

① 指担任清华大学中文系主任的朱自清。

在所谓死沉沉的大城里，却慢慢生长了一群有实力、有生气的作家。曹禺、芦焚、卞之琳、萧乾、林徽因、李健吾、何其芳、李广田……是在这个时期中陆续为人所熟习的，而熟习的不仅是姓名，却熟习他们用个谦虚态度产生的优秀作品！因为在游离涣散不相黏附各自为战情形中，即有个相似态度，争表现，从一个广泛原则下自由争表现。再承认另一件事实，即听凭比空洞理论还公正些的“时间”来陶冶清算，证明什么将消灭，什么能存在。这个发展虽若缓慢而呆笨，影响之深远却到目前尚有作用，一般人也可看出的。提及这个扶育工作时，《大公报》对文学副刊的理想，朱光潜、闻一多、郑振铎、叶公超、朱自清诸先生主持大学文学系的态度，巴金、章靳以主持大型刊物的态度，共同做成的贡献是不可忘的。

只可惜工作来不及做更大的展开，战争来了。一切书呆子的理想，和其他人的财富权势，以及年轻一辈对生活事业的温馨美梦，同样都于顷刻间失去了意义。于是大家沉默无言在一个大院中大火炉旁，毁去了数年来所有的资料和成绩，匆匆离开了北平，穿过中国中部和西南部，转入云南。现实虽若摧毁了一切，可并不曾摧毁个人的理想。这并不是个终结，只是一个新的学习的开始。打败仗图翻身，胜利后得建国，这个部门的工作，即始终还需要人临以庄敬来谨慎从事。工作费力而难见好。在人弃我取意义下，我当然还得用这一支笔从学习中讨经验，继续下去。

到云南后便接近一个新的现实社会。这社会特点之一，即耳目所及，无不为战争所造成的法币空气所渗透。地方本来的厚重朴质，虽还保留在多数有教养的家庭中，随物质活动来的时髦，却装点到社会表面。阳光下自由既相当多，因之带刺的仙人掌即常常缠了些美而易谢的牵牛花，和织网于其间的银绿色有毒蜘蛛，彼此共存共荣。真实景物中还包含了个比喻，即在特别温暖气候中，能生长高尚理想，也能繁荣腐臭事实。少数人支配欲既得到个充分发展机会，积累了万千不义财富，另外少数人领导欲亦需要寻觅出路，取得若干群众信托。两者照理说本相互对峙，不易混合，但不知如何一来，却又忽然转若可以相互依赖，水乳交融，有钱有势的如某某金融头目，对抽象忽发生兴味，装作追求抽象的一群，亦即忽略了目前问题。因之地方便于短短时期中忽然成为民主的温室。到处都可听到有人对于民主的倾心，真真假假却不宜过细追问。银行客厅中挂满了首都名流的丑恶字画，又即在这种客厅中请来另外一些名流作家反复演讲。在这个温室中，真正对学术有贡献，做人也站得住的纯粹知识分子，在国家微薄待遇中，在物价上涨剥削中，无不受尽困辱饥饿，不知何以为生。有些住处还被人赶来赶去。也少有人注意到他们对国家社会战时平时的重要性，或就能力所及从公私各方面谋补救之方。小部分在学识上既无特别贡献，为人还有些问题的，不是从彼一特殊意义中，见得相当活跃，即是从此一微妙关系中，见得相当重要。或相反，或相成，于是到处有国际猜谜的社论，隔靴搔痒的座谈，新式八股的讲演，七拼八凑的主张。凡事都若异常活泼而庄严，背后却又一例寄托于一个相当矛盾的不大不小各种机缘上。一切理想的发芽生根机会，便得依靠一种与理想相反的现实。所以为人之师的，一面在推广高尚的原则，一面亦即在承认并支持一些不甚高尚的现实。一些青年朋友在此空气中呼吸，也就成为一个矛盾混合体。贫穷的子弟多还保有农村的朴质纯粹，非常可爱；官商子弟暴发户，则一面从不拒绝家中得来的不义之财，买原子笔学跳舞，以为时髦不落人后，书房中却照例乐意有个鲁迅、高尔基木刻像，也参加回把夜会朗诵诗，免得思想落伍。因之一时兴奋，什么似乎都能否定，兴奋过后继以沉默，什么似乎又即完全承认。社会一面如此，另一面则又有些人，俨若游离于时代苦闷以外，亦在时代苦闷之中。即一部分知识分子，平时以儒学自许，自高自卑情绪错综纠结，寂寞难受，思有以自见，即放弃了“子不语怪力乱神”的理性态度，听生命中剩余宗教情绪泛滥，一变而公开为人念咒诵经，打鬼驱魔。且有人不自知残忍，从种种暗示中促成家中小孩子白日见神见鬼，且于小小集团中，相互煽惑，相互传染。举凡过去神权社会巫术时代的形形色色，竟无不在着长袍洋装衣冠中复演重生。由藏入滇的喇嘛，穿上朱红缎袍，坐了某委员的吉普车满街兜风，许多有知无知的善男信女，因之即在大法王驻跸处把头磕得个昏昏沉沉，求传法得点灵福。（这些人可绝想不到中甸大庙那个活佛，却是当地唯一钟表修理人！）大约这也分散了些民主的信仰，于是就来了“政治”，又有什么“国特”活动的近乎神迹鬼话的传说，铺张于彼此寒暄里……试为之偈曰："一切如戏，点缀政治。一切如梦，认真无从。一切现实，背后空虚。仔细分析，转增悲悯。"一切有生，于抵抗、适应、承受由战争而来的抽象具体压力时所见出种种园景彩绘，固必然如彼如此也。

由于战争太久，大家生活既艰苦又沉闷，国事且十分糟，使人对于现实政治更感到绝望，多少人神经都支持不住，失去了本来的柔韧，因之各以不同方式，谋得身心两面的新的平衡。从深处看，这一切本不足奇。但同是从深处看，"民主温室"之破碎冻结，一变而成为冰窖，自是意中事。这个温室固可望培养滋育某种健康抽象观念，使之经风雨，耐霜雪，但亦可能生成野蒿荨麻。而后者的特殊繁殖性，且将更容易于短时期普遍蔓延，使地面形成一个回复荒芜现象，也是意中事。乡下人便在这个复杂多方的现实中，领略现实，并于回复过程中，认识现实，简简单单过了九年日子。在这段时间中，对于能变更自己重造自己去适应时代，追求理想，终又因而为当权者爪牙一击而毁去的朋友，我充满敬意。可是对于另外那些更多数同事，用完全沉默来承当战争所加给予本身的苦难，和工作所受挫折限制，有一时反而被年轻人误解，亦若用沉默来否定这个现实的，实抱同样敬意。为的是他们的死，他们的不死，都有其庄严与沉痛。而生者的担负，以及其意义，影响于国家明日尤其重大。我明白，我记住，这对我也即是一种教育。

这是乡下人的第四段旅程，相当长，相当寂寞，相当苦辛。

但却依然用那个初初北上向现实学第一课的朴素态度接受下来了。尤其是战事结束前二年，一种新式纵横之术，正为某某二三子所采用，在我物质精神生活同感困难时期，对我所加的诽谤袭击。另一方面，我的作品一部分，又受个愚而无知的检查制度所摧毁。几个最切身的亲友，且因为受不住长时期战争所加于生活的压力，在不同情形下陆续毁去。从普通人看来，我似乎就还是无抵抗，不做解救之方，且仿佛无动于衷。然而用沉默来接受这一切的过程中，至少家中有个人却明白，这对我自己，求所以不变更取于态度，用的是一种什么艰苦挣扎与战争！

这期间，世界地图变了。这个前后改变，凡是地下资源所在，人民集中，商业转口，军略必争处，以及广大无垠的海洋和天空，也无不有钢铁爆裂做成的死亡与流血。其继续存在的意义，亦无不有了极大分别。即以中国而言，属于有形的局势和无形的人心，不是也都有了大大变更？即以乡下人本身而言，牙齿脱了，头发花了，至于个人信念，却似乎正好用这一切作为测验，说明它已仿佛顽固僵化，无可救药。我只能说，脱掉的因为不结实，听它脱掉。毁去的因为脆弱，也只好随之毁去。为追求现实而有所予，知适应现实而有所取，生活也许会好得多，至少那个因失业而发疯亲戚还可望得救。但是我的工作即将完全失去意义。一个人有一个人的限度，君子豹变既无可望，恐怕是近于夙命，要和这个集团而争浑水摸鱼的现实脱节了。这也就是一种战争！即甘心情愿生活败北到一个不可收拾程度，焦头烂额，争取一个做人的简单原则，不取非其道，来否认现代简化人头脑的势力所做的挣扎。我得做人，得工作，二而一，不可分。我的工作在解释过去，说明当前，至于是否有助于未来，正和个人的迂腐顽固处，将一律交给历史结算去了。

国家既落在被一群富有童心的伟大玩火情形中，大烧小烧都在人意料中。历史上玩火者的结果，虽常常是烧死他人时也同时焚毁了自己，可是目前，凡有武力武器的恐都不会那么用古鉴今。所以烧到后来，很可能什么都会变成一堆灰，剩下些寡妇孤儿，以及……但是到那时，年轻的一代，要生存，要发展，总还会有一天觉得要另外寻出一条路的！这条路就必然是从“争夺”以外接受一种教育，用爱与合作来重新解释“政治”二字的含义，在这种憧憬中，以及憧憬扩大努力中，一个国家的新生，进步与繁荣，也会慢慢来到人间的！在当前，在明日，我们若希望那些在发育长成中的头脑，在僵化硬化以前，还能对现实有点否定作用，而又勇于探寻能重铸抽象，文学似乎还能做点事，给他们以鼓励，以启示，以保证，他们似乎也才可望有一种希望和勇气，明日来在这个由于情绪凝结自相残毁所做成的尸骨瓦砾堆积物上，接受持久内战带来的贫乏和悲惨，重造一个比较合理的国家！

我回来了，回到离开了九年相熟已二十五年的北京大城中来了。一切不同，一切如旧。从某方面言，二十年前军阀政客议员官僚的种种，都若已成陈迹，已成过去。这种过去陈迹的叙述，对于一个二十岁左右的年轻朋友，即已近于一种不可信的离奇神话，竟不像真有其人真有其事，但试从另一角度看看，则凡是历史上影响到人类那个贪得而无知的弱点，以及近三十年来现代政治，近八年的奴役统治共同培养成功的一切弱点，却又像终无从消失，只不过像是经过一种压缩作用，还保存得上好，稍有机会即必然会慢慢膨胀，恢复旧观。一不小心，这些无形无质有剧性毒的东西，且能于不知不觉间传染给神经不健全身心有缺陷抵抗力又特别脆弱的年轻人。受传染的特征约有数种，其一即头脑简化而统一，永远如在催眠中，生活无目的、无理想，年龄长大出洋留学读一万卷书后，还无从救济那个麻木呆钝。另外一种，头脑组织不同一点，又按照我那些老熟人活动方式，变成一个小华威先生，熟习世故哲学，手提皮包，打磨得上下溜光，身份和灵魂都大同小异，对生命也还是无目的，无信心……提到这个典型人时，如从一个写小说的因材使用观说来，本应当说这纵不十分可爱，也毫不什么可憎。复杂与简单，我都能欣赏，且将由理解欣赏进而成为朋友。可是若从一个普通人观点想想，一个国家若有一部分机构，一部分人，正在制造这种一切场面上都可出现的朋友，我们会不会为这个国家感到点痛苦和危惧？

国家所遭遇的困难虽有多端，而追求现实、迷信现实、依赖现实所做的政治空气和倾向，却应该负较多责任。当前国家不祥的局势，亦即由此而形成，而延长，而扩大。谁都明知如此下去无以善后，却依然毫无真正转机可望，坐使国力做广泛消耗，做成民族自杀的悲剧。这种悲剧是不是还可望从一种观念重造设计中，做点补救工作？个人以为现实虽是强有力的巨无霸，不仅支配当前，还将形成未来。举凡人类由热忱理性相结合所产生的伟大业绩，一与之接触即可能瘫痪圮坍，成为一个无用堆积物。然而我们却还得承认，凝固现实，分解现实，否定现实，并可以重造现实的，唯一希望将依然是那个无量无形的观念！由头脑出发，用人生的光和热所蓄聚综合所做成的种种优美原则，用各种材料加以表现处理，彼此相黏合，相融汇，相传染，慢慢形成一种新的势能、新的秩序的憧憬来代替。知识分子若缺少这点信心，那我们这个国家，才当真可说是完了！

人人都说北平是中国的头脑，因为许多人能思索，且能将知识和理性有效注入于年轻一代健康头脑中。学校次第复员，说明这头脑又将起始负起了检讨思索的责任。看看今年三万学生的投考，亦使人对于这头脑的如何运用，分外关心。

北平天空依然蓝得那么令人感动，阳光明朗空气又如此清新。间或从一个什么机关门外走过，看到那面青天白日满地红的国旗，总像是有点象征意味，不免令一些人内心感到点渺茫烦忧，又给另外一些人于此中怀有一些希冀。这些烦忧和希冀，反应到普通市民情绪中，或者顷刻间即消失无余，注入年轻学生头脑里，很显然即会有作用。北平市目前有将近二万的大学生，情绪郁结比生活困苦还严重，似乎即尚无人想到，必须加以梳理。若缺少有效的安排，或听其漫无所归，或一例归于现实政治做成的人工催眠所形成的病态发展，实非国家民族之福，反而将悲剧延长。“学术自由”一名词，已重新在这个区域叫得很响，可见对于它国人寄托了多少希望。名词虽若相当空泛，原则的兑现，实应为容许与鼓励刚发育完成的头脑，吹入一点清新活泼自由独立的空气，使之对于自己当前和未来，多负点责任。能去掉依赖的自然习惯，受奴役麻醉的强迫习惯，对现实的腐朽气味和畸形状态，敢怀疑，敢否认，并仔细检讨现实，且批评凡用武力支持推销的一切抽象。若这种种在目前还近于一种禁忌，关涉牵连太多，如何努力设法除去不必要的禁忌，应当是北平头脑可做的事，也是待发展的文学思想运动必须担当的事。

夜深人静，天宇澄碧，一片灿烂星光所做成的夜景，庄严美丽实无可形容。由常识我们知道每一星光的形成，时空都相去悬远，零落孤单，永不相及。然而这些星光虽各以不同方式而存在，又仍若各自为一不可知之意志力所束缚，所吸引，因而形成其万分复杂的宇宙壮观。人类景象亦未尝不如是。温习过去，观照当前，悬揣未来，乡下人当检查到个人生命中所保有的单纯热忱和朦胧信仰，二十五年使用到这个工作上，所做成的微末光芒时徘徊四顾，所能看到的，亦即似乎只是一片寥廓的虚无。不过面对此虚无时，实并不彷徨丧气，反而引起一种严肃的感印。想起人类热忱和慧思，在文化史上所做成的景象，各个星子熠熠灼灼，华彩耀目，与其生前生命如何从现实脱出，陷于隔绝与孤立，一种类似宗教徒的虔敬皈依之心，转油然而生。

我这个乡下人似乎得开始走第三站路了。昔人说：“德不孤，必有邻。”证以过去，推想未来，这种沉默持久的跋涉，即永远无个终点，也必然永远会有人同时或异代继续走去！再走个十年八年，也许就得放下笔长远休息了。“大块劳我以生，息我以死。”玩味蒙庄之言，使人反而增加从容。二十年来的学习，担当了一个“多产作家”的名分，名分中不免包含了些嘲讽意味，若以之与活动分子的相反成就比，实更见出这个名分的不祥。但试想想，如果中国近二十年多有三五十个老老实实的作家，能忘却普遍成败得失，肯分担这个称呼，即或对于目下这个乱糟糟的社会，既无从去积极参加改造，也无望消极去参加调停，唯对于文学运动理想之一，各自留下点东西，作为后来者参考，或者比当前这个部门的成就，即丰富多了。二十五年前和我这个亲戚的对话，还在我生命中，信仰中。二十五年前我来这个大城中想读点书，结果用文字写成的好书，我读得并不多，所阅览的依旧是那本用人事写成的大书。现在又派到我来教书了。说真话，若书本只限于用文字写成的一种，我的职业实近于对尊严学术的嘲讽。因国家人才即再缺少，也不宜于让一个不学之人，用文字以外写成的书来胡说八道。然而到这里来我倒并不为亵渎学术而难受。因为第一次送我到学校去的，就是北大主持者胡适之先生。民十八年①左右，他在中国公学做校长时，就给了我这

① 即民国十八年，公元1919年。

种难得的机会。这个大胆的尝试，也可说是适之先生尝试的第二集，因为不特影响到我此后的工作，更重要的还是影响我对工作的态度，以及这个态度推广到国内相熟或陌生师友同道方面去时，慢慢所引起的作用。这个作用便是“自由主义”在文学运动中的健康发展，及其成就。这一点如还必须扩大，值得扩大，让我来北大做个小事，必有其意义，个人得失实不足道，更新的尝试，还会从这个方式上有个好的未来。

唯在回到这里来一个月后，于陌生熟识朋友学生的拜访招邀上，以及那个充满善意、略有幽默的种种访问记的刊载中，却感到一种深深的恐惧。北平号称中国的头脑，然而这头脑之可贵，实应当包含各部门专家丰富深刻知识的堆积。以一个大学言来，值得我们尊敬的，有习地质的，学生物的，治经济政治的，弄教育法律的，即文史部门也还有各种学识都极重要。至于习文学，不过是学校中一个小小部门，太重视与忽视都不大合理。与文学有关的作家，近二十年来虽具有教育兼娱乐多数读者的义务，也即已经享受了些抽象的权利，即多数的敬爱与信托，若比之于学人，又仿佛显得特别重要。这实在是社会一种错觉。这种错觉乃由于对当前政治的绝望，并非对学术的真正认识关心。因为在目前局势中，在政治高于一切的情况中，凡用武力推销主义寄食于上层统治的人物，都说是为人民，事实上在朝在野却都毫无对人民的爱和同情，在企图化干戈为玉帛调停声中，凡为此而奔走的各党各派，也都说是代表群众，仔细分析，却除了知道他们目前在奔走，将来可能做部长、国府委员，有几个人在近三十年，真正为群众做了些什么事？当在人民印象中，又曾经用他的工作，在社会上有以自见？在习惯上，在事实上，真正丰富了人民的情感，提高了人民的觉醒，就还是国内几个有思想、有热情、有成就的作家。在对现实濒于绝望情形中，作家因之也就特别取得群众真实的敬爱与信托。然而一个作家若对于国家存在与发展有个认识，却必然会觉得工作既有影响，个人实不值得受群众特别重视。且需要努力使多数希望，转移到那个多数在课堂，在实验室，在工作场，在一切方面，仿佛沉默无闻，从各种挫折困难中用一个素朴态度守住自己，努力探寻学习的专家学人，为国家民族求生存求发展所做的工作之巨大而永久。一个作家之所以可贵，也即是和这些人取同一沉默谦逊态度，从事工作，而又能将这个忠于求知敬重知识的观念特别阐扬。这是我在学校里从书本以外所学得的东西，也是待发展的一种文学理论。

我希望用这个结论，和一切为信仰、为理想而执笔的朋友互学互勉。从这结论上，也就可以看出一个乡下人如何从现实学习，而终于仿佛与现实脱节，更深一层的意义和原因！

十月二十七日

我怎么就写起小说来

一　星星之火

年前九月里，我过南京有事，看了个文化跃进展览会，因为特殊情形，只能用一个多钟点，匆匆忙忙地从三大楼陈列室万千种图表物品面前走过。留在印象中极深刻的，是农村广大人民群众戏剧和诗歌创作的活动。记得搁在二楼陈列案上有三个大蒲包，每个蒲包都装得满满的，可能有二三十斤重。这种蒲包向例是装江南农村副产物菱芡、笋干、芋艿或盐板鸭等，这回也并不完全例外，原来装的是“大跃进”后江苏省×县×乡一种崭新农业副产物，有关人民公社化后生产“大跃进”的诗歌！每一包中都有几万——或过十万首来自农村，赞美生活、歌颂集体、感谢共产党毛主席的素朴而热情的诗歌，正和屏风墙上五彩鲜明新壁画一样，反映的全是中国农村新面貌。事情是崭新的，诗歌内容感情也是崭新的，让我们可体会到，此后全国广大土地上，凡有草木生长处，凡有双手劳动处，到另外一时，都可望长出茂盛的庄稼、硕大的瓜果和开放万紫千红的花朵。同时，还必然可看到无数赞美劳动伟大成就的崭新壁画和诗歌。这还只不过是一种新的起始，已显明指示出今后社会发展的必然。古话说，“星星之火可燎原”，这些正是祖国新的文化建设全面发展的星火。它和大小炼铁炉一样，在全国范围内燃起的红光烛天的火焰，将促进我国工业发展的速度，改变工业建设的布局和科学文化发展的面貌。到不久将来，地面将矗起长江三峡能发电两千五百万千瓦的大水坝，而且还一定会要把巨大的人造卫星送上天空！人人都会作诗，诗歌将成为人类向前一种新的动力，使得十三亿只勤劳敏捷的手，在一定计划中动得更有节奏。任何一伟大的理想，到时也都可望成为现实！这些诗歌给我的启发是这样的。

我对于这些新的诗歌发生特别感情，除上述种种外，还有另外一个原因，即四十年前，最初用笔写作，表示个人情感和愿望，也是从作诗起始的。不过作诗心境可完全不同，因为距今已将近半个世纪，生活的时代和现在比，一个是地狱，一个是天堂，完全是两个时代，两种世界。

二　我在怎样环境中受教育

我生于一九〇二年，去太平天国革命还不多远，同乡刘军门从南京抢回的一个某王妃做姨太太还健在。离庚子事变只两年，我的父亲是在当时守大沽口的罗提督身边做一名小将，因此小时候还有机会听到老祖母辈讲“长毛造反、官兵屠城”的故事，听我父亲讲华北人民反帝斗争的壮烈活动和凄惨遭遇，随后又亲眼见过辛亥革命在本县的种种。本地人民革命规模虽不怎么大，但给我印象却十分现实。眼见参加攻城的苗族农民，在革命失败后，从四乡捉来有上千人死亡，大量血尸躺在城外对河河滩上。到后光复胜利，旧日皇殿改成陆军讲武堂，最大一座偶像终于被人民推翻了。不多久，又眼见蔡锷为反对袁世凯做皇帝，由云南起义，率军到湘西麻阳、芷江一带作战，随后袁世凯也倒了……这些事件给我留下那么一个总印象，这个世界是在“动”中，地球在“动”，人心也在“动”，并非固定不移，一切必然向合理前进发展。衙门里的官，庙宇中的菩萨，以至于私塾中竖起焦黄胡子，狠狠用楠竹板子打小学生屁股的老师，行为意图都是努力在维持那个“常”，照他们说是“纲常”，是万古不废的社会制度和人的关系，可是照例维持不住。历史在发展，人的思想情感在发展，一切还是要“动”和“变”。试从我自己说起，我前后换了四个私塾，一个比一个严，但是即使当时老师板子打得再重些，也还要乘机逃学，因为塾中大小书本过于陈旧，外面世界却尽广阔而新鲜！于是我照例常常把书篮寄存到一个土地堂的土地菩萨身后，托他照管，却洒脚洒手跑到十里八里远乡场上去看牛马牲口交易，看摆渡和打铁，看打鱼、榨油和其他种种玩意儿——从生活中学到的永远比从旧书本子学的，既有趣味又切实有用得多。随后又转入地方高小，总觉得那些教科书和生活现实还是距离极大。学校中用豌豆做的手工，就远不如大伙到河边去帮人扳罾磨豆腐有意思。因此勉强维持到县里高小毕业，还是以野孩子身份，离开了家，闯入一个广大而陌生的社会里，受生活人事上的风吹雨打，去自谋生存了。

初初离开了家，我怎么能活下来？而且在许许多多可怕意外变故中，万千同乡同事都死去后，居然还能活下来，终于由这个生活教育基础上，到后且成为一个小说作者？在我写的那个自传[①]上，曾老老实实记下了一些节目。其实详细经过，情形却远比狄更斯写的自传式小说还离奇复杂得多，由于我们所处的时代社会，也离奇复杂得多。这里且说说我飘荡了几年后，寄住在一个土著小小军阀部队中，每天必待人开饭后，才趑趄走拢去把桌上残余收拾扫荡，每晚在人睡定后，才悄悄睡下去，拉着同乡一截被角盖住腹部免得受凉。经过约半年光景，到后算是有了一个固定司书名分了。

一九一九左右，我正在这个官军为名、土匪为实的土军阀部队里，做一名月薪五元六毛的司书生。这个部队大约有一百连直辖部队，和另外几个临时依附收编的特种营旅，分布于川湘鄂边

---

① 指《从文自传》。

境现属湘西土家族苗族自治州十多县境内，另外，自治州以外的麻阳、沅陵、辰溪、桃源，以及短时期内酉阳、秀山、龙潭也属防军范围，统归一个“清乡剿匪总司令”率领。其实说来，这一位司令就是个大土匪。部队开支省府照例管不着，得自己解决，除所属各县水陆百货厘金税款，主要是靠抽收湘西十三县烟土税、烟灯税、烟亩税、烟苗税和川黔烟帮过境税。鸦片烟土在这个地区既可代替货币流行，也可代替粮食。平时发饷常用烟土，官士赌博、上下纳贿送礼全用烟土。烟土过境经常达八百挑一千挑，得用一团武装部队护送，免出事故。许多二十多岁年轻人，对烟土好坏，只需手捏捏鼻闻闻，即能决定产地和成分。我所在的办公处，是保靖旧参将衙门一个偏院，算是总部书记处，大小六十四个书记住在一个大房间中，就地为营，便有四十八盏烟灯，在各个床铺间燃起荧荧碧焰，日夜不熄。此外由传达处直到司令部办公厅，例如军需、庶务、军械、军医、参谋、参军、副官、译电等处，不拘任何一个地方，都可发现这种大小不一的烟灯群。军械和军需处，经常堆积满房的，不是什么弹药和武器装备，却是包扎停当等待外运的烟土。一切简直是个毒化国家毒化人民的小型地狱，但是他们存在的名分，却是为人民“清乡剿匪，除暴安良”。被杀的人绝大部分是十分善良或意图反抗这种统治的老百姓！

我就在这样一个部队中工作和生活。每天在那个有四十八盏鸦片烟灯的大厅中，一个白木办公桌前，用小“绿颖”毛笔写催烟款、查烟苗的命令，给那些分布于各县的一百连杂牌队伍和许许多多委员、局长、督查、县知事。因为是新来人，按规矩工作也得吃重点，那些绝顶聪敏同事就用种种理由把工作推给我，他们自己却从从容容去吸烟、玩牌、摆龙门阵。我常常一面低头写字，一面听各个床铺间嘘嘘吸烟声音，和同事间谈狐说鬼故事，心中却旋起一种复杂离奇不可解感情。似乎陷入一个完全孤立情况中，可是生活起居又始终得和他们一道，而且称哥唤弟。只觉得好像做梦一样，可分明不是梦。

但一走出这个大衙门，到山上和河边去，自然环境却惊人美丽，使我在这种自然环境中，倒极自然把许多种梦想反而当成现实，来抵抗面前另外一种腐烂怕人的环境。

“难道世界上还有比这些人更奇怪的存在？书上也没有过，这怎么活得下去？”

事实上当时这些老爷或师爷，却都还以为日子过得怪好的。很多人对于吸大烟，即认为是一种人生最高的享受。譬如我那位顶头上司书记长，还是个优级师范毕业生，本地人称为“洋秀才”，读过大陆杂志和老《申报》，懂得许多新名词的，就常常把对准火口的烟枪暂时挪开，向我进行宣传：

“老弟，你来吸一口试试吧。这个妙，妙，妙！你只想想看，天下无论吃什么东西都得坐下来吃，只有这个宝贝是睡下来享受，多方便！好聪敏的发明，我若做总统，一定要给他个头等文虎章！”

有时见我工作过久，还充满亲切好意，夹杂着一点轻微嘲笑和自嘲，举起烟枪对我殷勤劝驾：

“小老弟，你这样子简直是想做圣贤，不成的！事情累了半天，还是来唆一口吧。这个家伙妙得很！只要一口半口，我保你精精神神，和吃人参果一样。你怕什么？看看这房里四十八盏灯，不是日夜燃着，哥子弟兄们百病不生！在我们这个地方，只能做神仙，不用学圣贤——圣贤没用处。人应当遇事随和，不能太拘迂古板。你担心上瘾，哪里会？我吸了二十年，想戒就戒，决不上瘾。不过话说回来，司令官如果要下令缴我这支老枪，我可坚决不缴，一定要拿它战斗到底。老弟，你可明白我意思？为的是光吸这个，百病痊愈，一天不吸，什么老病不用邀请通回来了。拿了枪就放不下。老弟你一定不唆，我就又有偏了！”

我因为平时口拙，不会应对，不知如何来回答这个上司好意，照例只是笑笑。他既然说明白我做圣贤本意是一个“迂”字，说到烟的好处又前后矛盾，我更不好如何分辨了。

其实当时我并不想做什么“圣贤”，这两个字和生活环境毫无关联，倒乐意做个“诗人”，用诗来表现个人思想情感。因为正在学写五七言旧诗，手边有部石印唐人诗选，上面有李白、杜甫、元稹、白居易、高适、岑参等人作品。杜甫诗的内容和白居易诗的表现方法，我比较容易理解，就学他们押韵填字。我手中能自由调遣的文字实在有限，大部分还是在私塾中读“云对雨，雪对风，晚照对晴空”记来的，年龄又还不成熟到能够显明讽刺诅咒所处社会环境中，十分可恶可怕的残忍、腐败、堕落、愚蠢的人和事，生活情况更不能正面触及眼面前一堆实际问题。虽没有觉得这些人生活可羡，可还不曾想到另外什么一种人可学。写诗主要可说，只是处理个人一种青年朦胧期待发展的混乱感情。常觉得大家这么过日子下去，究竟为的是什么？实在难于理解。难道辛亥革命就是这么地革下去？

在书记处六十四个同事中，我年纪特别小，幻想却似乎特别多。《聊斋志异》《镜花缘》《奇门遁甲》这些书都扩大了我幻想的范围。最有影响的自然还是另外一些事物。我眼看到因“清乡”杀戮过大几千农民，部分是被压迫铤而走险上山落草的，部分却是始终手足贴近土地的善良农民，他们的死只是由于善良。有些人被杀死，家被焚烧后，还牵了那人家耕牛，要那些小孩子把家长头颅挑进营中一齐献俘。我想不出这些做官的有道理或有权力这么做。一切在习惯下存在的我认为实不大合理，但是我并没有意识到去反抗或否认这一切。我明白同事中说的“做圣贤”不过是一种讽刺，换句明白易懂话说就是“书呆子气”，但还是越来越发展了这种书呆子气，最明显的即是越来越和同事缺少共同语言和感情。另一方面却是分上工作格外多，格外重，还是甘心情愿不声不响做下去。我得承认，有个职业才能不至于倒下去。当时那个职业，还是经过半年失业才得来的！

其时有许多同事同乡，年纪还不过二十来岁，因为吸烟，都被烟毒熏透，瘦得如一支“烟腊狗”一样，一个个终日摊在床铺上。日常要睡到上午十一点多，有的到下午二三点，才勉强从床上爬起来，还一面大打哈欠，一面用鼻音骂小护兵买点心不在行。起床后，大家就争着找据点，一排排蹲在廊檐下阶沿间刷牙，随后开饭，有的每顿还得喝二两烧酒，要用烧腊香肠下酒。饭后就起始过瘾。可是这些老乡半夜里过足瘾时，却精神虎虎，潇洒活泼简直如吕洞宾！有些年逾不惑，前清读过些《千家诗》《古文笔法百篇》《随园诗话》《聊斋志异》的，半夜过足瘾时，就在烟灯旁朗朗地诵起诗文来。有的由《原道》到前后《出师表》《圆圆曲》，都能背诵如流，一字不苟，而且音调激昂慷慨，不让古人。有的人又会唱高腔，能复述某年月日某戏班子在某地某庙开锣，演出某一折戏，其中某一句字荒腔走板的事情，且能用示范原腔补充纠正，其记忆力之强和理解力之高，也真是世界上稀有少见。又有人年纪还不过三十来岁，由于短期委派出差当催烟款监收委员，贪污得几百两烟土，就只想娶一房小老婆摆摆阔，把当前计划和二十年后种种可能麻烦都提出来，和靠灯同事商讨办法的。有人又到处托人买《奇门遁甲》，深信照古书中指示修炼，一旦成功，就可以和济公一样飞行自在，到处度世救人，打富济贫。且有人只想做本地开糖房的赘婿，以为可以一生大吃酥糖糍粑。真所谓“人到一百，五艺俱全”，信仰愿望，无奇不有，而且居多还想得十分有趣。全是烟的催眠麻醉结果。

这些人照当时习惯，一例叫作“师爷”。从这些同事日常生活中，我真可说是学习了许多许多。

此外，又还有个受教育对我特别有益的地方，即一条河街和河码头。那里有几十家从事小手工业市民，专门制作黄杨木梳子、骨牌、棋子和其他手工艺品，生产量并不怎么大，却十分著名，下行船常把它带到河下游去，越湖渡江，直到南北二京。河码头还有的是小铁匠铺和竹木杂货铺，以及专为接待船上水手的特种门户人家，经常还可从那里听到弹月琴唱小曲琤琤琮琮声音。河滩上经常有些上下酉水船只停泊，有水手和造船匠人来人去。虽没法和这些人十分相熟，可是却有机会就眼目见闻，明白他们的生活和工作。和他们可说的话，也似乎比同事面前多一些，且借此知道许许多多河码头事情。两相比较下，当时就总觉得这些自食其力的普通劳动者生活，比起我们司令部里那些“师爷”或“老爷”，不仅健康得多，道德得多，而且也有趣得多。即或住在背街上，专为接待水手和兵士的“暗门头”半开门人物，也还比师爷、老爷更像个人。这些感想说出来当然没有谁同意，只会当我是个疯子。事实上我在部分年轻同事印象中，即近于有点疯头疯脑。

我体力本来极差，由于长时期营养不良，血液缺少黏合力，一病鼻子就得流血，因此向上爬做军官的权势欲没有抬头机会。平时既不会说话，对人对事又不会出主意，因此做参谋顾问机会也不多。由于还读过几本书，知道点诗词歌赋，面前一切的刺激和生活教育，不甘随波逐流就得讲求自救，于是近于自卫，首先学坚持自己，来抵抗生活行为上的同化和腐蚀作用。反映到行为中，即尽机会可能顽强读书，扩大知识领域。凑巧当时恰有个亲戚卸任县长后，住在对河石屋洞古庙里做客，有半房子新旧书籍，由《昭明文选》到新小说，什么都有，特别是林译小说[①]就有一整书箱。狄更斯的小说，真给了我那时好大一份力量！

从那种情形下，我体会到面前这个社会许多部分都正在发霉腐烂，许多事情都极不合理，远比狄更斯文学作品中所表现的英国社会还野蛮恶劣。一切像是被什么人安排错了，得有人重新想个办法。至于要用一个什么办法才能回复应有的情况，我可不知道。两次社会革命虽在我待成熟生命中留下些痕迹，可并不懂得第三回社会大革命已在酝酿中，过不多几年就要在南中国爆发。因为记起“诗言志”的古义，用来表现我这些青春期在成熟中，在觉醒中，对旧社会，对身边一切不妥协的朦胧反抗意识，就是作诗。大约有一年半时间，我可能就写了两百首五七言旧体诗。呆头呆脑不问得失那么认真写下去，每一篇章完成却照例十分兴奋。有时也仿苏柳体填填小词，居然似通非通能缀合成篇。这些

---

① 指清末民初由著名翻译家林纾先生翻译的西方小说。

诗词并没有一首能够留下，当时却已为几个迎面上司发生兴趣，以为“人虽然有些迂腐，头脑究竟还灵活，有点文才”。还有个拔贡出身初级师范校长，在我作品上批说“有老杜味道”，真只有天知道！除那书记长是我的经常读者外，另还有个胖大头军法官，和一个在高级幕僚中极不受尊敬，然而在本地小商人中称“智多星”的顾问官，都算是当年读我作品击节赞许的大人物。其实这些人的生活就正是我讽刺的对象。这些人物，照例一天只是伴陪司令老师长[①]坐在官厅里玩牌，吃点心，吸烟，开饭喝茅台酒，打了几个饱嗝后，又开始玩牌……过日子永远是这么空虚、无聊。日常行为都和果哥里[②]作品中人物一样，如漫画一般，甚至于身体形象也都如漫画一般局部夸张。这些人都读过不少书，有的在辛亥时还算是维新派，文的多是拔贡举人，武的多毕业于保定军校，或湖南弁备学校。腐化下来，却简直和清末旧官僚差不多，似乎从没思索过如何活下来才像个人，全部人生哲学竟像只是一个“混”字。跟着老师长混，“有饭大家吃”，此外一切废话。

一九三五年左右，我曾就这些本地“伟人”生活，写过一个短篇小说，名叫《顾问官》，就是为他们画的一幅速写像，虽十分简单，却相当概括逼真。当时他们还在做官，因担心笔祸，不得不把故事发生地点改成四川。其实同样情形，当时实遍布西

---

① 指陈渠珍。

② 现通译为果戈理，俄国小说家。

南，每省每一地区都有那种大小军阀和幕僚，照着我描写的差不多或更糟一些，从从容容过日子。他们看到时，不过打个哈哈完事，谁也不会在意。

我的诗当时虽像是有了出路，情感却并没有真正出路。因为我在那些上司和同事间，虽同在一处，已显明是两种人，对于生存意义的追求全不相同，决裂是必然的。但是如果没有一种外来的强大吸引力或压力，还是不可能和那个可怕环境决绝分开的。在一般同事印象中，我的“迂”正在发展，对社会毫无作用，对自身可有点危险，因为将逐渐变成一个真正疯子。部队中原有先例，人一迂，再被机灵同事寻开心，想方设法逗弄，或故意在他枕下鞋里放条四脚蛇，或半夜里故意把他闹醒，反复一吓一逗，这同事便终于疯了。我自然一时还不到这个程度。

真正明白我并不迂腐的，只有给我书看那个亲戚。他是本县最后一个举人，名叫聂仁德，字简堂，作的古文还曾收入清代文集中，是当时当地唯一主张年轻人应当大量向外跑，受教育、受锻炼、找寻出路的一个开明知识分子。

我当时虽尽在一种孤立思维中苦闷挣扎，却似乎预感到，明天另外一个地方还有份事业待我去努力完成。生命不可能停顿到这一点上。眼前环境只能使我近于窒息，不是疯便是毁，不会有更合理的安排。我得想办法自救，但一时自然还是无办法可得。

因为自己写诗，再去读古诗时，也就深入了一些。和青春生命结合，曹植、左思、魏徵、杜甫、白居易等人对世事有抱负、有感慨的诗歌，比起描写景物、叙述男女问题的作品，于是觉得有斤两、有劲头得多。这些诗歌和林译小说一样，正在坚强我、武装我，充实增加我的力量，准备来和环境中一切做一回完全决裂。但这自然不是一件简单事情。到这个部队工作以前，我曾经有过一年多时间，在沅水流域好几个口岸各处漂流过，在小旅馆和机关做过打流食客，食住两无着落。好容易有了个比较固定的职业，要说不再干下去，另找出路，当然事不简单。我知道世界虽然尽够广大，但到任何一处没有吃的就会饿死。我等待一个新的机会。生活教育虽相当沉重，但是却并不气馁，只有更加坚强。这里实在不是个能待下去的地方，中国之大，一定还有别的什么地方比这里生存得合理一些。孟子几句话给了我极大鼓舞，我并没有觉得有个什么天降大任待担当，只是天真烂漫地深深相信老话说的“天无绝人之路”。一个人存心要活得更正当结实有用一点，是决不会轻易倒下去的。

三　一点新的外力，扩大了我的幻想和信心

过不多久，五四余波冲击到了我那个边疆僻地。先是学习国语注音字母的活动在部队中流行，引起了个学文化浪潮。随后不久地方十三县联立中学和师范办起来了，并办了个报馆，从长沙

聘了许多思想前进年轻教员，国内新出版的文学和其他书刊，如《改造》《向导》《新青年》《创造》《小说月报》《东方杂志》和南北大都市几种著名报纸，都一起到了当地中小学教师和印刷工人手中，因此也辗转到了我的手中。正在发酵一般的青春生命，为这些刊物提出的“如何做人”和“怎么爱国”等等抽象问题燃烧起来了。让我有机会用些新的尺寸来衡量客观环境的是非，也得到一种新的方法、新的认识，来重新考虑自己在环境中的位置。国家的问题太大，一时说不上。至于个人的未来，要得到正当合理的发展，是听环境习惯支配，在这里向上爬做科长、局长、县长……还是自己来重新安排一下，到另外地方去，做一个正当公民？这类问题和个空钟一样，永远在我思想里盘旋不息。

于是做诗人的兴趣，不久即转移到一个更切实些新的方向上来。由于五四新书刊中提出些问题，涉及新的社会理想和新的做人态度，给了我极大刺激和鼓舞。我起始进一步明确认识到个人和社会的密切关系，以及文学革命对于社会变革的显著影响。动摇旧社会，建立新制度，做个“抒情诗人”似不如做个写实小说作家工作扎实而具体。因为后者所表现的不仅情感或观念，将是一系列生动活泼的事件，是一些能够使多数人在另外一时一地，更容易领会共鸣的事件。我原本看过许多新旧小说，随同五四初期文学运动而产生的白话小说，文字多不文不白，艺术水平既不怎么高，故事又多矫揉造作，并不能如唐代传奇、明清章回吸引人。特别是写到下层社会的人事，和我经验见闻对照，不免如隔靴搔痒。从我生活接触中所遇到的人和事情，保留在我印象中，以及身边种种可笑可怕腐败透顶的情形，切割任何一部分下来，都比当时报刊上所载的新文学作品生动深刻得多。至于当时正流行的《小说作法》《新诗作法》等书提出的举例材料和写作规矩方法，就更多是莫名其妙。加之，以鲁迅先生为首和文学研究会同人为首，对于外国文学的介绍，如耿济之、沈泽民对十九世纪旧俄作家，李劼人、李青崖对法国作家，以及胡愈之、王鲁彦等从世界语对于欧洲小国作家作品的介绍，鲁迅和其他人对于日本文学的介绍，创造社对于德国作家的介绍，特别是如像契诃夫、莫泊桑等短篇小说的介绍，增加了我对于小说含义范围广阔的理解，和终生从事这个工作的向往。认为写小说实在有意思，而且凡事从实际出发，结合生活经验，用三五千字把一件事一个问题加以表现，比写诗似乎也容易着笔，能得到良好效果。我所知道的旧社会，许许多多事情，如果能够用契诃夫或莫泊桑使用的方法来加以表现，都必然十分活泼生动，并且大有可能超越他们的成就，得出更新的记录。问题是如何用笔来表现它，如何得到一种适当的机会，用十年八年时间，来学习训练好好使用我手中这一支笔。这件事对现在青年说来，自然简单容易，因为习文化、学写作正受新社会全面鼓励，凡稍有创作才能的文化干部，都可望得到部分时间从事写作。但是四十年前我那种生活环境，希望学文学可就实在够荒唐。若想学会吸鸦片烟，将有成百义务教师乐意为我服务。想向上爬做个知县，再讨两个姨太太，并不怎么困难就可达到目的。即希望继续在本地做个迂头迂脑的书呆子，也不太困难，只要凡事和而不同地下去，就成功了。如说打量要做个什么“文学作家”，可就如同说要“升天”般麻烦，因为和现实环境太不相称，开口说出来便成大家的笑话。

至于当时的我呢，既然看了一大堆书，想象可真是够荒唐，不仅想要做作家，一起始还希望做一个和十九世纪世界上第一流短篇作者竞短长的选手。私意认为做作家并不是什么大不了的事情，写几本书也平常自然，能写得比这一世纪高手更好，代表国家出面去比赛，才真有意义！这种想象来源，除了一面是看过许多小说，写得并不怎么好，其次即从小和野孩爬山游水，总是在一种相互竞争中进行，以为写作也应分是一种工作竞赛。既存心要尽一个二十世纪公民的责任，首先就得准备努力来和身边这四十八盏烟灯宣告完全决裂，重新安排生活和学习。我为人并不怎么聪敏，而且绝无什么天才，只是对学习有耐心和充满信心，深信只要不至于饿死，在任何肉体挫折和精神损害困难情形下，进行学习不会放松。而且无论学什么，一定要把它学懂，学通……于是在一场大病之后，居然有一天，就和这一切终于从此离开，进入北京城，在一个小客店旅客簿上写下姓名籍贯，并填上“求学”两个字，成为北京百万市民的一员，来接受更新的教育和考验了。

四　新的起点

和当时许多穷学生相同，双手一肩，到了百万市民的北京城，只觉得一切陌生而更加冷酷无情。生活上新的起点带来了新的问题，第一件事即怎么样活下去。第一次见到个刚从大学毕业无事可做的亲戚，问我：

“来做什么？”

我勇敢而天真地回答“来读书”时，他苦笑了许久：

“你来读书，读书有什么用？读什么书？你不如说是来北京城打老虎！你真是个天字第一号理想家！我在这里读了整十年书，从第一等中学到第一流大学，现在毕了业，还不知从哪里去找个小差事做。想多留到学校一年半载，等等机会，可做不到！”

但是话虽这么说，他却是第一个支持我荒唐打算的人，不久即介绍我认识了他老同学董秋斯。董当时在盔甲厂燕京大学念书，此后一到公寓不肯开饭时，我即去他那里吃一顿。后来农大方面也认识了几个人，曾经轮流到他们那里做过食客。其中有个晃县唐伯赓，大革命时牺牲在芷江县城门边，就是我在《湘行散记》中提及被白军钉在城门边示众三天，后来抛在沅水中喂鱼吃的一位朋友。

我入学校当然不可能，找事做又无事可做，就住在一个小公寓中，用《孟子》上所说的“天将大任于斯人也，必先苦其心志，饿其体肤，戕伐其身心，行拂乱其所为……”[①]来应付面临的种种。第一句虽不算数，因为我并没有什么大志愿，后几句可落实，因为正是面临现实。在北京零下二十八度严寒下，一件破夹衫居然对付了两个冬天，手足都冻得发了肿，有一顿无一顿是常事。好在年轻气概旺，也并不感觉到有什么受不住的委屈，只觉得这社会真不合理。因为同乡中什么军师长子弟到来读书的，都吃得胖胖的，虽混入大学，什么也不曾学到，有的回乡时只学会了马连良[②]的台步，和什么雪艳琴[③]的新腔。但又觉得人各有取舍不同，我来的目的本不相同，必须苦干下去就苦干下去，到最后实在支持不下，再做别计。另一方面自然还是认识燕大、农大几个朋友，如没有这些朋友在物质上的支持，我精神即再顽强，到时恐怕还只有垮台。

当时还少有人听说做“职业作家”，即鲁迅也得靠做事才能维持生活。记得郁达夫在北大和师大教书，有一月得三十六元薪水，还算是幸运。《晨报》上小副刊文章，一篇还不到一块钱稿费。我第一次投稿所得，却是三毛七分。我尽管有一脑子故事和一脑子幻想，事实上当时还连标点符号也不大会运用，又不懂什

---

① 误，原文出自《孟子·告子下》：“天将降大任于是人也，必先苦其心志，劳其筋骨，饿其体肤，空乏其身，行拂乱其所为……”

② 京剧名家，工老生，四大须生之一。

③ 京剧名家，工青衣、花旦。

么白话文法，唯一长处只是因为在部队中做了几年司书，抄写能力倒不算太坏。新旧诗文虽读了不少，可是除旧诗外，待拿笔来写点什么时，还是词难达意。在报刊方面既无什么熟人，作品盼望什么编辑看中，当然不可能。唯一占便宜处，是新从乡下出来，什么天大困难也不怕，且从来不知什么叫失望，在最难堪恶劣环境中，还依旧满怀童心和信心，以为凡事通过时间都必然会改变，不合理的将日趋于合理，只要体力能支持得下去，写作当然会把它搞好。至于有关学习问题，更用不着任何外力鞭策，总会抓得紧紧的，并且认为战胜环境对我的苛刻挫折，也只有积极学习，别无他法。能到手的新文学书我都看，特别是从翻译小说学作品组织和表现方法，格外容易大量吸收消化，对于我初期写作帮助也起主导作用。

过了不易设想的一二年困难生活后，我有机会间或在大报杂栏类发表些小文章了。手中能使用的文字，其实还不文不白生涩涩的，好的是应用成语和西南土话，转若不落俗套有些新意思。我总是极单纯地想，既然目的是打量用它来做动摇旧社会基础，当然首先得好好掌握工具，必须尽最大努力来学会操纵文字，使得它在我手中变成一种应用自如的工具，此后才能随心所欲委曲达意，表现思想感情。应当要使文字既能素朴准确，也能华丽壮美。总之，我得学会把文字应用到各种不同问题上去，才有写成好作品条件。因此到较后能写短篇时，每一用笔，总只是当成一种学习过程，希望通过一定努力能“完成”，可并不认为“成功”。其次是读书日杂，和生活经验相互印证机会也益多，因此也深一层明白一个文学作品，三几千字能够给人一种深刻难忘印象，必然是既会写人又能叙事，并画出适当背景。文字不仅要有分量，重要或者还要有分寸，用得恰到好处。这就真不简单。特别对我那么一个凡事得自力更生的初学写作者。我明白人是活在各种不同环境中的复杂生物，生命中有高尚的一面，也不免有委琐庸俗的一面。又由于年龄不同，知识不同，生活经验不同，兴趣愿望不同，即遇同一问题，表现意见的语言态度也常会大不相同。我既要写人，先得学好好懂人。已经懂的当然还不算多，待明白得受生活限制，只有从古今中外各种文学作品中拜老师，因之书籍阅读范围也越广。年纪轻消化吸收力强，医卜星相能看懂的大都看看，借此对于中国传统社会意识领域日有扩大，从中吸取许多不同的常识，这也是后来临到执笔时，得到不少方便原因。又因为从他人作品中看出，一个小说的完成，除文字安排适当或风格独具外，还有种种不同表现思想情感的方法，因而形成不同效果。我由于自己要写作，因此对于中外作品，也特别注意到文字风格和艺术风格，不仅仔细分析契诃夫或其他作家作品的特征，也同时注意到中国唐宋小说表现方法和组织故事的特征。到我自己能独立动手写一个短篇时，最大的注意力，即是求明白作品给读者的综合效果，即文字风格、作品组织结构和思想表现三者综合形成的效果。

我知道这是个艰巨工作，又深信这是一项通过反复试验，最终可望做好的工作。因此每有写作，必抱着个习题态度，来注意它的结果。搞对了，以为这应说是偶然碰巧，不妨再换个不熟习的方法写写；失败了，也决不丧气，认为这是安排得不大对头，必须新开始。总之，充满了饱满乐观的学习态度，从不在一个作品的得失成败上斤斤计较，永远追求做更多方面的试验。只是极素朴的用个乡下人态度，准备三十年五十年把可用生命使用到这个工作上来，尽可能使作品在量的积累中得到不断的改进和提高。

从表面看，我似乎是个忽然成熟的五四后期作家。事实上成熟是相当缓慢的。每一作品完成，必是一稿写过五六次以后。第一个作品发表，是在投稿上百回以后的事情。而比较成熟的作品，又是在出过十来本集子以后的事情。比起同时许多作家来，我实在算不得怎么聪敏灵活，学问底子更远不如人，只能说是一个具有中等才能的作者。每个人学习方法和写作习惯各有不同，很多朋友写作都是下笔千言，既速且好，我可缺少这种才分。比较上说来，我的写作方法不免显得笨拙一些，费力大而见功少。工作最得力处，或许是一种“锲而不舍，久于其道”的素朴学习精神，以及从事这个工作不计成败，甘心当“前哨卒”和“垫脚石”的素朴工作态度。由于这种态度，许多时候，生活上遭遇到种种不易设想的困难，统被我克服过来了；许多时候，工作上又遭遇到极大挫折，也终于支持下来了。这也应当说是得力于看书杂的帮助。千百种不同门类新旧中外杂书，却综合给我建立了个比较单纯的人生观，对个人存在和工作意义，都有种较素朴理解，觉得个人实在渺小不足道。但是一个善于使用生命的人，境遇不论如何困难，生活不论如何不幸，却可望在全人类向前发展进程中，发生一定良好作用。我从事写作，不是为准备做伟人英雄，甚至于也不准备做作家，只不过是尽一个“好公民”责任。既写了，就有责任克服一切困难，来把它做好。我不希望做空头作家，只盼望能有机会照着文学革命所提出的大目标，来终生从事这个工作，在万千人共同做成的总成绩上增加一些作品，丰富一些作品的内容。要竞赛，对象应当是世界上已存在的最高纪录，不能超过也得比肩，不是和三五同行争上下、争出路，以及用作品以外方法走捷径争读者。这种四十年前的打算，目前说来当然是相当可笑的，但当时却帮助我过了许多难关。

概括说来，就是我一面向自己弱点作战，顽强地学习下去，一面却耐烦热心，把全生命投入工作中。如此下去，过了几年后，我便学会了写小说，在国内新文学界算是短篇作家成员之一了。一九二八后由于新出版业的兴起，印行创作短篇集子容易有销路，我的作品因之有机会一本一本为书店刊印出来，分布到国内外万千陌生读者手中去。工作在这种鼓舞下，也因此能继续进行，没有中断。但是，当我这么学习用笔十年，在一九三五左右，有机会从一大堆习作中，编印一册习作选，在良友公司出版时，仔细检查一下工作，才发现并没有能够完全符合初初从事这个工作时，对于文学所抱明确健康目的，而稍稍走了弯路。摇动旧社会基础工作本来是件大事，必须有万千人从各方面去下手，但相互配合如已成社会规律时，我的工作，和一般人所采取的方法，不免见得不尽相同。我认为写作必须通过个人的高度劳动来慢慢完成，不宜依赖其他方法。从表面看，这工作方式和整个社会发展，似乎有了些脱节。我曾抱着十分歉意，向读者要求，不宜对我成就估计过高、期望过大，也不必对我工作完全失望。因为我明白自己的长处和弱点。正如作战，如需用文学作短兵，有利于速战速决，不是我笔下所长；如需要人守住阵地，坚持下去，十年二十年如一日，我却能做得到，而且是个好手。十年工作只是学习写作走完的第一段路，我可走的路应当还远，盼望对我怀着善意期待的读者，再耐心些看看我第二个十年的工作。不料新的试验用笔还刚写成三个小集，《边城》《湘行散记》《八骏图》，全国即进入全面抗战伟大历史时期。我和家中人迁住在云南滇池边一个乡下，一住八年。由于脱离生活，把握不住时代大处，这段期间前后虽写了七八个小集子，除《长河》《湘西》二书外，其余作品不免越来越显得平凡灰暗，反不如前头十年习作来得单纯扎实。抗日胜利复员，回到北京几年中，就几乎再不曾写过一个有分量像样子篇章。解放十年来，则因工作岗位转到博物馆，做文物研究，发现新的物质文化史研究工作正还有一大堆空白点，待人耐烦热心用个十年八年工夫来填补。史部学本非我所长，又不懂艺术，唯对于工艺图案花纹、文物制度，却有些常识。特别是数千年来，万千劳动人民共同创造发明的“食”与“衣”分不开的陶瓷、丝绸、漆玉花纹装饰图案，从来还没有人认真有系统研究过。十年来我因此在这些工作上用了点心。其次，博物馆是个新的文化工作机构，一面得为文化研究服务，另一面又还可为新的生产服务，我即在为人民服务一类杂事上，尽了点个人能尽的力。至于用笔工作，一停顿即将近十年，俗话说“拳不离手”，三十年前学习写作一点点旧经验，笔一离手，和打拳一样，荒疏下来，自然几乎把所有解数忘记了。更主要即是和变动的广大社会生活脱离，即用笔，也写不出什么有分量作品。十年来，社会起了基本变化，许许多多在历史变动中充满了丰富生活经验、战斗经验的年轻少壮，在毛主席文艺思想指导下，已写出了千百种有血有肉纪念碑一般反映现实伟大作品，于国内外得到千百万读者的好评，更鼓舞着亿万人民为建设新中国而忘我劳动。老作家中也有许许多多位，能自强不息，不断有新作品产生，劳动态度和工作成就都足为青年取法。相形之下，我的工作实在是已落后了一大截，而过去一点习作上的成就，又显得太渺小不足道。只能用古人几句话自解：“日月既出，天下大明，爝火可熄。”

一个人有一个人的限度，我本来是一个平凡乡下人，智力才分都在中等，只由于种种机缘，居然在过去一时，有机会参加这个伟大艰巨工作，尽了我能尽的力，走了一段很长的路……原来工作可说是独行踽踽，因此颠顿狼狈，而且不可免还时有错误，和时代向前的主流脱离。现在却已进入人民队伍里，成为我过去深深希望的“公民”之一员，踏踏实实，大步向共同目标走去……如今试回过头来，看看自己的过去，觉得实在没有丝毫可以骄傲处，但是一点做公民的努力终于实现，也让我还快乐。因为可以说曾经挣扎过来，辛苦过来，和一些“袭先人之余荫”，在温室中长大的知识分子的生命发展，究竟是两种不同方式，也活得稍微扎实硬朗一些。但比起万千革命家的奋斗牺牲说来，我可真太渺小不足道了。

五　“跛者不忘履”

这是一句中国老话，意思是这个人本来如果会走路，即或因故不良于行时，在梦中或在日常生活中，还是会常常要想起过去一时健步如飞的情形，且乐于在一些新的努力中，试图恢复他的本来。这个比拟试用到我的情形上或不怎么相称，因为几年来，我只是用心到新的工作上，旧的业务不免生疏了。以年龄说，虽行将六十岁，已不能如一个年轻人腰腿劲强，但是在用笔工作上，应当还能爬山越岭健步如飞！在写作上，我还有些未完成的工作待完成。即在能够有机会比较从容一些自己支配时间情形下，用三五年时间来写几本小书，纪念我所处的变动时代——二十世纪前四十年，几个亲友、一些青年为追求真理，充满热情和幻想，参加社会变革的活动，由于种种内外因子限制下，终于各在不同情形下陆续牺牲，和社会在向前发展中，更年轻一代，又如何同样充满热情和幻想，然而却更加谨慎小心，终于和人民一道取得革命胜利，继续向前，在共同创造新的未来。由于个人生活接触问题限制，作品接触面虽不会太广，可是将依旧是一种历史——不属于个人却属于时代的历史。四十年前学写小说的本意，原就以为到文字比较成熟时，可以来完成这种历史的。由于亿万人的共同努力，牺牲者前仆后继，在中国共产党领导下，四十年动摇旧社会的基础工作终于完成了。后死者把目击身经所知道的事情一小部分，用一定分量文字，谨严忠实地写它出来，必然还有些意义。这些人事不仅仅十分鲜明活在我的记忆里，还应当更鲜明有力地活在万千年轻人的印象中，对于他们在发展中的青春生命，将是一种长远的鼓舞。前一代的努力和牺牲，已为这一代年轻人的工作和学习铺平一条康庄大道，这一代的辛苦努力，将为更幼小一代创造永久幸福。年轻一代能够越加深刻具体明白创造一个崭新国家的艰难，也必然将更能够理解保护人民革命胜利成果的重要！

二十年代的中国新文学①

各位先生，各位朋友，多谢大家好意，让我今生有机会来到贵校谈谈半个世纪以前，我比较熟习的事情和个人在这一段时间中（工作、生活、学习）的情况。在并世作家中，已有过不少的叙述，就是提及我初期工作情形的也有些不同的叙述。近年来香港刊物中发表的，也多充满了好意。据我见到得来的印象，有些或从三十年代上海流行的小报上“文坛消息”照抄而成，有些又从时代较晚的友好传述中得来，极少具体明白当时社会环境的背景。所以即或出于一番好意，由我看来，大都不够真实可信，以至于把握不住重点，只可供谈天用，若作为研究根据，是不大适当的。特别是把我学习写作的成就说得过高，更增我深深的惭愧。因此我想自己来提供一点回忆材料，从初到北京开始。正如我在四十年前写的一本自传中说，“把广大社会当成一本大书看待”，如何进行一种新的学习教育情形，我希望尽可能压缩分成

① 本文是沈从文于1980年11月7日在美国哥伦比亚大学的演讲。

三个部分来谈谈：

1.是初来时住前门外“酉西会馆”那几个月时期的学习。

2.是迁到北大沙滩红楼附近一座小公寓住了几年，在那小环境中的种种。

3.是当时大环境的变化，如何影响到我的工作，和对于工作的认识及理解。

这三点都是互相联系，无法分开的。

我是在一九二二年夏天到达北京的。照当时习惯，初来北京升学或找出路，一般多暂住在会馆中，凡事有个照料。我住的酉西会馆由清代上湘西人出钱建立，为便利入京应考进士举人或候补知县而准备的，照例附近还有些不动产业可收取一定租金作为修补费用。会馆约大小二十个房间，除了经常住些上湘西十三县在京任职低级公务员之外，总有一半空着，供初来考学校的同乡居住。我因和会馆管事有点远房表亲关系，所以不必费事，即迁入住下。乍一看本是件小事，对我说来，可就不小，因为不必花租金。出门向西走十五分钟，就可到达中国古代文化集中地之一——在世界上十分著名的琉璃厂。那里除了两条十字形街，两旁有几十家大小古董店，小胡同里还有更多不标店名，分门别类包罗万象的古董店，完全是一个中国文化博物馆的模样。我当时虽还无资格走进任何一个店铺里去观光，但经过铺户大门前，看到那些当时不上价的唐宋元明破瓷器和插在铺门口木架瓷缸的宋元明清“黑片”画轴，也就够使我忘却一切，神往倾心而至于流连忘返了。向东走约二十分钟，即可到前门大街，当时北京的繁华闹市，一切还保留明清六百年市容规模。各个铺子门前柜台大都各具特征，金碧辉煌，斑驳陆离，令人眩目。临街各种饮食摊子，为了兜揽生意、招引主顾，金、石、竹、木的各种响器敲打得十分热闹，各种不同叫卖声，更形成一种大合唱，使得我这个来自六千里外小小山城的“乡下佬”，觉得无一处不深感兴趣。且由住处到大街，共有三条不同直路，即廊房头、二、三条。头条当时恰是珠宝冠服以及为明清两朝中上层阶级服务而准备的多种大小店铺。扇子铺门前罗列着展开三尺的大扇面，上绘各种彩绘人物故事画，内中各种材料做成的新旧成品，团扇、纨扇、摺子扇更罗列万千，供人选用。廊房二条则出售珠玉、象牙、犀角首饰佩件，店面虽较小，作价成交，却还动以千元进出。还到处可以看到小小作坊，有白发如银琢玉器工人，正在运用两千年前的简单圆轮车床做玉器加工，终使它成为光彩耀目的珠翠成品。这一切，都深深吸引住我，使得我流连忘返。

当时走过前门大街进入东骡马市大街，则又俨然换了另一世界，另一天地。许多店铺门前，还悬挂着“某某镖局”三尺来长旧金字招牌，把人引入《七侠五义》故事中。我的哥哥万里寻亲到热河赤峰一带走了半年，就是利用这种镖局的保险凭证，坐骡车从古北口出关的！我并且还亲眼见到用两只骆驼抬一棚轿参差而行，准备上路远行。我还相信上面坐的不是当年的能仁寺的十三妹[1]就可能是当时小报正在刊载，引人注目的北京大盗燕子李三！总之，这种种加起来，说它像是一个明清两代六百年的人文博物馆，也不算过分！至于向南直到天桥，那就更加令人眼花缭乱。到处地摊上都是旧官纱和过了时的缎匹材料，用比洋布稍贵的价钱叫卖。另一处又还拿成堆的各种旧皮货叫卖。内中还到处可发现外来洋货，羽纱、倭绒、哔叽、咔喇，过了时的衣裙。总之，处处都在说明延长三百年的清王朝的覆灭，虽只有十多年，黏附这个王朝而产生的一切，全部已报废，失去了意义。一些挂货店内代表王族威严的三眼花翎和象征达官贵族地位的五七叶白芝麻雕翎羽扇，过去必须二百两官银才到手的，如今有个三五元就可随时成交。

但是进出这些挂货铺，除了一些外国的洋老太太，一般人民是全不感兴趣的。此外还有夜市晓市，和排日轮流举行的庙会，更可增长我的见闻。总的印象是北京在变化中，正把附属于近八百年建都积累的一切，在加速处理过程中。我在这个离奇环境里，过了约半年才迁到北京大学附近，那时会馆中人家多已生了小小煤炉。搬到沙滩，开始半年，在一种无望无助孤独寂寞里，有一顿无一顿地混过了。但总的说来，这一段日子并不白费，甚至于可说对我以后十分得益。而且对于我近三十年的工作，打下了十分良好的基础。可以说是在社会大学文物历史系预备班毕了

① 清代小说《儿女英雄传》中的人物。

业。但是由于学习方法和一般人不相同，所以帮助我迁移到北大红楼附近去住的表弟黄村生，还认为我迁近北大，可多接近些五四文化空气，性情会更开朗些。表弟年龄虽比我小两岁多，可是已是农业大学二年级学生，各方面都比我成熟得多。有了他，我后来在农大经常成为不速之客，一住下十天半月，并因此和他同宿舍十二个湖南同学都成了朋友。正如在燕大方面，同董秋斯相熟后，在那里也结识了十多个朋友，对我后来工作，都起过一些好影响。

我是受五四运动的余波影响，来到北京追求“知识”实证“个人理想”的。事实上，我的目标并不明确，理想倒是首先必须挣扎离开那个可怕环境。因为从辛亥前夕开始，在我生长的小小山城里，看到的就总是杀人。照清代法律，一般杀人叫“秋决”，犯死刑必由北京决定，用日行三百里的快驿“鸡毛文书”，急送请兵备道备案处理。行刑日，且必在道尹衙门前放三大炮。如由知事监护，且必在行刑后急促返回城隍庙，执行一场戏剧性的手续，由预伏在案下的刽子手，爬出自首，并说明原因。知事一拍惊堂木，大骂一声“乡愚无知”，并嗾差吏形式上一五一十打了一百板，发下了一两碎银赏号，才打道回衙，缴令完事。但是我那地方是五溪蛮老巢，苗民造反的根据地，县知事也被赋予杀人特权，随时可用站笼吊死犯小罪苗民。我从小就看到这种残暴虐杀无数次，而且印象深刻，永世忘不了。加上辛亥前夕那一次大屠杀，和后来在军队中的所见，使我深深感觉到谁也无权杀人。尽管我在当时情况下，从别人看来工作是“大有前途”，可是从我自己分析，当时在一个军部中，上面的“长”字号人物，就约有四十三个不同等级长官压在我头上。我首先必须挣脱这种有形的“长”和无形的压力，取得完全自由，才能好好处理我的生命。所以从家中出走，有了自由才能说其他。到北京虽为的是求学，可是一到不久，就不做升学考虑。因为不久就听人说，当时清华是最有前途的学校，入学读两年“留学预备班”，即可依例到美国。至于入学办法，却并未公开招考，一切全靠熟人。有人只凭一封介绍信，即免考入学。至于北大，大家都知道，由于当时校长蔡元培先生的远见与博识，首先是门户开放，用人不拘资格，只看能力或知识。最著名的是梁漱溟先生，先应入学考试不录取，不久却任了北大哲学教授。对于思想也不加限制，因此陈独秀、胡适之、李大钊诸先生可同在一校工作。不仅如此，某一时还把保皇党辜鸿铭老先生也请去讲学。我还记得很清楚，那次讲演，辜先生穿了件绸色小袖绸袍，戴了顶青缎子加珊瑚顶瓜皮小帽，系了根深蓝色腰带。最引人注意的是背后还拖了一条细小焦黄辫子。老先生一上堂，满座学生即哄堂大笑。辜先生却从容不迫地说，你们不用笑我这条小小尾巴，我留下这并不重要，剪下它极容易。至于你们精神上那根辫子，据我看，想去掉可很不容易！因此只有少数人继续发笑，多数可就沉默了。这句话给我留下十分深刻的印象。从中国近五十年社会发展来看看，使我们明白近年来大家常说的“封建意识的严重和泛滥”，影响到国家应有的进步，都和那条无形辫子的存在息息相关。这句话对当时在场的人，可能不多久就当成一句“趣话”而忘了。我却引起一种警惕，得到一种启发，并产生一种信心，即独立思考，对于工作的长远意义。先是反映到“学习方法”上，然后是反映到“工作态度”上，永远坚持从学习去克服困难，也永远不断更改工作方法，用一种试探性态度求取进展。在任何情形下，从不因对自己工作的停顿或更改而灰心丧气，对于人的愚行和偏执狂就感到绝望。也因此，我始终深信做一个作家，值得尊重的地方，不应当在他官职的大而多，实在应当看他的作品对于人类进步、世界和平有没有真正的贡献。

其实当时最重要的，还是北大学校大门为一切人物敞开。这是一种真正伟大的创举。照当时校规，各大学虽都设有正式生或旁听生的一定名额，但北大对不注册的旁听生，也毫无限制，因此住在红楼附近求学的远比正式注册的学生多数倍，有的等待下年考试而住下，有的是本科业已毕业再换一系的，也有的是为特相熟的同学去同时就业的，以及其他原因而住下的。当时五四运动著名的一些学生，多数各已得到国家或各省留学生公费而分别出国读书，内中俞平伯似乎不久即回国，杨振声先生则由美转英就学，于三四年后回到武汉高等师范学校教书，后又转北大及燕京去教书。一九二八至二九年时清华学校由罗家伦任校长，杨振声任文学院院长，正式改清华大学为一般性大学，语文学院则发展为文学院。

有人说我应考北大旁听生不成功，是不明白当时的旁听生不必考试就可随堂听讲的。我后来考燕大二年制国文班学生，一问三不知，得个零分，连两元报名费也退还。三年后，燕大却想聘我做教师，我倒不便答应了。不能入学或约我教书，我都觉得事情平常，不足为奇。正如一九二五年左右，我投稿无出路，却被当时做编辑的先生[1]开玩笑，在一次集会上把我几十篇作品连成一长段，摊开后说笑："这是某某大作家的作品！"说完后，即扭成一团投于字纸篓。这位编辑以后却做县长去了。所以有人说我作品得到这位大编辑的赏识，实是误传。我的作品得到出路，恰是《晨报》改组由刘勉己、瞿世英相继负责，作品才初次在《小公园》一类篇幅内发表。后来换了徐志摩先生，我才在副刊得到经常发表作品机会。但至多每月稿费也不会过十来元。不久才又在《现代评论》发表作品，因此有人就说我是"现代评论派"，其实那时我只二十三四岁，一月至多二三十元收入，哪说得上是什么"现代评论派"？作品在《新月》月刊发表，也由于徐志摩先生的原因，根本不够说是"新月派"的。至于《小说月报》，一九二八年由叶绍钧先生负责，我才有机会发表作品。稍后《东方杂志》也发表了我的作品，是由胡愈之、金仲华二先生之邀才投稿的。到三十年代时，我在由施蛰存负责编的《现代》，傅东华编的《文学》都有作品。以文学为事业的才把我改

---

① 指当时任《晨报副刊》编辑的孙伏园。

称“多产作家”，或加上“无思想的作家”“无灵魂的作家”，名目越来越新。这些“伟大”批评家，半世纪来，一个两个在文坛上都消失了，我自己却才开始比较顺利掌握住了文字，初步进入新的试探领域。

我从事这工作是远不如人所想的那么便利的。首先的五年，文字还掌握不住，主要是维持一家三人的生活。为了对付生活，方特别在不断试探中求进展。许多人都比我机会好、条件好，用一种从容玩票方式，一月拿三四百元薪水，一面写点什么，读点什么，到觉得无多意思时，自然就停了笔。当然也有觉得再写下去也解决不了社会问题，终于为革命而牺牲的，二十年代初期我所熟悉的北大、燕大不少朋友，就是这样死于革命变动中的。也有些人特别聪明，把写作当作一个桥梁，不多久就成了大官的。只有我还是一个死心眼笨人，始终相信必须继续学个三五十年，方有可能把文字完全掌握住，才可能慢慢达到一个成熟境地，才可能会写出点比较像样的作品，无负于读者对我的支持和期望。可是由于社会变化过于迅速，我的工作方式适应不了新的要求，加上早料到参加这工作二十年，由于思想呆滞顽固，与其占据一个作家的名分，成为少壮有为的青年一代挡路石，还不如及早让路，改一工作，对于个人对于国家都比较有意义。因此就转了业，进入历史博物馆工作了三十年。我今年七十八岁，依照新规定，文物过八十年即不可运出国外，我也快到禁止出口文物年龄了……所以我在今天和各位专家见见面，真是一生极大愉快事。

我只爱过一个正当最好年龄的人

劫余情书·兆和日记[①]

1930年7月4日

包含：王华莲致张兆和　1930年7月2日　吴淞

沈从文致王华莲　1930年7月1日　吴淞

姊妹三个去西美巷看了四爷家小弟弟的病。我未吃午饭就到大姑奶家，大姑奶仍然是那么兴致洋溢地同我谈笑。所有的女长辈大姑奶是我最敬佩的。

回来看到Lo[②]的信——

---

① 自沈从文与张兆和相识，到两人结婚，共经历约三年零九个月，其间沈从文写给张兆和的情书全部在抗日战争初期被毁。多年后，在经历动荡后幸存的资料中，发现了一本张兆和不满二十岁时写就的日记，其中完整抄录了沈从文的三封信，并节录了另一封长信的主要内容。这部分日记较详细地再现了沈从文与张兆和之间感情的发展。

② 张兆和在日记中给王华莲起的代号，下文中Lo To同。王华莲是张兆和的同学和好友。

半年来为这事烦够了，总以为没事了，谁知事仍如此，或者更会加剧些，叫我如何办法呢！

我把Lo的信抄在下面，过些日子，自己看看，容我在事过后心平气和下看看自己的事究竟处置得对不。

B.C[①]：

前天S.[②]先生来我房，说他不两天就要搬走了。昨天午间又来（同他S.S.一同来的），忽然又说不走了，是因胡先生[③]留他在这儿的。昨晚茶房送来一信，邀我过去谈谈，并说明有事问我。当晚已迟，我因不便夜间在外边走动，又怕仓促间不能回答他的问题，所以没有去。我上了床，细细地筹划一下（明知问的是关于你的事），决定今早去。我以为不去是不能完事的，躲着反见我的忸怩。谁知今早大雨，下午天晴了，我走出去，却被水隔住了，不能过去。但遥遥地看见S.已站在校门口了。等到五点半的时光，我只好依然去去看。一进门S.睡在床上，L女士和L五人都坐在他房，他们见我进去随即告退。S.的问话就开始了，开头照例是几句应酬话，随后他就说："我有一事要问你，可是我说不出口，请你看

① 张兆和在日记中对自己的代称。

② 张兆和在日记中给沈从文的代号，下文中S.S.W同。

③ 指胡适。

这个”——他手按着一张纸，一方面叮嘱我不许告诉人，再说。我拿了纸，一面看，他一面问：“你知道这事不？B.C.告诉你什么没有？”我说待我看完了这个再说。B.C.！现在也请你把他给我的两张破纸看了再读下去，也许有头绪些。

Lo To：

我想问你一件事情，在过去，B.C.同你说过什么话没有？

她告诉你她同谁好过没有？

她告诉你或同你谈到关于谁爱她的事没有？

因为我信托你对于朋友的忠实，所以谁也不知道的事，我拿来同你谈及。

问你这事的理由是我爱她，并且因为这事，我要离开此地了。

我本来不必让我以外还有谁知道这件事，不过这事如今已为胡先生知道了，或者你还先知道，并且我以为你也有知道的理由，所以我来同你说及。

因为我非常信托你，我想从你方面明白一点关于她的事情。我打量这事情只有你一人知道，不能尽其他人明白。

我因为爱她，恐怕在此还反而使她难过，也不愿使她负何等义务，故我已决定走了。不过我愿意知道她的意见而走。我并不迫她要她爱我，但我想她处置这事稍好一点，是告我一点她的意见。

昨天到W[1]先生家中去，说到要走的事情，问了许久，为什么要走，我还总是说为刻苦自己，没有提到是女人的事，我想你们中也总不会知道，但到后是把要走的理由说及胡先生知道了。因为我自己感觉到生活得无用可怜，不配爱这样完全的人，我要把我放在一种新生活上苦几年，若苦得有成绩，我或者可以使她爱我，若我更无用，则因为自卑缘故，也不至于再去追求这不可及的梦了。这个话是我另外也告诉B.C.了的。但胡先生知道这事以后，他要我莫走，要我好好地来在这里。他以为若果是她家庭有困难，他会去解决。他将为我在这事上帮忙，做一切可做的事。我现在要从你方面明白的就是她自己，若果她同你谈到这个（我疑心她要同你谈过），我想从你方面知道一二。

因为爱她，我这半年来把生活全毁了，一件事不能做。我只打算走到远处去，一面是她可以安静读书，一面是我免得苦恼。我还想当真去打一仗死了，省得把纠葛永远不清。不过这近于小孩子的想象，现在是不会再做去的。现在我要等候两年，尽我的人事。我因为明白你是最可信托的朋友，所以这件事即或先不知道，这时来知道也非常好。我已告诉B.C.，因为恐怕使她难过，不写信给她了。可是若果她能有机会把她意思弄明白一点，不要我爱她，就告诉我，要我爱她，也告诉我，使我好决定“在此”或“他去”。我

① 张兆和在日记中给胡适的代号。

想这事是应当如此处置好一点的。

胡先生是答应过我，若是只不过家庭方面的困难，他会为我出面解决一切的。事情由他来帮忙，难题很少也是自然的了。在我没有知道B.C.对我感想以前，我绝不要胡先生去帮忙，所以我先要你帮忙，使我知道一点B.C.对于这事的处置方法（S.信至此完）。

S.说："我很信托你，我知道你是忠于朋友的，愿帮忙的，忠实待朋友。所以才把不肯告诉人的话来告诉你，向你说，与你商议。"

B.C.，他说的一点不错，可是我唯其要忠于友，却不能忠于对我的友生野心——也许是不利——的人了。他不明白这个（也许明白而另有作用），却来向我求谋，岂不笑话？闲话少说，言归正传。当我看完了那纸，我用深刻的同情，长叹了一声。他问：

"你晓得不晓得这事？"我点了点头，他又问："是不是B.C.告诉你的？她说了什么？"我说不是，是我在她房里时刚刚遇着茶房送信去，我看见的。他问：

"是不是末了一信？"

"我不晓得。有一晚上，我在她房里，茶房说S.先生给B.C.小姐信，我才知道。"

"你看了没有？"

"我要看，所以B.C.看了，就递给我。"

"她看了说什么？你们对于这事谈了些什么？"

我说当晚时间很迟，已快熄灯了，来不及多谈。不过，我们遇着这种事，总要说几句事不干己的话，也就算了。因为遇见这类事件很多，照例地不去介意，所以也就没有多谈。

“以后她有没有说什么？”

“今年我们不同宿舍，课也不同上，她房里人和我房里的人都不容得我们密谈，所以这半年来我们没有深谈的机会，大家碰头时只有普通的谈笑罢了。”

“B.C.一下都没有谈到关于我的事或信件吗？”

“因为这种事对于B.C.尤其多，多了也就不感到如何出奇，所以照例地容易忘记。”

“在以前B.C.同你谈过……她谈过我吗？对我的感觉是怎样的？她对我谈过些什么？”

“在以前是师生关系，我们都随便地乱说，都说S.先生是值得称赞的先生，自从发生了信，也许她怕我们调笑，也许是没有谈到S.先生的机会，所以不大谈。近来她什么也不多谈。”

“她到底对我有没有爱？她将来会需要我的爱不会？假使她现在不需要，而将来需要，我可待她，待她五年。”

“这个我不晓得，不过就我所晓得的，你若认真地问她，她会用小孩子的理智来回答你，‘我不要’，因为问急了，她一时答不出来，也许就给你一个‘要’或‘不要’。讲到将来，将来总有些渺茫，也许是现在恨，而将来变为爱，也许是现在爱，而将来变为恨，那都是不可捉摸的，怎么能凭准呢？”

“她既不爱我，为什么又不把我的信还我呢？我已经说明了，要解决这个纠纷，最好的办法是把我的信还我——说到这里竟大哭了——她却总是沉默。这使我一直地纠缠下去，彼此都不便，也许是不好的事。”

“不过我所知道的，以以往的为例，像这样的信，有时竟一连来几十封，她都置之不理，终于隐灭了。我最清楚知道的有一个国民政府派出留学日本的，因友人的介绍，B.C.曾与他通过两三封信，及至那人提出希求，B.C.又是照例地不理，一直纠缠了两年多，到去年，那人的最后一封沉痛决绝的信来了，又有他朋友同乡之来向B.C.设法，她也是给他一个不理，那件事到了去年暑假也就告了一个结束了。我想这回事大概她也以为沉默是较好的办法。”

“但是我明明说把信还我——又哭——或者是比沉默较好的方法，她都不做。我打算远走，胡先生硬要留我在此，叫我努力，把身体弄好，说到这里真叫我伤心——又哭——这半年来为了她，我一点事也不能做。胡先生叫我尽人事，他要帮我的忙成功这样的事。我请他暂等一下，他叫我等到她毕了业再说，留在这里使她多了解我一点。所以我要从你得知她确实的态度，因为她最信任你了，当然什么话都要同你谈的。”

“也不见得，B.C.是理智胜过感情的人，她从不为朋友一言所动，也不为朋友而牺牲己见。关于深切的事，她也不肯多谈，所以我不知道她到底如何。不过我要问一句，S.先生现在需要的乃是她的一句话，还是什么？要是一句话，这句话的回答很容易，我以为。回答满意的当然没有话说了，一切也成功了。万一B.C.竟说出不满意的回答，那时对S.先生有无妨碍？我很知道她的个性很强，她在你极高兴时极以为得计时，给你一个‘我不’！她完全孩气未脱，若是有一事逼得她稍过一点，她明明干也要说不干了。她的回答是无足轻重的。”

“我也晓得她现在不感到生活的痛苦，也许将来她会要我，我愿等她，等她老了，到三十岁。”

“光阴有限，得到那时大家都老了。”

“她若果把信还我，我现在的生活一定不是这样子，一定有个改变，也许更努力做人，也许堕落，就人情所能做到的多是属于自堕一方面，因为没有心情来做人了。讲到这里，我愿大家都沉默过下去，也许好一点。但是像这样的沉默，使我心悬空的难过，倒不如告诉了我，使我掉下来，跌碎了也好。假使她说爱我，我能为她而努力做更伟大一些的事。”

“我也觉得S.先生再努力一点的好。事业能成功，就是爱的成功，也就是一切的成功。”——说到这里，看他的神色，他却不大以为然，大概他以为他的小说算是成功了，不过就是伟大伟小上的问题而已，所以他说：

“B.C.现在当然说不到生活问题。她现在还没有感到生活的需要。假使她需要我爱的话，我能使我自己更伟大一点。”

“好，我愿尽我的力量去得知B.C.对你的态度来告诉你，不过写信一层，隔膜太大了，尤其是词不达意的我，更说不清了。”

他说：“等到开学时顺便说说也好，免得写信麻烦。”——话算告一结束了。其中还有许许多多连恐吓带希望的言语，见面时再细为你述吧。我要在同房入睡了之后来写这封信，谁知我的笔下很慢，许多话都只好从略了。许多我替你设的计划都还来不及写上，我愿你接这信后，仔细地慎重地想一下，计较一下，或者同你的姊姊商议一下，商议好了，在可能中我愿你能在八九号来上海一次！把S.给你所有的信件，连同这一封，一道带来！我把我替你的计划告诉你，我觉得我这计划很好，非此行不可。我以为趁早解决的好，似此拖延下去，既非S.S.W.的福利，更不是你的福利。以后更大的纠缠发生，谁能堪此？

我写的这两张纸最好不给人看！你看了，还我。

S.W.写给我的这两张纸，你留着没用，我留着比你留着好些，因为我始终可以为你设计。万一有个意外的事发生，我也有个根据，因为他现在把这样的事来托一个姑娘的——女儿身——我来帮忙，万一被他知道我不单不替他帮忙，反为你设法来解脱这事，他岂不将由怨你而恨我？恨我的难堪，你能替我设想吗？我现在不顾利害地来替你解决这事，正如他所说的，我是忠于友，B.C.愿你把这封信全部还我！

夜深了，再谈！

Lo二日夜　风雨窗下

他说的恐吓话竟是使人听着感到卑鄙，他用又硬又软的手段来说恐吓话，也许是要叫我传给你听的。在他以为恐吓是能以助爱的滋长的。B.C.，你怕不怕？你若因怕而爱他，或不为条件地爱他也好。若坚决不爱他，而永无爱他的一日，你来，我替你解决，包不至于对你有较大的不利。

我到这世界上来快二十年了……我也不是个漠然无情的木石，这十年中，母亲的死，中学里良师的走，都曾使我落下大滴的眼泪过，强烈的欺凌，贫富阶级的不平，也曾使我胸中燃烧着愤怒的斗争之火，透出同情反抗地叹息过；在月夜，星晨，风朝，雨夕中，我也会随着境地的不同，心中感到悲凉，凄怆，烦恼……各种不同的情绪。但那也不过是感到罢了，却不曾因此作出一首动人的诗来，或暗示我做出一桩惊人的事来。可是我是一个庸庸的女孩，我不懂得什么叫爱——那诗人小说家在书中低回悱恻赞美着的爱！以我的一双肉眼，我在我环境中翻看着，偶然在父母，姊妹，朋友间，我感到了刹那间类似所谓爱的存在，但那只是刹那的，有如电光之一闪，爱的一现之后，又是雨暴风狂雷鸣霾布的愁惨可怖的世界了。我一直怀疑着这“爱”字的存在，可是经了他们严厉的驳难（*尤其是允*）后，我又糊涂了，虽然她们所见的爱的存在的理由，也正如我一样，只是片面的。

如果不是这两年来大学的男女同学经验，我简直不知道除了我所怀疑的那许多爱以外，还有我以前一直意想不到的一种爱。

不想写了，一切因为华的来信，不写了，不写了。

1930年7月6日

六号，又接到一封没有署名的S.先生的来信。没头没脑的，真叫人难受！

我决定八号到上海。

1930年7月8日

除了二姊而外，没有告诉另外任一个人，我就到上海了。在北站看见特地来接我的莲，她陪我在车站附近小广东馆中吃了东西。两人在炎炎的烈日下踽踽地走着，不知到什么地方去谈话的好。后来诌了来上海的口实，我就同她到老伯伯家，借计划学校里事，我同莲把表妹住的亭子间的门闩了起来，莲再把那天被S.先生邀去谈话的事，详详细细地报告一遍。他说这纠纷的延长，是由于我之不复信，和没有听从他的意见以归还他所有的信为表示不满的行为。这真叫我没有办法！在先，我以为长久的沉默可以把此事湮没下去，谁知事实不如我所料！

他还说了些恐吓的话，他对莲说，如果得到使他失败的消息，他只有两条路可走，一条是刻苦自己，使自己向上，这是一条积极的路，但多半是不走这条的，另一条有两条分支，一是自杀，一是，他说，说得含含糊糊："我不是说恐吓话……我总是的，总会出一口气的！"出什么气呢？要闹得我和他同归于尽吗？那简直是小孩子的气量了！我想了想，我不怕！Lo替我愁的不是这个，她怕他会去毁坏我的名誉，或以他的一点聪明，捏造我成为一个可怕的女子，使一般男子们不敢接近我，使我永远得不到一个爱人，于是他便感到报复的愉快为满足了。如果真是如此，这证明他爱我非假，为偿还这不顾一切的爱，我虽永远不会爱他，虽也意想着这未曾经验的落寞的难堪，我也愿那么着。

他以这纠纷的延长是由于我之未还他信，莲以为如此刻信还他，也许可济于万一，但她又恐致使他恼羞成怒，设法来毁坏我。因他已先将此事告诉胡先生，所以她劝我此次也到胡先生家去一趟，把前后情形详细告诉胡先生，然后请胡先生将他的信交还他，那么以后他对我的损伤就有胡先生负责了。我恐怕把他的信由胡先生手中交还他，反更会激起他的恼怒，但我终于到胡先生家去了。

下午四时许，我走到极司菲尔路的一个僻静的小巷中，胡家的矮门虚掩着，我在门栏中看到客厅中电扇飞旋着，谈笑声喧闹着，我知道有客，而且多半是我认识的，我不想进去，故意揿了揿门铃。一个女工出来，她用着江北口音问我姓什么，找谁，我说了，她请我进去，我不，于是她进去说：“一个姓张的女学生来找老爷。”我靠在门上，嗒嗒嗒嗒，胡先生的足声，他出来了，请我里边坐，我说有客，不进去了。他说楼上谈不好吗？我说不想耽搁其他客人谈话，希望胡先生给我一个单独谈话的机会，他听了这话，才像猛然忆到：“你可就是密斯张兆和！”“是的。”我答。“好的，”他说，“明天，不，今晚六点钟有空，请过来吧。”我像是做完了一件大事，跳跳纵纵地跑出巷来，回到三多里，没半点钟，又乘了电车往这地方来了。这回果然静静的，没点喧笑声，我看见罗尔纲[①]在院上教着一个男孩念书，他见我来，站起来同我点头，有趣，我在学校一直没同他招呼过。他见了我这同学有怎样的感觉，当他在第一次谋生时？应有如许的悲抑委屈吧，我想，虽然他没同我说话。江北女工上楼去不一会儿，胡先生下来了。他开始便说对不起，先前我刚走，他的客人们也就走了，害得我跑路，随后问我的姊姊，暑假学校等事，他假装以为我是问暑期学校事来，问我进不进

① 著名史学家，当时刚从中国公学毕业，因有困难，经沈从文介绍到胡适身边协助工作，兼任家庭教师。

暑校。及至后来才问："密斯张有什么话同我商量，请尽管说吧。"他说时由较远的一张长沙发椅，移坐到我对面的沙发上来了。我毅然（但终不免带几分羞涩）地说："我本不该来麻烦胡先生，不过到了无法可办时，而且沈先生也告诉过你，所以我敢于来请教先生。"于是我说了沈先生的事。他也把他由沈先生那里得知的事情报告点给我。他夸沈是天才，中国小说家中最有希望的什么，及至我把我态度表明了，他才知道我并不爱他。这下子他不再叨叨了，他确乎像是在替我想办法，他问我能否做沈一个朋友，我说这本来没甚关系，可是沈非其他人可比，做朋友仍然会一直误解下去的，误解不打紧，纠纷却不会完结了。这里，他又为沈吹了一气，说是社会上有了这样的天才，人人应该帮助他，使他有发展的机会！他说："他崇拜密斯张倒是真崇拜到极点。"谈话中这句话他说了许多次。可是我说这样人太多了，如果一一去应付，简直没有读书的机会了。于是他再沉默着。他说："你写信要他现在不要和你通信，或不要写那样感情的信。最好是自己写封信给他，再把态度表明一下。"我说怕他接信后会发生影响，"不会吧，"他也不敢断定，"不过你得写得婉转些。"我说我没有还信的错误。他说："你很可以对他说信是留着的了，你就明白地说，做一个纪念，一个经验。"他说他也愿意为我写信去劝劝他。临行时，他说："你们把这些事找到我，我很高兴，我总以为这是神圣的事，请放心，我决不乱说的！"

神圣？放心？乱说？我没有觉得已和一位有名的学者谈了一席话，就出来了！

晚留宿三多里，同莲谈至夜半。

清晨起来写信。

Lo给她带了去，S.的带到苏州发。

1930年7月9日

回苏，S.的信寄出了。

1930年7月10日

心不定。

1930年7月11日

包含：沈从文致张兆和　1930年7月9日　第一信　吴淞

接到S.的信（是得到我给王的信而还未见我的信时写的）。字有平时的九倍大！例外地称呼我“兆和小姐”：

兆和小姐：

从王处知道一点事情，我尊重你的“顽固”，此后再也不会做那使你“负疚”的事了。若果人皆能在顽固中过日子，我爱你你偏不爱我，也正是极好的一种事情。得到这知会时我并不十分难过，因为一切皆是当然的。很可惜的是若果你见到胡先生时，听到胡先生的话，或不免小小不怿，这真使我不安。我是并不想从胡先生或其他方面来挽救我的失败的，我也并不因为胡先生的鼓励就走所谓“极端”。我分上是惨败，我将拿着这东西去刻苦做人。我将用着这教训去好好地活，也更应当好好地去爱你。你用不着怜悯或同情，女人虽多这东西，可以送把其他的那一群去。我也不至于在你感觉上还像其人一样，保留着使你不痛快情形的。若是我还有可批评的地方，可怜处一定比愚蠢处为少，因此时我的顽固倒并不因为你的偏见而动摇。我希望一些未来的日子带我到另一个方向上去，太阳下发生的事，风或可以吹散。因爱你，我并不去打算我生活，在这些上面学点经验，我或者能在将来做一个比较强硬一点的人也未可知。我愿意你的幸福跟在你偏见背后，你的顽固即是你的幸福。

S.S.W.　九日

1930年7月12日

同允姊辩论了一整晚，为的是几年前我无意中的一句话：

“人与人间的关系除了互相利用而外，还有些什么？”允以为人间关系不止利用一种，还有一种感情的爱；而我则坚持人除了利用而外，绝无其他关系，甚而至于爱；不过我说的利用只不过是关系，不一定是动机，有时或者动机不在利用人，而关系却自然而然成为利用了。如孝，如恋爱……

朱妈催了几次睡觉了，我也记不下来那些话。

月光泻满了一房。

1930年7月14日

包含：沈从文复张兆和　1930年7月9日　第二信　吴淞

胡适致沈从文　1930年7月10日　上海

接得王的信，她信中抄有一封胡给他的信，另附一封他托她转我的信。他此信中，仍然同十一日来信的口气一样的强硬，他这么写：

兆和小姐：

感谢你的知会，由王处见到了。我所说分内的东西，就是爱你的完全失败，明白了，毫没有什么奇怪的。目下虽不免在人情上难过，有所苦痛，我希望我能学做一个男子，爱你却不再来麻烦你，也不必把我当成“他们”一群，来浪费你的同情了。互相在顽固中生存，我总是爱你你总是不爱我，能够这样也仍然是很好的事。我若快乐一点便可以使你不负疚，以后总是极力去学做个快乐人的。

一个知道一点事情的人，当他的爱转入无希望中去时，他是能够把口喑哑，不必再有所唠叨了的。关于我爱你使你这时总还无法了解的一切，另一时若果把偏见稍去，还愿意多明白一点时，我想王或不缺少机会同你提到。她不是“说客”，我也不是想靠王或胡先生来挽救什么，不过有些为文字所糟蹋的事实，朋友中却以客观原因，较容易解释得清楚一点罢了。女子怕做错事，男子却并不在已做过的错事上有所遁避，所以如果我爱你是你的不幸，你这不幸是同我生命一样长久的。

我愿意你的理智处置你永远在幸福中。

沈从文（让这名字带来的不快即刻你就忘记了。）

十九年七月九日

这封信仍然是九号写的，据说先由胡先生转，胡先生不知我的地址，又请王转的，王抄给我胡给他的信：

从文兄：

张女士前天来过了。她说的话和你所知道的大致相同。我对她说的话，也没有什么勉强她的意思。

我的观察是，这个女子不能了解你，更不能了解你的爱，你错用情了。

我那天说过，“爱情不过是人生的一件事（说爱是人生唯一的事，乃是妄人之言），我们要经得起成功，更要经得起失败”。你千万要挣扎，不要让一个小女子夸口说她曾碎了沈从文的心。

我看你给她的信中有“把我当成‘他们’一群”的话。此话使我感慨。那天我劝她不妨和你通信，她说：“若对各个人都这样办，我一天还有工夫读书吗？”我听了怃然。

此人年太轻，生活经验太少，故把一切对她表示爱情的人都看作“他们”一类，故能拒人自喜。你也不过是“各个人”之一个而已。

暑期校事，你已允许凌先生，不要使他太为难，最好能把这六星期教完了。

有别的机会时，我当代为留意。

给她的信，我不知她的住址，故仍还你。

你若知道她的住址，请告我，我也许写一封信给她。

有什么困苦，请告我。新月款我当代转知。

适之

十九，七，十夜

胡先生只知道爱是可贵的，以为只要是诚意的，就应当接受，他把事情看得太简单了。被爱者如果也爱他，是甘愿地接受，那当然没话说。他没有知道如果被爱者不爱这献上爱的人，而光只因他爱的诚挚，就勉强接受了它，这人为的非由两心互应的有恒结合，不单不是幸福的设计，终会酿成更大的麻烦与苦恼。胡先生未见到这一点（也许利害的观点与我们不同），以为沈是个天才，蔑视了一个天才的纯挚的爱，那这小女子当然是年纪太轻，生活太无经验无疑了。但如果此话能叫沈相信我是一个永久不能了解他的愚顽女子，不再苦苦追求，因此而使他在这上面少感到些痛苦，使我少感些麻烦，无论胡先生写此信是有意无意，我也是万分感谢他的。

如果沈光只寄了九号写的那两封半讥讽半强硬的信来，即使以后也还常常写些鄙视我的信来，我也没什么说的，因为他这样的态度，适足以消去我的同情，适足以磨灭掉我因他之为我而苦恼消沉的内心负疚，我可以在这些上面多得一些人生经验，更能安心地读我的书了……谁知啊，这最后的一封六纸长函，是如何地影响到我！看了他这信，不管他的热情是真挚的，还是用文字装点的，我总像是我自己做错了一件什么事因而陷他人于不幸中的难过。我满想写一封信去安慰他，叫他不要因此忧伤，告诉他我虽不能爱他，但他这不顾一切的爱，却深深地感动了我，在我离开这世界以前，在我心灵有一天知觉的时候，我总会记着，记着这世上有一个人，他为了我把生活的均衡失去，他为了我，舍弃了安定的生活而去在伤心中刻苦自己。顽固的我说不爱他便不爱他了，但他究竟是个好心肠人，我是永远为他祝福着的。我想我这样写一封信给他，至少能叫他负伤的心，早一些痊愈起来。但再一想，自己是永久不会爱他的（自己也不知为什么），而他又说过永是爱着自己，这两个极端的固执，到头来终会演成一场悲剧，与其到那时再来叫他或自己受更大的罪，还是此刻硬着一点心，由他去悲苦，不写信去安慰他，不叫再扩大这不幸好些。这是我们女子的弱点，富于同情而不敢表示。也不怪，女子在这世界上是最软弱可怜的，她们的一切行动思想均在苛刻的批评下压伏着，她们偶一不慎，生命上刻上了永世不消的人们的口印，便永久留着一个洗不脱的污迹……为人人所唾弃为人人所鄙视的污迹，这样，女子的欲进又止的怯弱行为的养成也是当然的事了。这里的我，也是如此的，我知道他爱我的一片苦心，纵不愿接受，也不当去禁止。爱人原不是罪恶，在人情的最低限度中，我很可以把不爱他的情形告诉他，希望他不要在我身上做些什么荒唐的梦，明白了这些，然后同他做一个好朋友。但这最低限度我仍然不能这样做。做一个人，为自己打算处总比为人打算处为多，而尤其是在我们女子难处的地位中，走错一步便留下千古的痕迹，所以虽明知道同他做朋友不是什么错事，也因怕人之非议而胆怯不前了。何况人的心又是得寸进尺的，他虽说能够同我做一个常见面的熟人便很满足了，但谁保得住他不因我之不退避，便也停止向前进攻呢……想到这一点，我不得不谨慎，不得不制止着自己去写一些隔靴搔痒无补于事的同情信了。眼见得人家向井底落，我自己软弱无力，心怯胆小，只有张着一双手看着了。

究竟在这些事上，我仍然是一个小孩，懂得不多，一有点为难便令我束手。胡先生以为不应拒人诚挚的爱而自喜（其实我又喜些什么！），沈则虽顽固如初，最后一信却说，在人事上别的可以博爱，而爱情上自私倒许可以存在，沈在这种情形之下，说出前后矛盾的话，当然是不足为奇的……可是，这里却又叫我糊涂了。小说上常常有许多女子，为了一个不相识的人，能用不顾死活的爱去爱她，为他这无所求的爱（如《茶花女》中的亚芒），便也爱了他。这样的情形除了被爱者因自身的关系，有时或不能这样做而外，但在旁观者眼光看来，统都以为非如此才对。假如我是此事的旁观者，我自始至末明白清楚了这事，我见到我对付此事的态度，我也会深深地同情他而不免谴责我自己了。可是我终怀疑到那只是小说戏剧中文人的捏造，我怀疑人情中真会有这样的事……但眼前这一件热情的悲剧，又明明呈露在眼前，在这无可解答中，我也就不得不自认我是太年轻太无生活经验了。

一天只是管些闲事，也没有工夫来写日记，其实我是一件事也没有做。陆续地写了这一点，明天写吧。

1930年7月15日

节录：沈从文复张兆和　1930年7月12日左右　吴淞

昨日今日连刮了两天大风，可以记在日记上的事：

（1）我们楼前遮太阳的芦席棚刮倒了。

（2）今天弟弟们的九如社开了一个小小的成绩展览会，成绩有字、画、动物植物标本，还陈列着古钱，和九如社附设皖山图书室的藏书。我们水社的人们正忙着在装订二期的《水》，他们硬要请我们去参观，参观后还拿着刻了红“九如”印的纸，逼着每个人批评，而且要批评短处，我看了又高兴，又急。

（3）昨日五爹爹游公园，在茅厕里把一支拐杖丢了，今天在公园一带高高地贴起了寻杖悬赏的招贴。

但是我总不能忘怀那件事，他爱我爱得太深切了。他仍然没有放松他的想头，不过知道不成后在表面上舍弃了罢了。唉，这一场孽债，哪里是他的前因，将生怎样的后果，何日才得偿清！不管它吧，让我把他此次的信抄写几节下来。

他说他接到我的信，很懂我的意思，此后再不来为难我了；以前他自己也知道，他有一个年龄同我相仿的妹妹，他妹妹不欢喜同人家谈这些事，他知道我也是一样的不欢喜。但是，他说男子爱而变成糊涂东西，是任何教育不能使他变聪敏一点，除了那爱是不诚实。他说这事他已给三个人知道了，这三个人便是王华莲，胡适之，徐志摩。胡用科学的言语叫他等待，王叫他安心教书，而徐只劝他："这事不能得到结果，你只看你自己，受不了苦恼时，走了也好。"他觉得胡的话不能存在，他信了徐的而否认了王的。他决定不教书了，走了既可以使他无机会做那自谴深责的孩气行为，又可以使我读书安静一点。他说他到另外生活上去，当努力做个人，把一切弄好一点，单只是为了想到留一点机会使我爱他，他总是要好好地在做人的。他说我将来明白了爱，知道爱人时仍不爱他，这是他预料中事。因为他说他所爱的太完全太理想化，而自己却又照例地极看不出自己的好处。他说：

我是只要单是这片面的倾心，不至于侮辱到你这完全的人中模型，我在爱你一天总是要认真生活一天，也极力免除你不安一天的。本来不能振作的我，为了这一点点爬进神坛磕头的乡下人可怜心情，我不能不在此后生活上奋斗了。

我要请你放心，不要以为我还在执迷中，做出使你不安的行为，或者在失意中，做出使你更不安的堕落行为。我在这事上并不为失败而伤心，诚如莫泊桑所说，爱不到人并不是失败，因为爱人并不因人的态度而有所变更方向，顽固的执着，不算失败的。

他说王把我的信送给他看时，他不免伤感地哭了半天，至后王走了，他就悔恨将来若果她同我谈到此事时，她一定要偏袒他一点，将使我不安。他说：

其实，那是一时的事，我今天就好了，我不在那打击上玩味。

自己到如此地步，还处处为人着想，我虽不觉得他可爱，但这一片心肠总是可怜可敬的了。

我给他信上说："一个有伟大前程的人，是不值得为一个不明白爱的蒙昧女子牺牲什么的。"他却说：

我并不是要人明白我为谁牺牲了什么的……我现在还并不缺少一种愚蠢想象，以为我将把自己来牺牲在爱你上面，永久单方面的倾心，还是很值得的。只要是爱你，应当牺牲的我总不辞，若是我发现我死去也是爱你，我用不着劝驾就死去了。或者你现在对这点只能感到男子的愚蠢可悯，但你到另一时，爱了谁，你就明白你也需要男子的蠢处，而且自己也不免去做那"不值得"牺牲的牺牲了。"日子"使你长成，"书本"使你聪敏，我想"自然"不会独吝惜对你这一点点人生神秘启示的机会。

每次见到你，我心上就发生一种哀愁，在感觉上总不免有全部生命奉献而无所取偿的奴性自觉，人格完全失去，自尊也消失无余。明明白白从此中得到是一种痛苦，却也极珍视这痛苦来源。我所谓“顽固”，也就是这无法解脱的宿命的黏恋。一个病人在窗边见到日光与虹，想保留它而不可能，却在窗上刻画一些记号，这愚笨而又可怜的行为，若能体会得出，则一个在你面前的人，写不出一封措辞恰当的信，也是自然的道理。我留到这里，在我眼中如虹如日的你，使我无从禁止自己倾心是当然的。我害怕我的不能节制的唠叨，以及别人的蜚语，会损害你的心境和平，所以我的离开这里，也仍然是我爱你，极力求这爱成为善意的设计。若果你觉得我这话是真实，我离开这里虽是痛苦，也学到要去快乐了。

你不要向我抱歉，也不必有所负疚，因为若果你觉得这是要你道歉的事，我爱你而你不爱我，影响到一切，那恐怕在你死去或我死去以前，你这道歉的一笔债是永远记在账上的。在人事上别的可以博爱，而爱情上自私或许可以存在。不要说现在不懂爱你才不爱我，也不要我爱，就是懂了爱的将来，你也还应当去爱你那所需要的或竟至伸手而得不到的人，才算是你尽了做人的权利。我现在是打算到你将来也不会要我爱的，不过这并不动摇我对你的倾心，所以我还是因这点点片面的倾心，去活着下来，且为着记到世界上有我永远倾心的人在，我一定要努力切实做个人的。

读了这几节，这接信者不由衷心感到一种悲凉意味。她惊异到自己有如许的魔力，影响一个男子到这步田地，她不免微微地感到一点满足的快意，但同时又恨自己既有陷人于不幸的魔力，而无力量去解救人家，她是太软弱了！她现在也难过得要哭。

信的最后，他告诉她一大些做人、向上的道理，她觉得这都是真话，所以也珍重地抄了下来：

至于你，我希望你不为这些空事扰乱自己读书的向上计划，我愿意你好好地读书，莫仅仅以为在功课上对付得下出人头地就满意，你不妨想得远一点。一颗悬在天空的星子不能用手去摘，但因为要摘，你那手伸出去会长一点。我们已经知道的太少，而应当知道的又太多，学校方面是不能使我们伟大的，所以你的英文标准莫放在功课上，想法子跃进才行。一个聪明的人，得天所赋既多，就莫放弃这特别权利，用一切前人做足下石头，爬过前面去才是应当的行为。书本使我们多智慧，却不能使我们成为特殊的人，所以有时知道一切多一点也不是坏事，这是我劝你有工夫看别的各样书时也莫随便放过的意思。为了要知道多一点，所谓智慧的贪婪，学校一点点书是不够的，平常时间也不够的，平常心情也不济事的，好像要有一点不大安分的妄想，用力量去证实，这才是社会上有特殊天才、特殊学者的理由。依我想，且依我所见，如朱湘、陈通伯、胡先生，这几个使我敬重的人，都发奋得不近人情。我很恨我自己是从小就很放荡，又生长在特殊习惯的环境中，走的路不是中国在大学校安分念书学生所想象得到的麻烦，对于学问这一套，是永远门外汉了。可是处置自己生活的经验，且解释大家所说的“天才”意义，还是“不近人情”的努力。把自己在平凡中举起，靠“自己”比靠“时代”为多，在成绩上莫重视自己，在希望上莫轻视自己。我想再过几年，我当可以有机会坐在卑微的可笑的地位上，看你向上腾举，为一切人所敬视的完人！我不是什么可尊敬的人，所以不教书于我实在也很有益，我是怕人尊敬的。可是不是一个好先生的我，因为生活教训得多一点，很晓得要怎样来生活才是正当，且知道年轻一点的，应当如何来向上，把气力管束到学问上那些理由，有些地方又还可以做个榜样看，所以除了过去那件事很糊涂，其余时节，其余事情，我想我的偏见你都承认一点也好。被人爱实在是麻烦，有时我也感觉到，因为那随了爱而来的真是一串吓人头昏的字眼同事情，可是若果被爱的理由，不仅是一点青春动人的丰姿，却是品德智力一切的超越与完美，依我打算，却不会因怕被更多人的倾心，就把自己位置在一个平庸流俗人中生活，不去求至高完美的。我愿意你存一点不大安分的妄想去读书，使这时看不起你的人也爱敬你，若果要我做先生，我是只能说这个话的。我是明知道把一切使人敬重的机会完全失去以后，譬如爱你，到明知道你嫁给别人以后，还将为一点无所依据的妄想，按到我自己所能尽的力量到社会里去爬，想爬得比一切人都高的。解释人生，这点比较恰当。

庞杂繁乱的人生中，无处不显出它的矛盾冲突，如果没有了这许多矛盾冲突，任人生如何庞杂，如何繁乱，各人在自己的轨道中，或与自己有关系的人中，走着他和平合拍的道路，世界虽大，便永远是安静的，没有出轨的事情发生了。在这里我不能断定这出轨是人生的幸呢还是不幸，一切是这样安排着，谁个能变更它呢？从文是这样一个有热血心肠的人，他呈了全副的心去爱一个女子，这女子知道他是好人，知道他爱得热诚，知道他在失恋后将会怎样的苦闷，知道……她实在是比什么人都知道得清楚，但是她不爱他，是谁个安排了这样不近情理的事，叫人人看了摇头？实在她心目中也并没有个理想的人物，恋爱也真奇怪，活像一副机关，碰巧一下子碰上机关，你就被关在恋爱的圈笼里面，你没有碰在机关上，便走进去也会走出来的。就是单只恋爱一件事上，这世界上也不知布了几多机网，年轻的人们随时有落网之虞；不过这个落网却被人认为幸福的就是，不幸的却是进去了又走出来的人。我要寄语退出网外的人，世界上这样的网罗正多着，你捡着你欢喜的碰上去就是，终不能这样凑巧，个个都凑不上机关。这样说起来似乎太近于滑稽了，然而确乎是如此。

1930年7月16日

我写了一封信给莲，告诉她这几日来我所想的事。

1930年7月17日

早晚为四妹、三弟、四弟补英文，似乎减少了一些心境的不宁，但一空闲下来，便会想到一些难堪的事。

1930年7月18日

胡先生说恋爱是人生中的一件事，说恋爱是人生唯一的事乃妄人之言；我却以为恋爱虽非人生唯一的事，却是人生唯一重要的一件事，它能影响到人生其他的事，甚而至于整个人生，所以便有人说这是人生唯一的事。

这回，我在这件恋爱事件上窥得到一点我以前所未知道的人生。

昨日韦布[①]被捕。

……

① 张兆和的小舅舅。

由达园给张兆和

1931年6月　北平

我行过许多地方的桥，看过许多次数的云，喝过许多种类的酒，却只爱过一个正当最好年龄的人。

××：

你们想一定很快要放假了。我要玖[①]到××来看看你，我说："玖，你去为我看看××，等于我自己见到了她。去时高兴一点，因为哥哥是以见到××为幸福的。"不知道玖来过没有？玖大约秋天要到北平女子大学学音乐，我预备秋天到青岛去。这两个地方都不像上海，你们将来有机会时，很可以到各处去看看。北平地方是非常好的，历史上为保留下一些有意义极美丽的东西，物质生活极低，人极和平，春天各处可放风筝，夏天多

---

① 玖，指沈从文的九妹。

花，秋天有云，冬天刮风落雪，气候使人严肃，同时也使人平静。××毕了业若还要读几年书，倒是来北平读书好。

你的戏不知已演过了没有？北平倒好，许多大教授也演戏，还有从女大毕业的，到各处台上去唱昆曲，也不为人笑话。使戏子身份提高，北平是和上海稍稍不同的。

听说××到过你们学校演讲，不知说了些什么话。我是同她顶熟的一个人，我想她也一定同我初次上台差不多，除了红脸不会有再好的印象留给学生。这真是无办法的，我即或写了一百本书，把世界上一切人的言语都能写到文章上去，写得极其生动，也不会做一次体面的讲话。说话一定有什么天才，×××是大家明白的一个人，说话嗓子洪亮，使人倾倒，不管他说的是什么空话废话，天才还是存在的。

我给你那本书，《××》同《丈夫》都是我自己欢喜的，其中《丈夫》更保留到一个最好的记忆，因为那时我正在吴淞，因爱你到要发狂的情形下，一面给你写信，一面却在苦恼中写了这样一篇文章。我照例是这样子，做得出很傻的事，也写得出很多的文章，一面糊涂处到使别人生气，一面清明处，却似乎比平时更适宜于做我自己的事。××，这时我来同你说这个，是当一个故事说到的，希望你不要因此感到难受。这是过去的事情，这些过去的事，等于我们那些死亡了最好的朋友，值得保留在记忆里，虽想到这些，使人也仍然十分惆怅，可是那已经成为过去了。这些随了岁月而消失的东西，都不能再在同样情形下再现了的，所以说，现在只有那一篇文章，代替我保留到一些生活的意义。这文章得到许多好评，我反而十分难过，任什么人皆不知道我为了什么原因，写出一篇这样文章，使一些下等人皆以一个完美的人格出现。

我近日来看到过一篇文章，说到似乎下面的话："每人都有一种奴隶的德性，故世界上才有首领这东西出现，给人尊敬崇拜。因这奴隶的德性，为每一人不可少的东西，所以不崇拜首领的人，也总得选择一种机会低头到另一种事上去。"××，我在你面前，这德性也显然存在的。为了尊敬你，使我看轻了我自己一切事业。我先是不知道我为什么这样无用，所以还只想自己应当有用一点。到后看到那篇文章才明白，这奴隶的德性，原来是先天的。我们若都相信崇拜首领是一种人类自然行为，便不会再觉得崇拜女子有什么稀奇难懂了。

你注意一下，不要让我这个话又伤害到你的心情，因为我不是在窘你做什么你所做不到的事情，我只在告诉你，一个爱你的人，如何不能忘你的理由。我希望说到这些时，我们都能够快乐一点，如同读一本书一样，仿佛与当前的你我都没有多少关系，却同时是一本很好的书。

我还要说，你那个奴隶，为了他自己，为了别人起见，也努力想脱离羁绊过。当然这事做不到，因为不是一件容易事情。为了使你感到窘迫，使你觉得负疚，我以为很不好。我曾做过可笑的努力，极力去同另外一些人要好，到别人崇拜我愿意做我的奴隶时，我才明白，我不是一个首领，用不着别的女人用奴隶的心来服侍我，却愿意自己做奴隶，献上自己的心，给我所爱的人。我说我很顽固地爱你，这种话到现在还不能用别的话来代替，就因为这是我的奴性。

××，我求你，以后许可我做我要做的事，凡是我要向你说什么时，你都能当我是一个比较愚蠢还并不讨厌的人，让我有一种机会，说出一些有奴性的卑屈的话，这点点是你容易办到的。你莫想，每一次我说到“我爱你”时你就觉得受窘，你也不用说“我偏不爱你”，作为抗拒别人对你的倾心。你那打算是小孩子的打算，到事实上却毫无用处的。有些人对天成日成夜说：“我赞美你，上帝！”有些人又成日成夜对人世的皇帝说：“我赞美你，有权力的人！”你听到被称赞的“天”同“皇帝”，以及常常被称赞的日头同月亮，好的花，精致的艺术回答说“我偏不赞美你”的话没有？一切可称赞的，使人倾心的，都像天生就是这个世界的主人，他们管领一切，统治一切，都看得极其自然，毫不勉强。一个好人当然也就有权力使人倾倒，使人移易哀乐，变更性情，而自己却生存到一个高高的王座上，不必做任何声明。凡是能用自己各方面的美攫住别的人灵魂的，他就有无限威权，处置这些东西，他可以永远沉默，日头，云，花，这些例举不胜举。除了一只莺，它被人崇拜处，原是它的歌曲，不应当哑口外，其余被称赞的，大都是沉默的。××，你并不是一只莺。一个皇帝，吃任何阔气东西他都觉得不够，总得臣子恭维，用恭维作为营养，他才适意，因为恭维不甚得体，所以他有时还发气骂人，让人充军流血。××，你不会像皇帝。一个月亮可不是这样的，一个月亮不拘听到任何人赞美，不拘这赞美如何不得体，如何不恰当，它不拒绝这些从心中涌出的呼喊。××，你是我的月亮。你能听一个并不十分聪明的人，用各样声音，各样言语，向你说出各样的感想，而这感想却因为你的存在，如一个光明，照耀到我的生活里而起的，你不觉得这也是生存里一件有趣味的事吗？

“人生”原是一个宽泛的题目，但这上面说到的，也就是人生。

为帝王作颂的人，他用口舌“娱乐”到帝王，同时他也就“希望”到帝王。为月亮写诗的人，他从它照耀到身上的光明里，已就得到他所要的一切东西了。他是在感谢情形中而说话的，他感谢他能在某一时望到蓝天满月的一轮。××，我看你同月亮一样……是的，我感谢我的幸运，仍常常为忧愁扼着，常常有苦恼（我想到这个时，我不能说我写这个信时还快乐）。因为一年内我们可以看过无数次月亮，而且走到任何地方去，照到我们头上的，还是那个月亮。这个无私的月不单是各处皆照到，并且从我们很小到老还是同样照到的。至于你，“人事”的云翳，却阻拦到我的眼睛，我不能常常看到我的月亮！一个白日带走了一点青春，日子虽不能毁坏我印象里你所给我的光明，却慢慢地使我不同了。“一个女子在诗人的诗中，永远不会老去，但诗人，他自己却老去了。”我想到这些，我十分忧郁了。生命都是太脆薄的一种东西，并不比一株花更经得住年月风雨，用对自然倾心的眼，反观人生，使我不能不觉得热情的可珍，而看重人与人凑巧的藤葛。在同一人事上，第二次的凑巧是不会有的。我生平只看过一回满月。我也安慰自己过，我说：“我行过许多地方的桥，看过许多次数的云，喝过许多种类的酒，却只爱过一个正当最好年龄的人。我应当为自己庆幸……”这样安慰到自己也还是毫无用处，为“人生的飘忽”这类感觉，我不能够忍受这件事来强做欢笑了。我的月亮就只在回忆里光明全圆，这悲哀，自然不是你用得着负疚的，因为并不是由于你爱不爱我。

仿佛有些方面是一个透明了人事的我，反而时时为这人生现象所苦，这无办法处，也是使我只想说明却反而窘了你的理由。

××，我希望这个信不是窘你的信。我把你当成我的神，敬重你，同时也要在一些方便上，诉说到即或是真神也很糊涂的心情，你高兴，你注意听一下，不高兴，不要那么注意吧。天下原有许多稀奇事情，我××××十年，都缺少能力解释到它，也不能用任何方法说明，譬如想到所爱的一个人的时候，血就流走得快了许多，全身就发热作寒，听到旁人提到这人的名字，就似乎又十分害怕，又十分快乐。究竟为什么原因，任何书上提到的都说不清楚，然而任何书上也总时常提到。“爱”解作一种病的名称，是一个法国心理学者的发明，那病的现象，大致就是上述所及的。

你是还没有害过这种病的人，所以你不知道它如何厉害。有些人永远不害这种病，正如有些人永远不患麻疹伤寒，所以还不大相信伤寒病使人发狂的事情。××，你能不害这种病，同时不理解别人这种病，也真是一种幸福。因为这病是与童心成为仇敌的，我愿意你是一个小孩子，真不必明白这些事。不过你却可以明白另一个爱你而害着这难受的病的痛苦的人，在任何情形下，却总想不到是要窘你的。我现在，并且也没有什么痛苦了，我很安静，我似乎为爱你而活着的，故只想怎么样好好地来生活。假使当真时间一晃就是十年，你那时或者还是眼前一样，或者已做了某某大学的一个教授，或者自己不再是小孩子，倒已成了许多小孩子的母亲，我们见到时，那真是有意思的事。任何一个作品上，以及任何一个世界名作作者的传记上，最动人的一章，总是那人与人纠纷藤葛的一章。许多诗是专为这点热情的指使而写出的，许多动人的诗，所写的就是这些事，我们能欣赏那些东西，为那些东西而感动，却照例轻视到自己，以及别人因受自己所影响而发生传奇的行为，这个事好像不大公平。因为这个理由，天将不许你长是小孩子。“自然”使苹果由青而黄，也一定使你在适当的时间里，转成一个“大人”。××，到你觉得你已经不是小孩子，愿意做大人时，我倒极希望知道你那时在什么地方做些什么事，有些什么感想。“萑苇”是易折的，“磐石”是难推的，我的生命等于“萑苇”，爱你的心希望它能如“磐石”。

望到北平高空明蓝的天，使人只想下跪，你给我的影响恰如这天空，距离得那么远，我日里望着，晚上做梦，总梦到生着翅膀，向上飞举。向上飞去，便看到许多星子，都成为你的眼睛了。

××，莫生我的气，许我在梦里，用嘴吻你的脚，我的自卑处，是觉得如一个奴隶蹲到地下用嘴接近你的脚，也近于十分亵渎了你的。

我念到我自己所写到“萑苇是易折的，磐石是难动的”时候，我很悲哀。易折的萑苇，一生中，每当一次风吹过时，皆低下头去，然而风过后，便又重新立起了。只有你使它永远折伏，永远不再做立起的希望。

1931年6月

彷徨是青年人的日常

一封未曾付邮的信

阴郁模样的从文，目送二掌柜出房以后，用两只瘦而小的手撑住了下巴，把两个手拐子搁到桌子上去，“唉！无意义的人生——可诅咒的人生”，伤心极了，两个陷了进去的眼孔内，热的泪只是朝外滚。

“再无办法，伙食可开不成了！”——二掌柜的话很使他难堪。但他并不以为二掌柜对于他是侮辱与无理，他知道一个开公寓的人，果像他自己这样住上了三个以上的客人，公寓中受的影响，是能够陷于关门的地位的。他只伤心自己的命运。

“我不能奋斗去生，未必连爽爽快快去结果了自己也不能吧？”一个不良的思绪时时抓着他心头。

生的欲望，似乎是一件美丽东西——也许是未来的美丽的梦，在他面前不住地晃来晃去，他已注了意。于是，他又握起笔来写他的信了。他意思是要在这最后一次决定他的命运。

A先生：

先生，在你看我信以前，我先在这里向你道歉，请原谅我！

一个人，平白无故，向别一个陌生人写出许多无味的话语，妨碍了别人正当事情；在有个时候，还得给人以心上的不愉快，我知道，这是一桩很不对的行为。不过，我为求生，除了这个似乎已无第二个途径了！所以我不怕别人讨嫌依然写了这信。

先生对这事，若是懒于去理会，我觉得并不什么要紧！我希望能够像在夏天大雨中见到一个大水泡为第二个雨点破灭了一般不措意。

我很为难。因为我并不读过什么书，不知道要如何来述明我的为人以及对于先生的愿望。

我是一个失业人——不，我并不失业，我简直是无业人！我无家，我是浪人——我十三岁以前就成了一个无家可归的人了。过去的六年，我只是这里——那里无目的地流浪。

我坐在这不可收拾的破烂命运之舟上，竟想不出法去做一次一年以上的固定生活。我成了一张小而无根的浮萍，风是如何吹——风的去处，便是我的去处。湖南——四川——我如今竟又到这死沉沉的沙漠北京了。

经验告我是如何不适于徒坐。我便想法去觅相当的工作，我到一些同乡们跟前去陈述我自己的愿望，我到各小工场去询问；我又各处照这个样子写了好多封信去表明我的愿望是如何低而容易。可是，总是失望了。生活她正同弃我而去的女人一样：无论我是如何设法去与她接近，到头终于失败。

一个陌生少年，在这茫茫人海中，更何处去寻同情与爱？我怀疑：这是我方法的不适当。

人类的同情，是轮不到我头上了。但我并不怨人们给我的刻薄。我知道，在这个扰扰争逐世界里，别人并不须对他人负有什么应当必然的义务。

生活之绳，看看是要把我扼死了！我竟无法去解除。

我希望在先生面前充一个仆欧。我只要生！我不管如何生活方式都满意！我愿意用我手与脑终日劳作来换每日低限度的生活费。我愿……我请先生为我寻一生活法。

我以为，“能用笔写他心同情于不幸者的人，不会拒绝这样一个小孩子”，这愚陋可笑的见解，增加了我持笔的勇气。

我住处是……倘若先生回复我这小小愿望时。

愿先生康健！

……

“伙计！——伙计！”他把信这样写就了，叫伙计付邮。

“什么？——有什么事？”在他喊了六七声以后，才听到一个懒惰的应声。从这声中，可以见到一点不理会的轻蔑与骄态。

他生出一点火气来了。但他知道这时发脾气的结果，于事情并无什么利益——简直是有害的；依然按捺着性子，和和气气的：“来呀，有事！”

一个青脸庞——二掌柜兼伙计——气呼呼地钝猪一般立在他面前。他把刚写好的封套放了信进去：“请你，发一下！……本京一份……三个子儿就得了！”

“没得邮花怎么发？……是的，虽然一分也不有！——你不看早上洋火夜里的油，是怎么来的。”

“……”

“一个大不有如何发？——哪里借？”

“……”

“谁扯诳？——那无法……并不是。”

“那算了吧。”他实在不能再看二掌柜青色脸给怪样子他看了，打发了他出去。

这时，从窗子外面，送了一个小小冷笑声到他耳朵边来。

他，粗暴的，同疯狂一样：全身战栗，头失了知觉。从桌上取过信来，就势一撕，扯成两半。那两张信纸，轻轻地掉了下地，他并不去注意；只将两个半边信封，叠作一处；又是一撕，向字篓中尽力地掼去。

一天是这样度过的

有时我常觉得自己为人行事，有许多地方太不长进了，每当一切佳节或自己生辰时，总像小孩子遇到过年般情景：未来而快要来临时，则有许多期待，等得日子一到，又毫无意思地让它过上了，过去之后，则又对这已逝去的一切追恋，怅惘。这回候了许久的中秋，终于被我在山上候来了。我预备用沙果、葡萄代替这日粮食的事；我预备挟三瓶啤酒，至半山亭，把啤酒朝腹内一灌，再把酒瓶子掷到石墙上去，好使亭边正在高兴狂吟的蝈蝈儿大惊一下的事，到时又不高兴去做了。我预备到那无人居住的森玉笏大哭一阵，我预备买一点礼物去送给六间房那可怜乡下女人的事，虽然我还记到她那可怜样子，心中悲哀怫郁无处可泄，然而我只在昏昏蒙蒙的黄色灯光下，把头埋到两个手掌上，消磨了上半夜。听到剧院中箫鼓竞奏，繁音越过墙来，继之以掌声，笑语嘈杂，痴痴地想起些往事，记出些过去与中秋相关联的人来，觉得都不过一个当时受用而事一过去即难追寻的幻梦罢了！四年前这夜，洪江船上，把脑袋钻进一个五十斤的大西瓜中，演笑话的小孩，怎么就变成满首白发的感伤憔悴人了？过去的若果是梦，则后土坡之坟墓，其中纵确曾葬了一人，所葬的也不是那个当年活跃豪爽的漪舅妈了……

中秋过了，我第二个所期待之双十节又到了目前。

听大家说，今年北京城真有太平景象。执政府门前的灯，不但比去年冷落的总统府门前热闹了许多，就是往年无论哪一次庆祝盛会，也不能比此次的阔绰。今年据说不比往时穷，有许多待执政解决的国际账，账上找出很多盈余来，热闹自是当然的事。街上呢，谅来庆贺那么多回的商人，挂旗子加电灯总不必再劳动警察厅的传令人了！且这也可以说是一些绸缎铺，洋货店，粮食店，一个赚钱的好机会，哪个又愿轻易放过？各铺子除了电灯红绿其色外，门前瓦斯灯总由一而进于二或三。小点的铺子呢，那日账上，支出项下，必还有一笔：

庆祝双十节付话匣子租金洋一元二角。

街上喊老爷喊太太讨钱的穷女人，靠求乞为生的穷朋友，今夜必也要叨了点革命纪念日的光。平时让你卑躬屈求而置之不理的老爷太太们，会因盛节而慷慨了许多，在第三声请求哀矜以前，即摸个把铜子掷到地上了……

我若能进城去，到马路旁不怕汽车恐吓的路段上去闲踱，把两单牌楼蹓完时，再搭电车到东单；两处都有灯可看。亮亮煌煌的灯光下，必还可见到许多生长得好看的年轻女人们，花花绿绿，出进于稻香村丰祥益一类铺号中。虽说天气已到了深秋，我这单菲菲的羽纱衫子，到大街上飘飘乎风中，即不怕人笑，但为风一吹，自己也会不大受用，也许立时就咳起嗽来，鼻子不通，见寒作热；然而我所以不进城者，倒另是一个原因。倘若进城，我是先有一种很周到的计划的。我想大白天里，有太阳能帮助我肩背暖和，在太阳下走动，许穿单衫倒比较适宜一点，热时不至于出汗，走路也轻得多。一到夜里，铺子上电灯发光时，我就专朝到人多的肉阵中撞去，用力气去挤别人；也尽别人用气力来挤我：相互挤挨，于这中会生出多量的热来，寒气侵袭，就无恐惧之必需了。实在西单、东单都到了无可挤时，我再搭乘二等电车到前门，跑向大栅栏一带去发汗，大栅栏不到深夜是万不会无人可挤的。并且二等电车中，就是一个顶好退寒气的地方。譬如我在西单一家馒头铺听话匣子，死矗矗站了一个钟头之一半，业受了点微寒，打了几个冷战，待一上电车，那寒气马上会跑去无余，实无疑义吧。

这原因要说是留恋山上吗？山上又无足恋。看到山上的一切，都同大厨房的大师傅一样：腻人而已。也不是无钱，我荷包还剩两块钱。就算把那张懋业银行的票子做来往车费，城中也还有一张交通票一元送我花费：坐电车，买滨来香的可可糖，吃一天春的鲍鱼鸡丝面，随便抓三两堆两个子儿一堆的新落花生，塞到衣袋里去，慢慢地尽我到马路上一颗一颗去剥，也做得到！

说来似乎可笑！我一面觉得北京城的今夜灯光实在亮得可以，有去玩玩，吮可可糖，吃鲍鱼面，剥落花生的需要，但另一方面不去的原因，却只是惫懒。

“好，不用进城了，我就是这么到这里厮混一天吧。”墙壁上，映着从房门上头那小窗口，射进来的一片红灯光。朝外面这个窗口，已经成灰白色了。我醒来第一个思想，既自己不否认这思想是无聊，所以我重新将薄棉被蒙起我的头，一直到外面敲打集会钟时才起身。这时已到了八点钟。我纵想再勉强睡下去，做渺茫空虚半梦迷的遐想，也是不可能的事了。

太阳已从窗口爬到我床上了。在那一片狭狭的光带中，见到有无数本身有光的小微尘很活泼地在游行着。

大楼屋顶上那个捡瓦的小泥水匠，每日上上下下的那架木梯，还很寂寞地搁到我窗前不远的墙上，本身晒着太阳，全身灰色，表明它的老成。昨天前天，那黑小身个儿的泥水匠，还时时刻刻在屋顶角上发现，听到他的甜蜜哨子时，我一抬头就看到他。因为提取灰泥，不能时上时下，到下面一个小工拌和灰泥完成时，他就站近檐口边来，一只脚踹到接近白铁溜水桶的旁边，一只脚还时常移动。大楼离地约三四丈高，一不小心，从上面掉到地上，就得跌坏，岂是当真闹得玩儿？他竟能从容不迫，在上面若无其事似的，且有余裕用嘴巴来打哨子，嘘出反二簧的起板来，使我佩服他比佩服我所高兴的文人还过甚。这时只有梯子在太阳下取暖，却不见他一头吹哨子一头用绳子放到地下，拉取那挂在绳钩上的水泥袋子了！大概他也叨了点国庆日的光，取得休息一天到别处玩去了。

这时会场的巴掌，时起时落。且于极庄严的国歌后，有许多欢呼继起。这小身个儿匠人，也许正在会场外窗子旁边看别人热闹吧！也许于情不自已时，亦搭到别人热闹着，拍了两下巴掌吧！若其窗子边沿间找不到这位朋友，我想他必定是在陶工厂那窑室前了。我有许多次吃了晚饭散步从陶工厂过身时，都见到他跨坐在一个石碌碡上磨东西，磨冶的大致是些荡刀之类铁器。大概他还是一个学徒，所以职务于普通工作之外还在身边。但这有余裕的人，随时仍找得出打哨子的余裕来，听他哨子，就知道工作的烦琐枯燥，还不能给这朋友多少烦恼……幸福同这人一块儿，所以不必问他此时是在会场窗子边露出牙齿打哈哈，或是仍然跨据着那个石碌碡上磨铁器。今天午饭时，照例小工有一顿白馒头，幸福的人，总会比往常分外高兴了！

这是我到院来第二次见到的热闹事。第一次昏头昏脑在各不相识男女人群中混了一个整夜，为一个伸手可掴的座前女人嫩脸伤心了一礼拜，今天谅来不会碰到同类的事了，因为今天是外边，座前挡住我的，两株距离三尺远近的杨柳而已。

凡是办事人，各都在左襟上挂一朵红纸花；纸花下面，另外用一个小别针将红绫子写有职分的符号扣上。人人长袍马褂，面有春色，初初看来，恰是办喜事娶新娘子的傧相一般。不过一个两个嘴巴上似乎都有点黑胡，虽几个比较上年轻还爱做小孩子的，才用保险刀刮得光光的，但假若当真是做傧相，引导新姑爷与新娘子拜天地，究竟不很适宜。好在这实是一个运动会，不有拜天地祖宗那回事情。场上虽有不少的男男女女，打扮得干净客气，女的特别是身上很香；男的衣衫比通常多不同，不过大家要看的还只是跳舞……赛跑，丢皮球玩，学绕圈子，等等而已。

我不曾见过什么大热闹的运动会，如像远东运动会，小点如华北运动会，不知是怎样一些热闹，怎样一种精神。但我想：这会场同别个会场，意思也不差许多；大家看哪个会跑脚步踹得快点，大家比赛看谁有力气丢铅球远点，大家看谁能像机械般坚定整齐团体操时受支配点，大家学猴儿戏看谁跳加官跳得好一点——比赛之中，旁人拍巴掌来增加疲倦欲死的运动员以新的力气，以后发奖。

拍巴掌对于演者所得，确是一种精神酬报，只要听见噼噼拍拍，演者无有不更卖力气给大家赏鉴的。至于拍手的人，则除了自己觉到好玩好笑时，不自已地表出看傀儡的游戏或紧张心情（两个手合拢来，抽开；又合拢来，又抽开；又……又……到手不用命觉到掌罅发痒为止），更无其他意味了。

我不知是什么兴致，两个手掌，似乎也狠狠接触了几阵。研究分析起来，也不过是觉得好笑罢了。我见到五十码决赛时，六个跑趟子的姑娘家，听枪声哄的响了后，鸭子就食似的把十二个小脚板翻来翻去，一直向优胜点流过去。对于她们的跑，我看用“流”字来形容是再好没有了。她们正如同一堆碎散的潮头，鱼肚白的上衣散乱飘动如潮花，而下面衬着深蓝。不过是一堆来得不猛的慢潮，见不到汹汹然气势。哈哈，怎不好笑呢？六个人竟一崭齐排一字地流！虽然我同大家一样，都相信这不是那一个本可上前的故意延挨下来候她的干姐姐，但我却能说定是那两个胖点的为怕羞下蛮劲赶着的。你看，一共六个人；两个瘦而伶精的，两个不肥不瘦的，两个胖墩墩的；身个儿原不一样，流过那头去时一共有五十码远，竟一崭齐到地，像她们身上绊了一根索子又如同上了夹板，看起来怎不好笑呢？

于是我就拍，别人当然也拍。他们拍够了我一个人还在拍。本来这太有意思了。若是无论什么一种竞争，都能这样同时进行所希望到的地方，谁也不感到落伍的难堪，看来竞争两字的意义，就不见得像一般人所谓的危险吧。

第二次我又拍掌，那是因另一群中一个为身上积存脂肪不少的运动员不幸自己多余的脂肪连累了她，欲求赶上前面的干妹妹，竟在地下打了一个滚。一滚之余，起身略略拍振灰土后，前面五个已快到了。在别个，这时就会放弃了权利，从岔道上折归队中去，但她却用操体操时那种好看姿势，两手曲肱，挟在肋下，脚板很匀调地翻转，走到终点。我佩服她那种毅力，又佩服她那种从容不迫的神态：在别人不顾命的奋进中，她既落了伍，不失望而改途，已很难了！而她竟能于继续进行中记得到衣服肮脏了是不好看，与平时体育教员教给那跑步走时正确姿势，于是我又拍手了。

——假若要老老实实去谈恋爱，便应找这种人才是伴侣：能有这种不屈不挠求达目的的决心，又能于别人胜利后从从容容不馁其向前的锐气，才真算是可以共同生活的爱侣……

——若她是我的女人，若我有这样一个女人来为我将生活改善鞭策我向前猛进，我何尝不可以于这世界上做一番事业？我们相互厮守着穷困，来消磨这行将毁灭无余的青春。我们各人用力去做工做事，用我们的手为伴侣揩抹眼泪。

若不愿于这些虫豸们喧嚣的世界中，同人掠夺食物时，我们就一同逃到革命恩惠宪法恩惠所未及的苗乡中去，做个村塾师厮守一生。我虽无能力使你像那种颈脖上挂珠串的有福太太的享用，但我们相互得了另一个的心，也很可以安慰了……

我怎么还要生这些妄想？这样想下去，我会当到大庭广众中，又自伤自悼红起眼来。看这女人不过十七八岁，还是我这对女人无经验的眼下估视，也许比我所猜的还要少两岁。一个略无花样朴朴实实的头，为她证明是站到孤儿寡女一般命运旗子下的生活的人，木色壮姣的皮肤，脸上不擦胭脂也有点微红，这是一个平常女子，在相貌上除了忠厚外没有什么出色处。身段虽不很活泼娇媚，但有种成熟的少女风味，像三月间清晨田野中的空气，新鲜甜净。从命运上说来，或者也是个苦命女子。然而别人再不遇，将来总还能寻一个年龄相似足以养活的丈夫，为甚要来同我这样穷无聊赖的上年纪的人来相爱呢？自己饿死不为奇，难道还要再邀一个女人来伴到挨饿吗？

关于女人的事，我不敢再想了。

接着一队肉红色衣褂的幼稚生打圈子的，又是一件令人发笑的事情。大家看到装扮得像新娘子似的女先生们，提裙理鬓地做提灯竞走，鸭子就食似的样子，还偏三倒四地将灯笼避到风吹，到后锦标却为会长老先生所得，惹得蒙幼园的一群小东小西也活动。想来我国把英日帝国人打死到一个不剩，一切租地金钱取回外，还占有了两国所有时，国人鼓掌之有劲，亦不过如斯而已。我手不动，我脸还剩有适才为幽怨情怀而自伤的余寒，只从有庆祝“百年长寿”“生意兴隆”意思的掌声中留心隔座谈话。

“……喔！令尊大人也到了长沙了！去年子我见到他老人家仙健异常，八十多的人——会上了八十吧？”

“是，他哪八十一二了。五月子诞日。托福近来还好，每天听说总要走到八角亭去玩玩，酒也离不得；他那脾气是这样。”

“那怎么不到这来为他老人家做个九秩大庆呢？”

“明年子我这样想，好是蛮好的，不过……”

这是两个长沙伢俐很客气的“寒暄”，若甚亲热。平时一听到应酬话就头痛的我，此时，却感激它为我弛懈一下感情了。

“今天——”说今天的是个不甚陌生的声音，我把头掉转去，一个圆圆儿的笑脸悬挂在我眼前了。这是熟人，同过桌吃过饭的熟人，但我因为见面时不会怎样去问人贵姓台甫，所以至今还不知如何称呼。至于他，则常喊我为沈先生，有个时候，又把先生两字削掉，于我姓上加“密司特”三字。他的笑脸，与其说对我特别表示亲善，不如说是生成的为妥当。笑时不能令人喜也不会给人以大不怿，故这个脸在我看来，还算是一个好脸。

“阁下又很可做一篇记录了。”

“噢，凉棚差一点吹去，柱子搁下来，可不把我们一起打死了！”我这种忍着笑故意挪过一边去的对答，谬误处使他听来简直非打一个哈哈不可。

他把我膀子轻轻地拍了一下，做个胜利符号，微笑中融和了点自己聪明而他人愚蠢的满足兴头在里面，就跑过别一个坐位后去找快活去了。

我目送他一步一步走去：“有福的人！能这样聪明不凡，在他人生字典里，总不会镌有忧愁烦恼一类使人瘦损的字眼啊！”

当我眼睛停住在一个青背心小丑似的来宾身上时，耳朵同时就接收了许多有趣味的谈话。隔座一个人很肯定说出跑趟子纵让你跑得快也终不能跑出世界外的话时，和应这话，并于此证出跑趟子是无味的竟有五人以上之多。他们于一些小孩子争绕圈儿跑步走玩意事，竟提出那么大那么深一个问题来，这话真要说是哲学家的口吻了。这位先生必勿曾想到人生终局是死亡的事上去，若能想到这死亡是事实，则每天必不再吃大米饭泡好味道的冬菜肉片汤了。

我的怪脾味凡是到什么公共热闹场中时，我所留意的不是使大众注意的总枢，却只注意那些别人不爱注意的看客举动。我喜欢看别人演剧式的应酬，很顽固的争论，以至于各不相下相打相骂。这些解除我无聊抑郁的效用，比之五角钱以上始能入场的电影场还更有力。见别人因应付环境，对常不相同的对手方特别装一副脸嘴向之言笑，而对手方也装着注意，了解，同情，亲密，热心，种种面目，以图达到诓骗目的为止。我以为人生的剧场，演剧的人，比台上背剧本的玩意事，不单是彻底许多，也艺术化许多！

于时，第三个位子上，来宾席一个中年胖子先生说道：

“我打许多电话，莫看见接，我想这莫非电话坏了吧？以后又听到你柜上说，才知是早出来了。”

“是是，早就出门了。先本想蛮早地来，看看运动会，展览会，谁知道一出门就碰到一位同学，才知今天学校须把应考的课业理清，自十点到十二点幸而完了，忙动身来了——”

两个的话，都有点长沙湘潭混合语气。若非长沙伢俐，说来也不会如此亲切的吧。说话的态度，能帮助人的互相间亲近，真是至确之事。如其把这些话用镇筸苗子腔来说，不但失了原来婉柔的意味，或且莽撞到使人不耐了。

“那是十二点动身了。（胖子主人以手搂表科[1]）两点半，到此真算快。”

“今天是坐汽车来的，所以还不慢。”

我才想起，难怪只听到刚才宫门那边，咯咯咯咯无耻的矜骄号筒声！大概胖子也记起适间大众为咯咯咯咯一齐掉过头去，招待员赶即把礼帽端整迎上前去的情形了。

“喔，汽车，同谁？”这同谁的语气，其实胖子已有了点不恭，正如看不起客，料想客不能单雇汽车纵坐来此也必搭顺水船而来的意思。

“不，不，我坐电车到西直门，西直门才乘汽车到——”客的答语，使我失笑。

“到万寿山，万寿山再坐洋车到此吧。”

主人为客补足了客所欲言而主人不必听的话，我以为两人无论如何总会有一阵沉默了，谁知年轻的客人又就此翻了一个面：

---

① “科”，中国古代戏曲用语，指古代戏曲创作与表演中，用于表达人物动作、表情以及舞台效果的提示。

"是，是，汽车到了万寿山就不再动了。说来奇怪，碰巧得很！我从西直门电车跳下，一出西直门，一部汽车就正待跑路的样子，车子已在尾巴上冒了烟，我找了一个空位坐下后，不俟比我以后的人上车，就咯噔咯噔开行了。路上也不停，一直就到万寿山。五十枚叫了一部洋车，蛮快地拉到这来——五十枚不贵吧？"

"……"主人如何去答复这问话，可惜为群众巴掌声吞灭了。

大家对于学生们用一根竹篙子学跳高的本领，称赞异常。有两人很有把握似的，说如此本领，跳院门的高墙已有余；其不知趣的另两个，则又说还差得多，至少墙要比那竹篙高三尺，幸好大家以后也不过于认真，不然，就会非把学生喊来，要他扛一根竹竿试在院门前跳一下不可了。

说跳得过的就是那两位主客，客又说前次华东运动会时，所见跳高的选手也不过如斯。客的话从气派上看来，虽保守了点长沙人夸大风味，然这似乎也无害于宾主间友情。这些话若是拿来为体育教员说，还许能令喊口令的声气加壮。

"老刘，老刘，你客来了吧？"不知是谁个在后排问了一句。

胖子姓刘是一定了。我见到笑了一会儿，用手略指指客人，一面回过头去说是呐呐这不是吗？所谓客者，闻了那边问询胖子，才记起把帽子从头上抓上来，同时将头略扭，预备介绍时问贵姓台甫。

老光的头发，向后梳去；有阵微风过时，我那一排椅子坐的人，大概都能嗅到一点玫瑰油淡淡香气。

实际上今天受恩惠的，是几个卖柿子的乡下人。他们比我们来得还早，八点钟以前就从门头村一带担柿子来做生意了。几个用筐子装柿的，比用青布包单提束的还多卖了点香蕉糖之类。卖落花生的，则分干湿两种。到晚上，他们的货物，多变成双铜元躲进身边的麻布口袋里去了，他们希望每年能遇到院中多有那么几次会，似乎比普通看热闹的人也来得更恳切一点。货物卖完，不知什么时候就收拾担子回去了。

当落日沉到山后，日脚残影很快地从大操坪爬过卧佛寺山头了，天上已蒸出了些淡淡桃红色云彩，我随到散乱的队伍挤进大门时，见到一个幼稚生为柿皮滑滚地上，烂起脸牵着保姆的手挤到我的前面去了。我脚下的花生壳，踹来也软软的。

十四年双十节

复程朱溪[1]

朱溪：

谢谢你来信总不忘劝我的话。自己真是中年无用人了，除去牢骚，所谓生活，就剩余无多了。近来大致是天气不行，只想与世界离开。文章是写来也全无意思的，我似乎在作文章以外还应当做一点其他事情，但目下则除了这样写三块钱一千字的小说以外就是坐到家中发自己的脾气，或者世界上也应有这种人点缀，所以无法与命运争持了。

身体不好则只想回北平住，可是还不知要到什么时候我可以来去自由。目下则一离开上海就得饿死。有人在我《龙朱》一文上又称我为天才，可不知道这天才写完文章，倒到床上时是何等情形，若说写《雨后》时有灵感可以自豪，我倒将为我一面想到病倒在床的母亲一面写出《龙朱》与《雨后》那样文章为奇事了。不死之前大约还得写五百篇吧，自己想起自己，却真只能

---

① 1929年1月30日沈从文写于上海。程朱溪，现代作家，沈从文友人。

笑的？

日子是快过年了，只愿你好好过日子。我们太容易老了，能在年轻时荒唐一点就不妨荒唐，不要太老成，幸福得多。

从文　三十日

此后的我

近来人是因了郁达夫式悲哀扩张的结果，差不多竟是每一个夜里都得赖自己摧残才换得短短睡眠，人是那么日益不成样子地消瘦下去，想起自己来便觉得心酸。

我应当找点什么事去做做？

我知道，不拘是哪一类事，我都应当去做的！学打太极拳，就能使我身体一天一天强壮起来，且遇到同一个人相打时，或者被别人欺侮到不可忍受，说是“打”，卷起袖子来动手时，心里若有所恃，也不会那么卜卜地跳着吧。从打拳上看来，我是不拘何事只要去学都是会有着那不可思议的利益与用处的。然而近日的我，对于每日两顿吃饭的功夫，就感到万分窘。“怎么才吃早饭又天黑了？”有时便用了三个梨同苹果之类代替了。这生活成一种什么生活？木头的或是石头的吧。这样活下去是为着什么？我没有知道。

在朋友们面前，我看最宜于比拟我是一个以淫业为熟练技术的有经验的妇人，这个那个前来，我都能按照所习知的这来人的需要，谈论着其爱听的一类话语，而我对于别人的谈话呢，也像是听到，但随口接应着，在最短的过去便忘却了。我也愿使人对我更满意点，但无方法。

朋友们各个所欲得的友情，我能各人给予一点，朋友们也像都是不很失望地用心保存了这点点温热回去。

我也很能领会别人对我的一切，但我是没有感激，全无嗔爱。倘若必说是有，大致人类可爱的地方，总是彼之可嗔为更多一点吧。

使我能看得俨然是颇明白的，便是大家都觉可怜。

每日在沙子□[1]的道上奔跑，营谋着维持生活的事业，花了若干细致的心思，做了若干不同的脸相，说了若干足以自固的话语，天色夜了，脚□倦了，肚子饿了，又复垂头丧气地返到自己鸡笼样的住处来，电灯底下对了肮脏的破被，做那聊以自慰的遐想，在遐想里，居然便俨乎其然如实抵其境的满足了，就大大方方爬进半年不洗的棉被里去睡，朋友们的生活，谁不是那么就继续活了下来呢？

所有的白日的梦，那种天真同稚气，不是梦想到钱是居然凭空多了起来，便是在这眼前的世界里，女子们，对于性欲，竟忽然会特别慷慨大方起来。（为坚固这希望起见，便以为性的选

① 因原文缺失，此处少字，以“□”代替。下同。

择，有一时小姐太太们终会脱去了身份的束缚，来自己挑选建设在身体官能部分的爱，而且这种觉悟纵不是普遍，但极不普遍之中自己便终会去碰到。）

朋友中在希望里终于被穷与病与失望压下死去的，一个又是一个了。他们是把所应受的苦在生前已受够，重新走上了一个颇是渺茫的长道，大致此后是很安然的吧。剩下的没有为生活逼迫把气断送的，许是为还有许多应受而未曾受的罪孽活着的吧。这样看来，关于梦苇的死，我是初无多少悲戚的，我所伤心的是他竟终于因贫病与对女人的绝望而死，而我们，则对于抵拒这种攻袭有着略大的力量，稍能持久一点罢了，我们的朋友，给我们所见的，便是我们行将走上的一条道路！

在还剩着些少抗拒在身心周围包裹着的物质的窘迫的能力，却还是那么踉踉跄跄活着又希望从文学上找到安置的，在朋友中还不少，但这也只有愈见其可怜。这事上，我是全无些子较好的梦想的。我要朋友们知道我是一个除了从生活找到足证实我生存的意义以外，所谓文艺，纵是也常常地那么写，所希望，也不过是因为从不断的写述上，可以达到我物质上并不很大的一点希望罢了。但因此我为了这类欲望鞭策，会不断地做下去，也是很自然的事。若单是从艺术上去找爱情或什么别的更高贵的梦，这类可怜的行为，我且希望朋友们也少有。

此后的我，为了到这热闹世界上挣扎的习惯与方便起见，大致是只有当兵同作文章了。不过，人到很倦，如像这时，对于自己，把了笔，想更详细一点写上我题目上《此后的我》所应做的事时，却是那么随便，不能当兵，又少作文的气概，则做土匪也不算太不长进的事体吧。

关于做土匪的方法，这时我只有一个希望：希望在身体略有生气时，再去详细计划去了。

十月双十节后一日在新窄而霉小斋

由达园给刘廷蔚

今天是我生平看到最美一次的天气，在落雨以后的×园，我望到不可形容的虹，望到不可形容的云，望到雨后的小小柳树，望到雨点……天上各处是燕子……虹边还在响雷，耳里听到雷声，我在一条松树排道上走了好久。我想起许多朋友，许多故事，仿佛三十年人事都在一刻儿到眼前清清楚楚地重现出来。因为这雨后的黄昏，透明的美，好像同××的诗太相像了，我想起××。

××你瞧，我在这时什么话也说不出了的。我这几年来写了我自己也数不清楚的多少篇文章，人家说的任何种言语，我几乎都学会写到纸上了，任何聪明话，我都能使用了，任何对自然的美的恭维，我都可以模仿了；可是，到这些时节，我真差不多同哑子一样，什么也说不出。一切的美说不出。想到朋友们，一切鲜明印象，在回忆里如何放光，这些是更说不出的。

我想到××，我仿佛很快乐，因为同时我还想到你的朋友小麦，我称赞她爸爸妈妈真是两个大诗人，把一切印象拼合拢来，我非常满意我这一天的生存。我对于自己生存感到幸福，平生也只有这一天。

今天真是一个最可记忆的一天，还有一个故事可以同你说：××诗人到这里来，来时已快落雨了。在落雨以前，他又走了。落雨时，他的洋车一定还在×××左右，即或落下的是刀子，他也应当上山去，因为若把诗人全身淋湿如落汤鸡，这印象保留在另一时当更有意义。××他有一个“老朋友”在×××养病（那人真是一首天生的杰作），这诗人，是去欣赏那一首“诗”的。我写这个信时，或者正是他们并肩立在松下望到残虹谈话的时节。××，得到这信时，试去做一次梦，想到××的雨后的他们，并想到×园××亭的□□，今天是六月十九，我提醒你不要忘记是这个日子。这时已快夜了，一切光景都很快要消失了，这信还没有写完，这一切都似乎就已成为过去了。××，这信到你手边时，应当是一个月以后的事，我盼望它可以在你心里，有小小的光明重现。××，这信到你手边时，你一定也想到□□吧，我告你，我还是老样子，什么也没有改变。在你记忆里保留到的□□，是你到庆华公寓第一次见到的□□，也是其他时节你所知道的□□，我如今就还是那个情形，这不知道是使人快乐还是忧郁？我也有了些不同处，为朋友料不到的，便是“生活”比以前好多了。社会太优待了我，使我想到时十分难受，另一方面朋友都对我太好了，我也极其难受。因为几年来我做的事并不勤快认真，人越大且越糊涂，任性处更见其任性，不能服侍女人处，也更把弱点加深了，这些事，想到时，我是很忧愁的。关心到我的朋友们，即或自己生活很不在意，总以为□□有些自苦的事情，是应当因为生活好了一点年龄大了一点便可改好的。谁知这些希望都完全是空事情，事实且常常与希望相反，便是我自己越活越无“生趣”。这些话是用口说不分明的，一切猜疑也不会找到恰当的解释，连我自己也不知道，为什么到现在还成天只想“死”。

感谢社会的变迁，时代一转移，就到手中方便，胡乱写下点文章，居然什么工也不必做，就活得很舒服了。同时因这轻便不过的事业，还得到了不知多少的朋友，不拘远近都仿佛用作品成立了一种最好的友谊，算起来我是太幸福了的。可是我好像要的不是这些东西。或者是得到这些太多，我厌烦了。我成天只想做一个小刻字铺的学徒，或一个打铁店里的学徒，似乎那些才是我分上的事业，在那事业里，我一定还可以方便一点，本分一点。我自然不会去找那些事业，也自然不会死去，可是，生活真是厌烦极了。因为这什么人也不懂的烦躁，使我安心住任何地方一年不到。去年我在××，今年春天到××，六月来××，过不久，我又要过××去了。过××也一定不会久的。我还得走，我自己也不知道我走到哪儿去好。一年人老一年，将来也许跑到蒙古去。这自愿的充军，如分析起来，使人很伤心的。这性格与我“多疑”“自卑”“怯弱”“任性”的性格，综合以后便成为我人格的一半。××，我并不欢喜这人格。我愿意做一个平常的人，有一颗为平常事业得失而哀乐的心，在人事上去竞争，出人头地我便快乐，小小失望我便忧愁，见好女人我要，见有利可图我就上前，这种我们常常瞧不上眼的所谓俗人，我是十分羡慕却永远学不会的。我羡慕他们的平凡，因为在平凡里的他们才真是“生活”。但我的坏性情，使我同这些人世幸福离远了。我在我文章里写到的事，却正是人家成天在那里另一个地方活着的事，人家在“生活”里“存在”，我便在“想象”里“生活”，××，一个作家我们去“尊敬”他，实在不如去“怜悯”他为恰当。我自己觉得是无聊到万分，在生活的糟粕里生活的。也有些人即或自己只剩下了一点糟粕，如某某某某，但一个无酒可啜的人，是应分用糟粕过日子的。在我生活里，我是不是已经喝过我分上那一杯？××，我并没有向人生举杯！我分上就没有酒。我分上没有一滴。我的事业等于为人酿酒，我为年轻人解释爱与人生，我告他们女人是什么，灵魂是什么，我又告他们什么是德性，什么是美。许多人经我文章里得到为人生而战的武器，许多人从我文章里取去与女人作战保护自己的盔甲。我得到什么呢？许多女人都为岁月刻薄而老去了，这些人在我印象却永远还是年轻。我的义务——我生存的义务，就是保留这些印象。这些印象日子再久一点，总依然还是活泼娇艳尊贵。让这些女人活在我的记忆里，我自己，却一天比一天老了。××，这是我的一份。

××，我应当感谢社会而烦怨自己，这一切原是我自己的不是。自然使一切皆生存在美丽里；一年有无数的好天气，开无数的好花，成熟无数的女人，使气候常常变幻，使花有各种的香，使女人具各样的美，任何一个活人，他都可以占有他应得那一份。一个“诗人”或一个“疯子”，他还常常因为特殊聪明，与异常禀赋，可以得到更多的赏赐。××，我的两手是空的，我并没有得到什么，我的空手，因为是一个“乖僻的汉子”。

读我另一个信吧。我要预备告给你，那是我向虚空里伸手，攫着的是风的一个故事。我想象有一个已经同我那么熟习了的女人，有一个黑黑的脸，一双黑黑的手……是有这样一个人，像黑夜一样，黑夜来时，她仿佛也同我接近了。因为我住到这里，每当黑夜来时，一个人独自坐在这亭子的栏杆上，一望无尽的芦苇在我面前展开，小小清风过处，朦胧里的芦苇皆细脆作声如有所诉说。我同它们谈我的事情，我告给它们如何寂寞，它们似乎比我最好的读者，与一切年轻女人，更能理解我的一切。

××，黑夜已来了，我很软弱。我写了那么多空话，还预备更多的空话去向黑夜诉说。我那个如黑夜的人却永不伴同黑夜而来的，提到这件事，我很软弱。

“年轻体面女人，使用一千个奴仆也仍然要很快地老去。这女人在诗人的诗中，以及诗人的心中，却永远不能老去。”××，你心中也一定也有许多年轻人鲜明的影子。

××，对不起，你这时成为我的芦苇了。我为你请安。我捏你的手。我手已经冰冷，因为不知什么原因我在老朋友面前哭了。

六月十九

（这个信，给留在美国的《山花集》作者。）

水云

一

青岛的五月，是个稀奇古怪的时节。自二月起从海上吹来的季候风，饱吹了一季，忽然一息后，阳光热力到达了地面，天气即刻暖和起来。山脚树林深处，便开始有啄木鸟的踪迹和黄鸟的鸣声。公园中分区栽种梅花、桃花、玉兰、郁李、棠棣、海棠和樱花，正像约好日子，都一齐开放了花朵。到处各聚集了些游人，穿起初上身的称身春服，携带酒食和糖果，坐在花木下的草地上赏花取乐。就中还有些从南北大都市官场或商场抽空走出，坐了路局的特别列车，来看樱花作短期旅行的，从外表上一望也可明白。这些人为表示当前被自然解放后的从容和快乐，多仰卧在软草地上，用手枕着头，给天上云影压枝繁花弄得发迷，口中还轻轻吹嘘呼哨，学林中鸣禽唤春。女人多站在草地上和花树前，忙着帮孩子们照相，不受羁勒的孩子们，却在花树间各处乱跑。

就在这种阳春烟景中，我偶然看到一本小书，书上有那么一段话——“地上一切花叶都从阳光挹取生命的芳馥，人在自然秩序中，也只是一种生物，还待从阳光中取得营养和教育。美不能在风光中静止，生命也不能在风光中静止，值得留心！”俨若有会于心，因此常常欢喜孤独伶俜的我，带了几个硬绿苹果，带了两本书，向阳光较多无人注意的海边走去。照习惯我实对准日出方向，沿海岸往东走。夸父追日我却迎赶日头，不担心半道会渴死。我的目的正是让不能静止的生命，从风光中找寻那个不能静止的美。我得寻觅，得发现，得受它的影响或征服，从忘我中重新得到我，证实我。走过了惠泉浴场，走过了炮台，走过了建筑在海湾石岨上俄国什么公爵用黄麻石堆就的堡垒形大房子，一片待开辟的荒地……一直到太平角凸出海中那个黛色大石堆上，方不再向前进。这个地方前面已是一片碧绿大海，远远可看见多蛇水灵山岛的灰色圆影，和海上船只驶过时在浅紫色天末留下那一缕淡烟。我身背后是一片马尾松林，好像一个一个翠绿扫帚，倒转竖起扫拂天云。矮矮的疏疏的马尾松下，到处有一丛丛淡蓝色和黄白间杂野花正任意开放，花丛里还常常可看到一对对小而伶俐麻褐色野兔，神气天真烂漫，在那里追逐游戏。这地方原有一部分已划作新住宅区，还无一座房子，游人又极稀少，本来应该算是这些小小生物的特别区。所以当它们与陌生人互相发现时，必不免抱有三分好奇，眼珠子骨碌碌地对人望定。望了好一会儿，似乎从神情间看出了点危险，或猜想到“人”是什么，方憬然惊悟，猛回头于草树间奔窜。逃走时恰恰如一个毛团弹子一样迅速，也如一个弹子那么忽然触着树身而转折，更换一个方向继续奔窜。这聪敏活泼小生物，终于在绿色马尾松和杂花乱草间消失了。我于是好像有点抱歉，来估想它受惊以后跑回窝中的情形。它们照例是用山道间埋在地下的引水陶筒做窝的，因为里面四通八达，合乎传说上的三窟意义。逃进去后，必互相挤得紧紧的，为求安全准备第二次逃奔。（因为有时很可能是被一匹顽皮的小狗所追逐，这小狗却用一种好奇好事心情，徘徊在水道口。）过一会儿心定了些，才小心谨慎从水道口露出那两个毛茸茸的耳朵和光头，听听远近风声，明白天下太平后，才重新出到草丛树根间来游戏。

我坐的地方八尺以外，便是一道陡峻的悬崖，向下直插深入海中，若想自杀，只要稍稍用力向前一跃，就可堕崖而下，掉进海水里喂鱼吃。海水有时平静不波，如一片光滑的玻璃，在阳光下时时刻刻变换颜色。有时又可看到两三丈高的大浪头，戴着皱折的白帽子，排列成行成队，直向岩石下扑撞，结果这浪头即变成一片银白色的水沫，一阵带咸味的雾雨。我一面让和暖阳光烘炙肩背手足，取得生命所需要的热力，一面即用身前这片大海教育我，淘深我的生命。时间长，次数多，天与树与海的形色气味，便静静地溶解到了我绝对单独的灵魂里。我虽寂寞却并不悲伤。因为从默会遐想中，体会到生命中所孕育的智慧和力量。心脏跳跃节奏中，俨然有形式完美韵律清新的诗歌，和调子柔软而充满青春狂想的音乐。

“名誉、金钱，或爱情，什么都没有，那不算什么。我有一颗能为一切现世光影而跳跃的心，就很够了。这颗心不仅能够梦想一切，还可以完全实现它。一切花草既都能从阳光下得到生机，各自于阳春烟景中芳菲一时，我的生命也待发展，待开放，必然有惊人的美丽与芳香！”

我仰卧时那么打量，一起身有另外一种回答出自中心深处。这正是想象碰着边际时所引起的一种回音。回音中杂有一点世故，一点冷嘲，一种受社会长期挫折蹂躏过的记号。

“一个人心情骄傲，性格孤僻，未必就能够做战士！应当时时刻刻记住，得谨慎小心，你到的原是个深海边。身体从不至于掉进海里去，一颗心若掉到梦想荒唐幻异境界中去，也相当危险，挣扎出时并不容易！”

这点世故对于当时环境中的我当然不需要，因此重新躺下去，俨若表示业已心甘情愿受我选定的生活选定的人事所征服。我正等待这种征服。

“为什么要挣扎？倘若那正是我要到的去处，用不着使力挣扎的。我一定放弃任何抵抗愿望，一直向下沉。不管它是带咸味的海水，还是带苦味的人生，我要沉到底为止。这才像是生命。

我需要的就是绝对的皈依，从皈依中见到神。我是个乡下人，走向任何一处照例都带了一把尺，一把秤，和普通社会权量不合。一切临近我命运中的事事物物，我有我自己的尺寸和分量，来证实生命的价值与意义。我用不着你们名叫‘社会’为制定的那个东西。我讨厌一般标准，尤其是伪‘思想家’为扭曲压扁人性而定下的庸俗乡愿标准。这种思想算是什么？不过是少年时男女欲望受压抑，中年时权势欲望受打击，老年时体力活动受限制，因之用这个来弥补自己并向人们复仇的人病态的行为罢了。这种人照例先是显得极端别扭表示深刻，到后又显得极端和平表示纯粹，本身就是一种矛盾。这种人从来就是不健康的，哪能够希望有个健康人生观。一般社会把这种人叫作思想家，只因为一般人都不习惯思想，不惯检讨思想家的思想。一般人都乐意用校医室的磅秤称身体和灵魂。更省事是只称一次。”

“好。你不妨试试看，能不能用你自己那个尺和秤，来到这个广大繁复的人间，量度此后人我的关系。”

“你难道不相信吗？”

“人应当自己有自信，不必担心别人不相信。一个人常常因为对自己缺少自信，总要从别人相信中得到证明。政治上纠纠纷纷，以及在这种纠纷中的广大牺牲，使百万人在面前流血，流血的意义，真正说来，也不过就为的是可增加某种少数人自己那点自信！在普通人事关系上，因有人自信不过，又无从用牺牲他人得到证明，所以一失了恋就自杀的。这种人做了一件其蠢无以复加的行为，还以为是追求生命最高的意义，而且得到了它。”

“我是如你所谓灵魂上的骄傲，也要始终保留那点自信的！”

“那自然极好。因为凡真有自信的人，不问他的自信是从官能健康或观念顽固而来，都可望能够赢得他人相信的。不过你要注意，风不常向一定方向吹。我们生命中到处是‘偶然’，生命中还有比理性更具势力的‘情感’，一个人的一生可说即由偶然和情感乘除而来。你虽不迷信命运，新的偶然和情感，可将形成你明天的命运，还决定后天的命运。”

“我自信能得到我所要的，也能拒绝我不要的。”

“这只限于选购牙刷一类小事情。另外一件小事情，就会发现势不可能。至于在人事上，你不能有意得到那个偶然的凑巧，也无从拒绝那个附于情感上的弱点，由偶然凑巧而做成的碰头。”

辩论到这个时候，仿佛自尊心起始受了点损害，躺卧向天那个我，于是沉默了，坐着望海那个我，因此也沉默了。

试看看面前的大海，海水明蓝而静寂，温厚而蕴藉。虽明知中途必有若干岛屿，可做候鸟迁移时的栖息，鸟类一代接续一代而从不把它的位置记错。且一直向前，终可达到一个绿芜照眼的彼岸，有一切活泼自由生命存在。但缺少航海经验的人，是无从用想象去证实的。这也正与一个人的生命相似，未来一切无从由他人经验取证，亦无从由书本取证。再试抬头看看天空云影，并温习另外一时同样天空的云影，我便俨若重新有会于心。因为海上的云彩实在华丽异常。有时五色相煊，千变万化，天空如张开一铺活动锦毯。有时又素净纯洁，天空但见一片明莹绿玉，别无他物。这地方一年中有大半年天空中竟完全是一幅神奇的图画，充满青春的嘘息，煽起人狂想和梦想，看来令人起轻快感，温柔感，音乐感，情欲感。海市蜃楼就在这种天空中显现，它虽不常在人眼底，却永远在人心中。秦皇汉武的事业，同样结束在一个长生不死青春常驻的梦境里，不是毫无道理的。然而这应当是偶然和情感乘除，此外是不是还有点别的什么？

我不羡慕神仙，因为我是个从乡下来的凡人。我偶然厌倦了军队中平板生活，撞入都市，因之便来到一个大学教书。在现实生活中我还不曾受过任何女人关心，也不曾怎样关心过别的女人。我在缓缓移动云影下，做了些青年人所能做的梦，我明白我这颗心在情分取予得失上，受得住人的冷淡糟蹋，也载得起从人取来的忘我狂欢。我试重新询问我自己：

“什么人能在我生命中如一条虹，一粒星子，记忆中永远忘不了？世界上应当有那么一个人。”

“怎么这样谦虚得小气？这种人并不止一个，行将就要陆续侵入你的生命中，各自保有一点虽脆弱实顽固的势力。这些人名字都叫作‘偶然’。名字虽有点俗气，但你并不讨厌它，因着它比虹和星还无固定性，还无再现性。它过身，留下一点什么在这个世界上，它消失，当真就消失了。除留在你心上那个痕迹，说不定从此就永远消失了。这消失也不使人悲观，为的是它曾经活在你或他人心上过。凡曾经一度在你心上活过来的，当你的心还能跳跃时，另外那一个人生命也就依然有他本来的光彩，并未消失。那些偶然的颦笑，明亮的眼目，纤秀的手足，有式样的颈肩，谦退的性格，以及常常附于美丽自觉而来的彼此轻微妒嫉，既侵入你的生命，也即反映在你人格中，文字中，并未消失。世界虽如此广大，这个人的心和那个人的心却容易撞触。况且人间到处是偶然。”

“我是不是也能够在另外一个生命中同样保留一种势力？”

“这应当看你的情感。”

“难道我和人对于自己，都不能照一种预定计划去做一点安排？”

“唉，得了。什么叫作计划？你意思是不是说那个理性可以为你决定一件事情，而这事情又恰恰是上帝从不曾交把任何一个人的？你试想想看：能不能决定三点钟以后，从海边回到你那个住处去，半路上会有些什么事情等待你？这些事影响到一年两年后的生活，又可能有多大？若这一点你猜测失败了，那其他的事情，显然就超过你智力和能力以外更远了。这种测验对于你也不是件坏事情，因为可让你明白偶然和情感将来在你生命中的种种势力，说不定还可以增加你一点忧患来临的容忍力，和饮浊含清的适应力——也就是新的道家思想，在某一点某一事上，你得保留一种信天委命的达观，方不至于……”

我于是靠在一株马尾松旁边，一面随手采摘那些杂色不知名野花，一面试去想象下午回住处时半路上可能发生的一切事情。我知道自然会有些事情。

二

到下午四点钟左右，我预备回家了。在惠泉浴场潮水退落后的海滩沙地上，看见一把被海水漂成白色和粉红色的小螺蚌，散乱地在地面返漾着珍珠光泽。从螺蚌形色可推测得出这是一个细心人的成绩。我猜想这也许是个小女孩子做的事情，随同家人到海滩上来游玩，用两只小而美丽的手，精心细意把它从沙砾中选出，玩过一阵以后，手中有一点湿汗，怪不受用，又还舍不得抛弃，恰好见家中人在前面休息处从藤提篮里取出苹果，得到理由要把手弄干净一点，就将它塞在随身保姆肥暖暖的掌心里，不再关心这个东西了。保姆把这些螺蚌残骸捏在大手里一会儿，又为另外一个原因，把它随意丢在这里了。因为湿地上一列极长的足印，就中有个是小女孩留下的，我为追踪这个足印，方发现了它。这足印到此为止，随后即斜斜地向可供休息的一个大磐石走去，步法已较宽，可知是跑去的。并且石头上还有些苹果香蕉皮屑。我于是把那些美丽螺蚌一一捡拾到手中，因为这些过去生命，实保留了些别的生命的美丽愿望，活在我当时的想象中，且可能活在我明日的命运中。

再走过去一点，我又追踪另外两个脚迹走去，从形式大小上可看出这是一对青年伴侣留下的。到一个最适宜于看海上风帆的地点，两个脚迹稍深了点，乱了点，似乎曾经停留了一会儿。从男人手杖尖端划在沙上的几条无意义的曲线，和一些三角形与圆圈，和一小个装相片的黄纸盒，推测得出这对年轻侣伴，很可能是到了这里，恰好看见海上一片三角形白帆驶过，因为欣赏景致停顿了一会儿，还照了个相。照相的大致是女人，手杖在沙上划的曲线和其他，就代表男子闲适与等待中的厌烦。又可知是一对外来游人，照规矩本地人不会在这个地方照相的。

再走过去一点。近海滩尽头时，我碰到一个趁退潮敲拾牡蛎的穷女孩，竹篮中装了一些牡蛎和一把鲜明照眼的黄花，给我印象特别好。

于是我回转到住处，上楼梯时照样轧轧地响，响声中就可知并无什么意外事发生。从一个同事半开房门间，可看到墙壁上那张有香烟广告的美人画，另外一个同事窗台上，还依然有个鱼肝油空瓶。一切都照样，尤其是楼下厨房中大师傅，在调羹和味时有意将那些碗盏碰撞出的声音，以及那点从楼口上溢的菜蔬扑鼻香味，更增加凡事照常的感觉。我不免对于在海边那个宿命论与不可知论的我，觉得有点相信不过。其时尚未黄昏，住处小院子中十分清寂，远在三里外的海上细浪啮岸声音，也听得很清楚。院子内花坛中一大丛珍珠梅，脆弱枝条上繁花如雪。我独自在院中划有方格的水泥道上来回散步，一面走，一面思索些抽象问题，恰恰如歌德传记中说他二十多岁时在一个钟楼上看村景心情，身边手边除了本诗集什么都没有，可是世界俨然为他而存在。用一颗心去为一切光色声音气味而跳跃，比用两条强壮手臂对于一个女人所能做的还更多。可是多多少少却有一点难受，好像在有所等待，可不知要来的是什么。

远远地忽然听到一阵女人清朗笑语声，抬头看看，就发现开满攀枝蔷薇短墙外，拉斜下去的山路旁，那一片加拿大的白杨林边，正有个年事极轻身材秀美的女子，穿着件式样称身的黄绸袍子，走过草坪去追赶一个女伴。另外一处却有个“上海人”模样穿旅行装的二号胖子，携带两个孩子，在招呼他们。我心想，怕是什么银行中人来看樱花吧。这些人照例住“第一宾馆”的头等房间。上馆子时必叫“甲鲫鱼”，还要到炮台边去照几个相，一切行为都反映他钱袋的饱满和兴趣的通俗。女的很可能因为从“上海”来的，衣服虽极时髦，头脑却很空洞，除了从电影上追求模仿女角的头发式样，算是生命中至高的悦乐，此外竟毫无所知。然而这究竟是个美丽生物，那个发育完美的青春肉体，大六月天展览到用碧绿海水做背景的沙滩阳光下时，实在并不使人眼目厌嫌！

过不久，同住的几个专家学者陆续从学校回来了。于是照例开饭，甲乙丙丁戊己庚辛坐满了一桌子。再加上一位陌生女客，一个受过北平高等学校教育、上海高等时髦教育的女人。照表面看，这个女人可说是完美无疵，大学教授理想的太太，照言谈看，这个女人并且对于文学艺术竟像是无不当行，若仅仅放在“太太客厅”中，还不免有点委屈，真是兼有了浪子官能上帝与君子灵魂上帝的长处的一种杰作。不凑巧平时吃保肾丸的教授乙，饭后拿了个手卷人物画来欣赏时，这个漂亮女客却特别注意画上的人物数目，反复数了三次。这一来，我就明白女客外表虽很好，精神上还是大观园拿花荷包的人物了。这点发现原本在情理中，实对于我像是种小小嘲弄。因为我这个乡下人总以为一个美观的肉体，应当收容一个透明的灵魂。

到了晚上，我想起“偶然”和“情感”两个名词，不免重新有点不平，好像一个对生命有计划对理性有信心的我，被另外一个宿命论不可知论的我居然战败了，虽战败还不服输，所以总得想方法来证实一下。当时唯一可证实我是能够有理想，照理想活下去的事，即是用手上一支笔写写什么。先是为一个远在南方千里外女孩子写了些信，预备把白天海滩上无意中拾得螺蚌附在信里寄去。因为叙述这些螺蚌的来源，我便将海上光景仔细描绘一番。信写成后，使我不免难过起来，心俨然沉到一种绝望的泥潭里了。因为这种信照例是无下落的。且仿佛写得太真实动人，所以失去了本来意义的。为自救自解计，才另外来写个故事。我以为由我自己把命运安排得十分美丽，若不可能，由手中一支笔来安排一个小小故事，应当不太困难。我想试试看能不能用我这支笔，在空中建造一个式样新奇的楼阁。于是无中生有，就日中所见、所感、所想象种种，重新拼合写下去。我要创造一种可能在世界上存在并未和我碰头的爱情。我应当承认在写到故事一小部分时，情感即已抬了头。我一直写到天明，还不曾离开桌边，且经过二十三点钟，只吃过三个硬苹果。写到一半时，我方在前面加个题目，《八骏图》。第五天后，故事居然写成功了。第二十七天后，故事便在上海一个刊物上发表了。刊物从上海寄到青岛时，同住几个专家学者，都自以为即故事上甲乙丙丁，觉得被我讥讽了一下，感到愤愤不平。完全不想到我写它的用意，只是在组织一个梦境，至于用来表现“人”在各种限制下所见出的性心理错综情感，我从中抽出式样不同的几种人，用言语、行为、联想、比喻以及其他方式来描写它。八个人用八种不同方式从八个角度来摄取断面影像。这些人照样活一世，或者更平凡猥琐地活一世，并不以为难受，到被别人如此艺术地处理时，看来反而难受，在我当时实觉得大不可解。这故事虽得来些不必要烦琐，且影响到我后来放弃教书的理想，可是一般读者却因故事和题目巧合，表现方法相当新，处理情感相当美，留下个异常新鲜印象，且以为一定真有那么一回事，那么几个人，因此按照当时上海文坛风气，在报纸副刊上为我故事来做索引，就中男男女女都有名有姓。这种索引自然是不可信的。尤其是说到作品中那个女人，完全近于猜谜。这种猜谜既无关宏旨，所以我只用微笑和沉默作为答复。

夏天来了，长住青岛伴同外来避暑的人，大家都向海边跑，终日泡在咸水中取乐。我却留在山上。有一天，独自在学校旁一列梧桐树下散步，太阳光从梧桐大叶空隙间滤过，光影铺在地面上，纵横交错。脚步踏到那些荡漾不定日影时，忽若有所契，有所悟，只觉得生命和一切都交互溶解在这个绿色迷离光影中，不可分别。超过了简文帝说的鱼鸟亲人境界，感觉到我只是自然一部分。这时节，我又照例成为两种对立的人格。

我稍稍有点自骄，有点兴奋："什么是偶然和情感？我要做的事，就可以做。世界上不可能用任何人力材料建筑的宫殿和城堡，原可以用文字做成功的。有人用文字写人类行为的历史，我要写我自己的心和梦的历史。我试验过了，还要从别人一方面做试验。"

那个回音依然是冷冷的："这不是最好的例。若用前事作例，倒恰好证明前次说的偶然和情感实决定你这个作品的形式和内容。你偶然遇到几件琐碎事情，在情感兴奋中黏合贯串了这些事情，末了就写成那么一个故事。你再写写看，就知道你单是

‘要写’，并不成功了。文字虽能建筑想象宫殿和城堡，可是那个图样却是另外一时的偶然和情感决定的。这其中虽有你，可不完全是你的创造。一个人从无相同的两天生命，因此也就从无两回相同的事情。”

“这是一种诡辩。时间将为证明，我要做什么，必能做什么。”

“别说你‘能’做什么，你不知道，就是你‘要’做什么，难道还不是由偶然和情感乘除来决定？人应当有自信，但不许超越那个限度。而且得分别清楚，自信与偶然或情感是两条河水，一同到海，但分开流到海，并且从发源到终点，永不相混。”

“情感难道不属于我？不由我控制？”

“它属于你，可并不如由知识经验堆积而来的理性，能供你使唤，只能说你属于它。它又属于生理上无固定性的‘性’，性又属于天时阴晴所生的变化，与人事机缘上的那个偶然。总之是外来力量，外来影响。它能使你生命如有光辉，就是它恰恰如一个星体为阳光照及时反映出那点光辉。你能不能知道阳光在地面上产生了多少生命，具有多少不同形式？你能不能知道有多少生命，长得脆弱而美丽，慧敏而善怀，名字应当叫作女人，在什么情形下就使你生命放光，情感发炎？你能不能估计有什么在阳光下生长中的这种脆弱美丽生命，到某一时恰恰会来支配你，成就你，或者毁灭你？这一切你全不知道！”

这似乎太空虚了点，正像一个人在抽象中游泳，这样游来游去，自然不会到达那个理想或事实边际的。如果是海水，还可推测得出本身浮沉和位置。如今只是抽象，一切都超越常识感觉以上。因此我不免有点恐怖起来。我赶忙离开了树下日影，向人群集中处走去，到了熙来攘往的大街上。这一来，两个我照例都消失了。只见陌生人林林总总，在为一切事务而忙。商店和银行，饭馆和理发馆，到处有人的洪流灌注，人与人关系变得复杂到不可思议，然而又异常单纯地一律受“钞票”所控制。到处有人在得失上爱憎，在得失上笑骂，在得失上做伪誓和伪证人。离开了大街，转到市政府和教堂时，就可使人想起这是历史上这种得失竞争的象征。或者或用文字制作庄严堂皇的经典，或用木石造做虽庞大却不雅观的建筑物，共同支撑一部分前人的意见，而照例更支撑了多数后人的衣禄。政治或宗教，二而一，庄严背后都包含了一种私心，无补于过去而有利于当前的……不知如何一来，一切人事在我眼前忽然都变成了漫画，既虚伪，又俗气，而且还将反复继续下去，不知道何时为止，但觉人类一切在进步中，人与人关系实永远停顿在某一点上，人生百年是勤，所得于物虽不少，所得于己实不多。

我俨然就休息到这种对人事的感慨上，虽累还不十分疲倦。

回来时，我想除去那些漫画想象，和不必要的人事感慨，就用碛砂藏中诸经做根据，来把佛经中小故事放大翻新，注入我生命中属于抑压的种种纤细感觉和荒唐想象。我认为人生因追求抽象原则，应超越功利得失和贫富等级，去处理生命与生活。我认为人生至少还容许用文字来重新安排一次。就那么试来用一支笔重作安排，因此又写成一本《月下小景》。

三

两年后，《八骏图》和《月下小景》结束了我教书生活，也结束了我海边单独中那种情绪生活。两年前偶然写成的一个小说，损害了他人的尊严，使我无从和甲乙丙丁专家学者同在一处继续共事下去。偶然拾起的一些螺蚌，连同一个短信，寄到南方某地时，却装饰了一个女孩子的青春生命。那个人把它放在小小保险箱里，带过杭州六和塔边一个学校中，沉默而愉快地度了一个暑期。我幻想已证实了一部分，原来我和这个素朴而沉默的女孩子，相互间在生命中都保留一种势力，无从去掉了。可是也许是偶然，我不过南方却到了北平。

有一天，我走入北京城一个人家的阔大华贵客厅里，猩红丝绒垂地的窗帘，猩红丝绒四丈见方的地毯，把我愣住了。我就在一套猩红丝绒旧式大沙发中间，选定靠近屋角一张沙发坐下来。观看对面高大墙壁上的巨幅字画，莫友芝斗大的分隶屏条，赵㧑叔斗大的红桃立轴，事事物物竟像是特意为配合客厅而准备，并且还像是特意为压迫客人而准备。原来这个客厅在十五年前，实接待了中国所有政府要人和大小军阀，因政治上人事上的新陈代谢，成为一个空洞客厅又有了数年。一切都那么壮大，我于是似乎缩得很小了。

来到这地方是替一个亲戚带了份小礼物，应当面把礼物交给女主人的。等了一会儿，女主人不曾出来，从客厅一角却出了个“偶然”。问问才知道是这人家的家庭教师，和青岛托带礼物的亲戚相熟，和我好些朋友都相熟。虽不曾见过我，实读过我作的许多故事。因为那女主人出了门，等等方能回来，所以用电话要她先和我谈谈。我们于是谈青岛的四季，才知道两年前她还到青岛看樱花，以为樱花和别的花都并不比北平的花木好，倒是那个海有意思。曾和几个小孩子在沙滩上拾了许多螺蚌，坐在海潮不及的岩石上看海浪扑打岩石。说不定我得到的那些小蚌壳，就是这一位偶然抛弃的！正当我们谈起海边一切，和那个本来俨然海边主人的麻兔时，女主人回来了。我们又谈了些别的事方告辞。偶然给我一个幽雅而脆柔的印象：一张白白的小脸，一堆黑而光柔的头发，一点陌生羞怯的笑。当发后的压发翠花跌落到猩红地毯上，躬身下去寻找时，从净白颈肩间与脆弱腰肢做成的曲度上，我仿佛看到一条素色的虹霓。虹霓失去了彩色，究竟还有什么，我并不知道。总之“偶然”已给我保留一种离奇印象。我却只给了“偶然”一本小书，书上第一篇故事，就是两年前为抵抗偶然而写成的。

一个月以后，我又在一个素朴而美丽的小客厅中，重新见到了“偶然”。她说一点钟前还看过我写的故事，一面说一面微笑。且把一个发光万鉴的头略偏，一双清明无邪眼中带点羞怯之光，想有所探询，可不便启齿。

仿佛有斑鸠唤雨声音，从高墙外远处传来。小庭院一树玉兰正盛开，高摇摇的树枝探出墙头。我们从花鸟上说了些闲话，到后“偶然”方嚅嚅嗫嗫地问我：“你写的可是真事情？”

我说：“什么叫作真？我倒不大明白真和不真在文学上的区别，也不能分辨它在情感上的区别。文学艺术只有美和不美，不能说真和不真，道德的成见，更无从羼杂其间。精卫衔石，杜鹃啼血，情真事不真，并不妨事。你觉得对不对？我的意思自然不是为我故事拙劣要做辩护，只是……”

“我看你写的小说，觉得很美，当真很美。但是，事情怕不真！”

这种大胆惑疑似乎已超过了文学作品的欣赏，所要理解的是作者的人生态度。

我稍稍停了一会儿：“不管是故事还是人生，一切都应当美一些！丑的东西虽不是罪恶，总不能令人愉快。我们活到这个现代社会中，已经被官僚，政客，银行老板和伪君子，理发匠和成衣师傅，种族的自大与无止的贪私，共同弄得到处够丑陋！可是人生应当还有个较理想的标准，至少容许在文学和艺术上创造那个标准。因为不管别的如何，美丽当永远是善的一种形式，文化的向上就是追求善的象征！”

正像是这几句空话说中了“偶然”另某种嗜好，有会于心，“偶然”轻轻地叹了一口气。“美的有时也令人不愉快！譬如说，一个人刚好订婚，不凑巧又……战争。我觉得这对于读者，也就近乎残忍！”

我为中和那点人我之间的不必要紧张，所以忙带笑说：“是的，我知道了。你看了我写的故事，一定难过起来了。不要难受！我不仅写到订婚又离婚，还写过恋爱就死亡。美丽总使人忧愁，可是还受用。那是我在海上受水云教育产生的一些幻影，并非真有其事。我为的是使人分享我在海上云影阳光中得来的愉快，得来的感应，以及得来的对人生平凡否认和否定的精神，我方写下那个故事。可并不存心虐待读者！”

“偶然”于是笑了。因为心被故事早浸柔软，忽然明白这为古人担忧弱点已给客人发现，自然觉得不大好意思。因此不再说什么，把一双纤而柔的白手拉拉衣角，裹紧了膝头。那天穿的衣服，恰好是件绿地小黄花绸子夹衫，衣角袖口缘了一点紫。也许自己想起这种事，只是不经意地和我那故事巧合，也许又以为客人并不认为这是不经意，且可能已疑心至是成心。“偶然”在应对间不免用较多微笑作为礼貌的装饰，与不安定情绪的盖覆，结果另外又给了我一种印象。我呢，我知道，上次那本小书，给人甘美的忧愁已够多了。我什么都没有给“偶然”。

离开那个素朴小客厅时，我似乎遗失了一点东西。在开满了马樱花和刺槐的长安街大路上，试搜寻每个衣袋，不曾发现失去的是什么。后来转入总统府中南海公园，在柳堤上绕了一个大圈子，看见水中的游移云影，方憬然觉悟，失去的只是三年前独自在青岛大海边向虚空凝眸，作种种辩论时那一点孩子气主张。这点自信主张，若不是遗忘到一堆时间后边，就是前不久不谨慎掉落在那个小客厅中了。

我坐在一株老柳树下休息，想起“偶然”穿的那件夹衫，颜色花朵如何与我故事上景物巧合。当这点秘密被我发现时，“偶然”所表示的那种轻微不安，是种什么分量，我想起向“偶然”说的话，这些话在“偶然”生命中，可能发生的那点意义，又是什么分量，我都清清楚楚，我的心似乎稍稍有点搅乱，跳得不大正常。“美丽总使人忧愁，然而还受用。”

一个小小金甲虫落在我的手背上，捉住了它看看时，只见六只小脚全缩敛到带金属光泽的甲壳上面，从这小虫生命完整处，见出自然的巧慧，和生命形式的多方。手轻轻一扬，金甲虫即振翅飞起，消失到广阔的湖面莲叶间去了。我同样保留了一点印象在记忆里。我的心尚空阔得很，为的是过去曾经装过各式各样的梦，把梦腾挪开时，还装得上许多事事物物。然而我想这一个泛神倾向用之与自然对面，很可给我对现世光色声味有更多理解机会，若用之于和人事对面，或不免即成为我一种被征服的弱点。尤其是在当前的情形下，决不能容许这个弱点抬头。

因此有意从“偶然”给我的印象中，搜寻出一些属于生活习惯上的缺点，用作保护我性情上的弱点。

生活在一种不易想象的社会中，日子过得充满脂粉气，这脂粉气既成为生活一部分，积久也就会成为生命中不可少的一部分。爱好装饰处，原只重在增加对人的效果，毫无自发的较深远的理想。性情上的温雅，和文学爱好，也可说是足为装饰之一种。但脂粉气邻于庸俗，知识也不免邻于虚伪。一切不外乎时髦，然而时髦得多浅多俗气……

我于是觉得安全了，倘若没有在别的时间下发生的事情，我应当说实在是十分安全的。因为我所体会到的“偶然”生活情性上的缺点，一直都还保护着我，任何情形下尚有作用。不过保护得我更周到的，还是另外一种事实，即幸福的婚姻，或幸福婚姻的幻影，我正准备去接受它，证实它。这也可说是种偶然，由于两三年前在海上拾来那点泛白闪光螺蚌，无意中寄到南方时所得到的结果。然而关于这件事，我却认为是意志和理性做成的。恰恰如我一切用笔写成的故事，内容虽近于传奇，从我个人看来，却产生完成于一种人为计划中。

四

时间流过去了，带来了梅花、丁香、芍药，和辛夷、玉兰，一切北方色香悦人的花朵，在冰冻渐渐融解风光中逐次开放。另外一种温柔的幻影，则已成为实际生活。我结了婚，一个小小院落中一株槐树和一株枣树，遮蔽了半个长而狭的院子。从细碎树叶间筛下细碎的日影，铺在方砖地上，映照在明净纸窗间，无不给我对于生命或生活一种新的启示。更重要的是一个由异常陌生到完全熟习的人，在日常生活中形成的一种新的习惯，新的适应。当前一切似乎都安排对了，只是还像尚未把一些过去账目完全结清，我心想：

“我要的，已经得到了。名誉，金钱和爱情，全都到了我的身边。我从社会和别人证实了存在的意义。可是不成。我还有另外一种幻想，即从个人工作上证实个人希望所能达到的传奇。我准备创造一点纯粹的诗，与生活不相黏附的诗。情感上积压下来的东西，家庭生活并不能完全中和它，消蚀它。我需要一点传奇，一种出于不巧的痛苦经验，一份从我‘过去’负责所必然发生的悲剧。换言之，即爱情生活并不能调整我的生命，还要用一种温柔的笔调来写各式各样爱情，写那种和我目前生活完全相反，然而与我过去情感又十分相近的牧歌，方可望使生命得到平衡。这种平衡，正是新的家庭所不可少的！”

因此每天大清早，就在院落中一个红木八条腿小小方桌上，放下一叠白纸，一面让细碎阳光晒在纸上，一面也将我某种受压抑的梦写在纸上。故事上的人物，一面从一年前在青岛崂山北九水旁所见的一个乡村女子，取得生活的必然，一面就用身边黑脸长眉新妇做范本，取得性格上的素朴良善式样。一切充满了善，充满了完美高尚的希望，然而到处是不凑巧。既然是不凑巧，因之素朴的良善与单纯的希望终难免产生悲剧。故事中浸透了五月中的斜风细雨，以及那点六月中夏雨欲来时闷人的热，和闷热中的静与寂寞。这一切其所以能转移到纸上，依然可说全是从两年间海上阳光得来的能力。这一来，我的过去痛苦的挣扎，受压抑无可安排的乡下人对于爱情的憧憬，在这个不幸故事上，方得到了完全排泄与弥补。主妇噙着眼泪读下去，从故事发展中也依稀照见一点自己影子。

一面写，一面总仿佛有个生活上陌生，情感上相当熟习的声音，在轻轻地招呼我：

“××，这算什么？你这是在逃避一种命定。其实一切努力全是枉然。你的一支笔虽能把你带向‘过去’，不过是用故事抒情作诗罢了。真正在等待你的却是‘未来’。你敢不敢向更深处想一想，笔下如此温柔的原因？你敢不敢仔仔细细认识一下你自己，是不是个能够在小小得失悲欢传奇故事上满足的人？你敢不敢想你这是在打量逃避一种命定……”

“我用不着做这种分析和追究！我目前的生活很幸福，这就够了。”

“你以为你很幸福，为的是你尊重过去，你以为当前生活是照过去理性或计划安排成功的。但你何尝真正能够在自足中得到幸福？或用他人缺点保护，或用自己的幸福幻影保护，二而一，都可作为你害怕‘偶然’侵入生命时所能发生的变故。因为‘偶然’能破坏你幸福的幻影。你怕事实，所以自觉宜于用笔捕捉抽象。”

“我怕事实？什么事实使我害怕？杀人放火我看厌了，临到生活中一份我就从不害怕！”

“是的，你害怕明天的事实。你比谁都胆小。或者你厌恶一切影响你目前生活的事实，因之极力想法贴近过去，有时并且不能不贴近那个抽象的过去。”

我好像被说中了，无从继续申辩。我希望从别的事情上找寻找寻我那点业已失去的自信。我支持自信的观念，没有得到，却得到许多容易破碎的古陶旧瓷。由于耐心和爱好换来的经验，使我从一些盘盘碗碗形体和花纹上，认识了这些艺术品的性格和美术上特点，都恰恰如一个老浪子来自各样女人关系上所得的知识一般。久而久之，对于清代瓷器的盘碗，我几乎闭目用手指去摸抚它底足边缘的曲度，就可判断出作品的时代了。我且预备在这类无商业价值有美术价值的瓷器中，收集到两三千件时，来写一本小书，讨论讨论清瓷中串枝莲青花发展的格式。然而这种新的嗜好，只能增加我耳边另外一种声音的调讽，是很显明的。

“××，你打量用这些容易破碎的东西，稳定平衡你奔放的生命，到头还是无结果的。这消磨不了你三十年从寂寞中孕育的幻想堆积。你只有一件事情可做，即从一种更直接有效的方式上，发现你自己，也发现人。什么地方有些年轻温柔的心在等待你，收容你的幻想，这个你明明白白。为的是你谨慎怕事，你于是名字叫作好人。”

只因为这些声音似乎从各方面传来，试去搜寻在我生活上经过的人事时，才发现原来这个那个“偶然”都好像在支配我。因此重新在所有偶然给我的印象下，找出每个偶然的缺点，保护到我自己的弱点。

我的新书《边城》是出了版。这本小书在读者间得到些赞美，在朋友间还得到些极难得的鼓励。可是没有一个人知道我是在什么感情下写成这个作品，也不大明白我写它的意义。即以极细心朋友刘西渭先生的批评说来，就完全得不到我如何用这个故事填补过去生命中一点哀乐的原因。正唯其如此，这个作品在个人抽象感觉上，我却得到一种近乎严厉而讽刺的责备。

“这是一个胆子小而知足且善逃避现实者最大的成就。将热情注入故事中，使他人得到满足，而自己得到安全，并从一种友谊的回声证实生命的意义。可是生命真正意义是什么？是节制还是奔放？是矜持还是疯狂？是一个故事还是一堆人事？……”

“这不是我要回答的问题，他人也不能强迫我答复。”

不过这件事在我生命中究竟已经成为一个问题。庭院中枣子成熟时，眼看到缀系在细碎枝叶间被太阳晒得透红的小小果实，心中不免有一丝儿对时序迁移的悲伤。一切生命都有个秋天，来到我身边首先却是那个“秋天的感觉”。这种感觉可使一个浪子缩手皈心，也可使一个君子糊涂堕落，为的是衰落感或刺激了他，或恼怒了他。

天气渐渐冷了，我已不能再在院中阳光下写什么。且似乎也并无什么故事可写了。心手两闲的结果，使我起始堕入故事里乡下女孩子那种纷乱情感中。我需要什么？不大明白，又正像不敢去认真思索明白。总之情感在生命中已抬了头。这比我真正去接近某个“偶然”时还觉得害怕。因为它虽不至于损害人，事实上却必然破坏我——我的工作理想和一点自信心，都将为此而毁去。最不妥当处是我还有些预定的计划，这些事与我习惯性情虽不甚相合，对我家庭生活却近于必需。弱点对我若抬了头，让一群偶然听其自由浸入我生命中，各自占据一个位置，就什么都完事了。当时若能写个长篇小说，照《边城》题记中所说，写崩溃了的乡村一切，来消耗它，归纳它，调整它，转移它，也许此后可以去掉许多麻烦困难。但这种题目和当时心境可不相合。我只重新逃避到字帖赏玩中去。我想把写字当成一种工作，这工作俨然如一束草，一片破碎的船板，用它为我在人事纠纷中下沉时有所准备。我要和生命中那种无固定的性能力继续挣扎，尽可能去努力转移自己到一种无碍于人我的生活方式上去。

不过我虽能将生命逃避到艺术中，可无从离开那个生活环境。环境里到处是年轻生命，即到处是偶然，而且有些还出奇的勇敢。也许有些是相互逃避于某种问题上，有些又相互逃避到礼貌中，更有些说不定还近于浥彼注此……因之各人都可得到种安全感。可是这对于我，自然是不相宜的。我的需要在压抑中，更容易见出它的不自然处。在文字运用中，一支笔见出透明和灵秀处，在人事应对中，却相当拙呆，且若于拙呆上给偶然一个容易俘虏的印象。岁暮年末时，因之偶然中较老实的某一个，重新有机会给了我一种更离奇的印象。依然那么脆弱而羞怯，用少量言语多量微笑或纯粹沉默来装饰我们的晤面。其时向日的阳光虽然稀薄，寒气冻结了空气，可是房中炉火照例极其温暖，火炉边柔和灯光下，是容易生长一切的，尤其是那个名为“情感”或“爱情”的东西。可是防止赋予这个名词的纠纷性和是非性，我们却把它叫作“友谊”。总之，“偶然”之一和我友谊越来越不同了。一年余以来努力的趋避，在十分钟内即证明等于精力白费。“偶然”的缺点依旧尚保留在我印象中，而且更加确定，然而这些缺点的印象，却不能保护我什么了。

我于是重新进入到一个激烈战争里，即理性和情感的取舍。

但是事极显明，其中那个理性的我终于败北了。当我第一次向“偶然”做一种败北以后的说明时，一定使“偶然”惊喜交集，且不知如何来应付这种新的发展。因为这件事若出于另一偶然，则或者已有相当准备，恐不过是“我早知如此”轻轻地回答，接着也不过是由此必然而来的一些取和予。然而这事情却临到一个无经验无准备的“偶然”手中。在她的年龄和生活上，实都无从处理这个难题，更毫无准备应付这种问题技术的。因此当她感觉到我的命运仿佛在她那双小小白手中时，一时虽惊喜交并，终于不免茫然失措，不知是放下好还是握紧好。

我呢，实在说来，俨然只是在用人教育我。我知道这恰是我生命的两面，用之于编排故事，见出被压抑热情的美丽处，用之于处理人事，即不免见出性情上的劣点，不特苦恼自己，同时也困惑人。我当真好像业已放弃了一切可由常识来应付的种种，一任自己沉陷到一种情感旋涡里去。十年后温习到这种“过去”时，恰恰像在读一本属于病理学的书籍，这本书名实应当题作：

《情感发炎及其治疗》

作者近乎一个疯子，同时又是一个诗人。书中毫无故事，唯有近乎抽象的一堆印象拼合。到小客厅中红梅、白梅全已谢落时，“偶然”的微笑已成为苦笑。因为明白这事得有个终结，就装作为了友谊的完美，和个人理想的证实，带着一点好景不常的悲伤，一种出于勉强的充满痛苦的笑，好像很谦虚地说，“我得到的已够多了”，就借故走到别一地方去了。走时的神气，和事前心情上的纷乱，竟与她在某一时写的一个故事完全相同，不同处只是所要去的方向而已。

至于家中那一个呢……

我于是重新得到了用笔的机会。可是我不再写什么传奇故事了。因为生活本身就是一种动人的传奇。我读过一大堆书，再无什么故事比我情感上的哀乐得失经验更加离奇动人。我读过许多故事，好些故事到末后，都结束于“死亡”和一个“走”字上，我却估想这不是我这个故事应有的结局。

第二个偶然因之在我生命里用另外一种形式存在。我用另外一种心情读过了另外一本书：这本书正如出自一个极端谨慎的作者，中间从无一个不端重的句子，从无一段使他人读来受刺激的描写，而且从无离奇的变故与难解纠纷。然而却真是一种传奇。为的是在这故事背后保留了一切故事所必需的回目。书中每一章每一节都是不必要的对话，与前一个故事微笑继续沉默完全相反。故事中无休止的对话与独白，却为的是若一沉默即会将故事组织完全破坏而起。从独白中更可见出这个偶然生命取予的形式。因为预防，相互都明白一沉默即将思索，一思索即将究寻名词，一究寻名词即可能将“友谊”和“爱情”分别其意义。这一来，情形即必然立刻发生变化，不窘人的亦将不免自窘。因此这故事就由对话起始，由独白暂时结束。书中人物俨然是在一种战争中维持了十年友谊，形式上都得到了胜利，事实上也可说都完全败北，因为都明白装饰过去青春的生命，本容许有一点妩媚和爱娇，以及少许有节制的疯狂，目下说来或不甚合理，在十年八年时间中，却将醇化成为一种温柔的纪念。但在这个故事中，却用对话或独白代替了。这是一本纯洁故事，可是也是一本使人读来惆怅的故事。

第三个偶然浸入我生命中时，起初即给我一点启示，是上海成衣匠和理发匠等等，在一个年轻肉体上所表现的优美技巧。这种技巧在当时是得到许多人赞叹的。我却以为只合给第二等人增加一点风情上的效果，对于偶然实不必要。因此我在极其谨慎情形中，为除去了这些人为的技巧，看出自然所给予一个年轻肉体完美处和精细处。最奇异的是这里并没有情欲。竟可说毫无情欲，只有艺术。我所处的地位，完全是一个艺术鉴赏家的地位。我理会的只是一种生命的形式，以及一种自然道德的形式，没有冲突，超越得失，我从一个人的肉体上认识了神。且即此为止，除了在《看虹录》一个短短故事上做小小叙述，我并不曾用任何其他方式破坏这种神的印象。正可说是一本完全图画的传奇，色彩单纯而温雅，线条明净而高贵，就中且无一个文字。唯其如此，这个传奇也庄严到使我无从用普通文字来叙述。唯一可重现人我这种崇高美丽情感，应当是第一等音乐。但是这之间一个轻微的叹息，一种目光莹然如湿的凝注，一点混合爱与怨的谦退，或感谢与皈依的轻微接近，一点象征道德极致的白，一种表示惊讶倾倒的呆，音乐到此亦不免完全失去了意义。这个传奇是结束于偶然回返到上海去做时装表演为止的。若说故事离奇而华美，比我记忆中世界上任何作品还温雅动人多了。

第四个是……说及时，或许会使一些人因妒嫉而疯狂，不提它也好。

我真近于在用人教育我，陆续读了些人类荒唐艳丽传奇。这点因缘大多数却由我先前所写的一堆故事而来的。正好像在故事上我留给人的印象是诚实而细心，且奇特地能辨别人生理解人心，更知道情感上庄严和粗俗的细微分量，不至于错用或滥用，这些偶然为证明这些长处的是否真实，稍稍带点好奇来发现我，我因之能翻阅这些奇书的。

不过这一切自然用的是我从乡下来随身带来的尺和秤做度量。若由一般社会所习惯的权衡来度量我的弱点和我的坦白，则我存在的意义，存在的价值，早已完全失去了。我也许在偶然中还翻阅了些不应道及的篇章，留下些不大宜于重述的印象，然而我知道，这对于“偶然”，是大都以能够将灵魂展览于我这个精细读者面前，为无疚于心，到二十年后生命失去青春光泽时，且会觉得未将那个比灵魂更具体一些的东西在我面前展览为失计的。

正因为弱点和坦白共同在性格或人格上表现，如此单纯而显明，使我在婚姻上便见出了奇迹。在连续而来的挫折中，做主妇的情感经验，比《边城》中的翠翠困难复杂多了。然而始终能保留那个幸福的幻影，而且还从生活其他方式上去证实，这种事由别人看来，将为不可解，恰恰如我为这个问题写个短篇所描写到的情形。或出于一种伟大容忍，或出于一种明知原谅，当两人在熟人面前被人称为“佳偶”时，就用微笑表示“也像冤家”的意思，又或从熟人神气间被目为“冤家”时，仍用微笑表示“实是佳偶”的意思。由主妇自己说来，这情形也极自然。我的行为端谨和想象放荡恰恰形成生命的两极。只因为理解到“长处”和“弱点”原是生命使用方式上的不同，情形必然就会如此。

五

再过了四年，战争把世界地图和人类历史全改变了过来。同时从极小处，也重造了人与人的关系，以及这个人在那个人心上的位置。

一些偶然又继续在我生命中保存了一点势力。但今昔情形已稍稍不同。

一个聪明善怀的女孩子，年纪大了点时，到了二十五岁以后，不问已婚未婚，或婚后家庭生活幸或不幸，自然都乐意得到一些朋友的信任，更乐意从一两个体己朋友得来一点有分际的关心，混合忧郁和热忱所表示的轻微烦乱，用作当前剩余青春的点缀，以及明日青春消逝温习的凭证。如果过去一时，对某一朋友保留过些美好印象，印象的重现，使人在新的取予上，都不能不变更一种方式，见出在某些情形上的宽容为必然，在某些情形上的禁忌为不必要。无形中会放弃了过去一时那点警惧心和防卫心。因此一来，虹和星都若在望中，我俨若可以任意伸手摘取。可是一切既在时间有了变化，我也免不了受一分影响，我所注意摘取的，应当说却是自己生命追求抽象原则的一种形式。我可说常在一种精细而稳重与盲目而任性的交替中，过了许多离奇日子，得到许多离奇经验。我只希望如何来保留这种有传染性的热忱到文字中，对于爱情或友谊本身，已不至于如何惊心动魄来接近它了。我懂得人多了一些，懂得自己也多了些。在偶然之一过去所以自处的“安全”方式上，我发现了节制的美丽。在另外一个偶然目前所以自见的“忘我”方式上，我又发现了忠诚的美丽。在三个偶然所希望于未来“谨慎”方式上，我还发现了谦退中包含勇气与明智的美丽。在第四……由于生命取舍的多方，因之我不免有点“老去方知读书少”的知觉。我还需要学习，从更多陌生的书以及少数熟习的人，好好学习点“人生”。

因此一来，“我”就重新又成为一个毫无意义的字言，因为很快即完全消失到一切偶然的颦笑中，和这类颦笑权衡取舍中了。

失去了“我”后却认识了“人”，体会到“神”，以及人心的曲折，神性的单纯。墙壁上一方黄色阳光，庭院里一点草，蓝天中一粒星子，人人都有机会看见的事事物物，多用平常感情去接近它，对于我，却因为常常和某一个偶然某一时的生命同时嵌入我印象中，它们的光辉和色泽，就都若有了神性，成为一种神迹了。不仅这些与偶然同时浸入我生命中的东西，各有其神性，即对于一切自然景物的素朴，到我单独默会它们本身的存在和宇宙彼此生命微妙关系时，也无一不感觉到生命的庄严。花木为防卫侵犯生长的小刺，为诱惑关心而具有的甜香，我似乎都因此领悟到它的因果。一种由生物的美与爱有所启示，在沉静中生长的宗教情绪，无可归纳，因之一部分生命，就完全消失在对于一些自然的皈依中。这种由复杂转简单的情感，很可能是一切生物在生命和谐时所同具的，且必然是比较高级文化所不能少的，人若保有这种情感时，即可产生伟大的宗教，或一切形式精美而情感深致的艺术品。对于我呢，我实在什么也不写，亦不说。我的一切官能都在一种崭新教育中，经验了些极纤细微妙的感觉。

我不惧怕事实，却需要逃避抽象，因为事实只是一团纠纷，而抽象却为排列得极有秩序的无可奈何苦闷。于是用这种“从深处认识”的情感来写战事，因之产生《长河》，产生《芸庐纪事》，两个作品到后终于被扣留无从出版，不是偶然事件。因为从当前普遍社会要求说来，对战事描写，是不必要如此向人性深处掘发的。其实我那时最宜写的是忠忠实实记述那些偶然行为如何形成一种抽象意象的过程。若能够用文字好好保留下来，毫无可疑，将是一个有光辉的笔录。

我住在一个乡下，因为某种工作，得常常离开了一切人，单独从个宽约八里的广大田坪通过。若跟随引水道曲折走去，可见到长年活鲜鲜的潺湲流水中，有无数小鱼小虾，随流追逐，悠然自得，各尽其性命之理。水流处多生长一簇簇野生慈姑，三箭形叶片虽比田中培育的较小，开的小白花却很有生气。花朵如水仙，白瓣黄蕊连缀成一小串，抽苔从中心挺起。路旁尚有一丛丛刺蓟属野草，开放出翠蓝色小花，比勿忘我草颜色形体尚清雅脱俗，使人眼目明爽，如对无云碧空，花谢后还结成无数小小刺球果子，便于借重野兽和家犬携带繁殖到另一处。若从其他几条较小路上走去，蚕豆麦田沟坎中，照例到处生长浅紫色樱草，花朵细碎而妩媚，还涂上许多白粉。采摘来时不过半小时即已枯萎，正因为生命如此美丽而脆弱，更令人感觉生物中求生存与繁殖的神性。在那两面铺满彩色绚丽花朵细小的田塍上，且随时可看到成对成双躯体异常清洁的鹡鸰，羽毛黑白分明，见人时微带惊诧，一面飞起下面摇颠着小小长尾，在豆麦田中一起一伏，充满了生命自得的快乐。还有那个顶戴大绒冠的戴胜鸟，已过了蹲扰人家茅屋顶上呼朋唤侣的求爱期，披负一身杂毛，睁着一对小眼睛骨碌碌地对人痴看，直到人来近身时，方匆促展翅飞去。本地秧田照习惯不作他用，除三月时种秧，此外长年都浸在一片浅水里。另外几方小田种上慈姑莲藕的，也常是一片水。不问晴雨田中照例有两三只缩肩秃尾白鹭鸶，神情清癯而寂寞，在泥沼中有所等待，有所寻觅。又有种鸥形水鸟，在水田中走动时，肩背羽毛全是一片美丽桃灰色，光滑而带丝绸光泽，有时数百成群在明朗阳光中翻飞游戏，因翅翼下各有一片白，便如一阵光明的星点，在蓝空下动荡。小村子有一道长流水穿过，水面人家土墙边，都用带刺木香花做篱笆，带雨含露成簇成串香味郁馥的小白花，常低垂到人头上，得用手撩拨，方能通过。树下小河沟中，常有小孩子捉鳅拾蚌，或精赤身子相互浇水取乐。村子中老妇人坐在满是土蜂窠的向阳土墙边取暖，屋角隅听到有人用大石杵缓缓的捣米声。将这些景物人事相对照，恰成一稀奇动人景象。过小村落后又是一片平田，菜花开时，眼中一片明黄，鼻底一片温馨。土路并不十分宽绰，驮麦粉的小马，和驮烧酒的小马，与迎面来人擦身而过时，赶马押运货物的，远远地在马后喊“让马”，从不在马前拢马以让人，因此人必照规矩下到田里去，等待马走过时再上路。菜花一片黄的平田中，还可见到整齐成行的细枝葫麻，竟像是完全用为装饰田亩，一行一行栽在中间。在瘦小而脆弱的本端，开放一朵朵翠蓝色小花，花头略略向下低垂，张着小嘴如铃兰样子，风姿娟秀而明媚，在阳光下如同向小蜂小虫微笑招手：“来吻我，这里有蜜！”

耳目所及都若有神迹存乎其间，且从这一切都可发现有“偶然”友谊的笑语和爱情芬芳。这在另一方面说来，人事上彼此之间自然也就生长了些看不见的轻微的妒嫉，无端的忧虑，有意的间隔，和那种无边无岸累人而又闷人的白日梦。尤其是一点眼泪，来自爱怨交缚的一方，一点传说，来自得失未明的一方，就在这种人与人，偶然与偶然的取舍分际上，我似乎重新接受了一种人生教育。韩非子说，矢来有向，作铁函以当之，言有所防卫也。在我问题上的种种，矢来有向或矢来无向，我却一例听之直中所欲中心上某点，不逃避，不掩护。我活在一种极端复杂矛盾情形中，然而到用自己那个权量来测检时，却感觉生命实单纯而庄严。尤其是从某个偶然的在眩目景象中离开，走到平静自然下见到一切时，生命的庄严处有时竟全然如一个极诚虔的教士。谁也想象不到我生命是在一种什么形式下燃烧，即以这个那个偶然而言，所知道的似乎也就只是一些片段；不完全的一体。

我写了无数篇章，叙述这种感觉或印象，结果却不曾留下。正因为在各种试验下都证明它无从用充满历史霉斑的文字保存，或只合保存在生命中。且即同一回事，在人我生命中，意义上亦将完全不同。

我这点只用自己尺寸度量人事得失的方式，不可免要反映到对偶然的缺点辨别上。这种细微感觉，在普通人我关系间，绝体会不到，在比较特殊的一种情形下时，便自然会发生变化。这恰恰如甲状腺在清水中，分量即或极稀少，依然可以测出。在这个问题上，我明白我泛神的思想，即会损害到这个或那个“偶然”的幽微感觉，是种什么情形。我明知语言行为都无补于事实，便用沉默应付了一些困难，尤其是应付一个偶然轻微的妒嫉，以及伴同那个人类弱点而来的一点怨艾，一点责难，一点不必要的设计。我全当作不知道。我自觉已尽了一个朋友所能尽的力，来在友谊上用最纤细感觉接受纤细反应。对于偶然，我永远是诚实的，专一的。然而专一略转而成为偶然一种责任感时，这个偶然便不免要感到轻微恐惧和烦乱。而且在诚实外还那么谨慎小心，从不曾将“乡下人”实证生命的方式，派给一个城中有教养的朋友。一切有分际的限制，即所以保护到人我情感上和生活上的安全。然而问题也许就正在此：“你口口声声说是一个乡下人，从不用乡下人的坦白来说明友谊，却装作一个绅士，拘谨到令人以为是世故，矜持到近乎虚伪。然而在另外一个人面前，我却猜想得出，你可能又会完全如一个乡下人。”我就用沉默将这种询问所应有的回声，逼回到那个“偶然”耳中去，使她从自己回音中听出“对于你，我不愿用轻微损害取得快乐，对于人，我不能做丝毫计较保护安全。这是热情的两种形式，只为的你们原是两种人，两种爱，两种取和予”。于是这个“偶然”走去了。我还必须继续沉默下去，虽然在沉默中，无从将我为保护她的那点好意弄明白。

其次是正在把生活上缺点从习惯中扩大的“偶然”，当这种缺点反应在我感觉上时，她一面即意识到在过去一时某些稍稍过分行为中，失去了些骄傲，无从收回，一面即经验到必须从另外一种信托上，方能收回那点自尊心。或换一个生活方式，始可望产生一点自信心。因为热情原本也是一种教育，既能使人疯狂糊涂，也能使人明澈深思。热情使我对于“偶然”感到惊讶，无物不“神”，却使“偶然”明白自己只是一个“人”，乐意从人的生活上实现个人的理想与个人的梦。到“偶然”思索及一个人的应得种种名分与事实时，当然就有了痛苦。因为发觉自己所得到，虽近于生命中极纯粹的诗，然而个人所期待所需要的，还只是一种较复杂又较具体生活。纯粹的诗虽华美而又有光辉，能做一个女孩子青春的装饰，然而并不能够稳定生命，满足生命。再经过一些时间的澄滤，“偶然”便得到如下的结论：“若想在他人生命中保有‘神’的势力，即得牺牲自己一切‘人’的理想。若希望证实人的理想，即必须放弃当前唯神方能得到的一切。”热情能给人兴奋，也给人一种无可形容的疲倦。尤其是在“纯粹的诗”和“活鲜鲜的人”愿望取舍上，更加累人。“偶然”就如数年前一样，用着无可奈何的微笑，掩盖到心中小小受伤处，离开了我，临走时一句话不说，我却从她沉默中，听到了一种无言申诉：

“我想去想来，终究是个人，并非神，所以我走了。若以为这是我一点私心，这种猜测也不算错误。因为我还有我做一个人的平庸希望。并且我明白离开你后，在你生命中保有个什么印象。若尽那么下去，不说别的，即这种印象在习惯方式上逐渐毁灭，对于我也受不了。若不走，留到这里算什么？在时间交替中，我能得到些什么？我不能尽用诗歌生存下去，恰恰如你说的一个人不能用好空气和好风景活下去一样。我本是个并不十分聪明的女人，不比那个聪敏绝顶的××，这也许正是使我把一首抒情诗当作散文去诵读的真正原因。我当真得走了。我的行为并不求你原谅，因为给予的和得到的已够多。不需用这种泛泛名词来表示了。说真话，这一走，结论对于你也不十分坏；你有一个幸福完美的家庭，有一个——应当说有许多的‘偶然’，各在你过去生活中保留一些动人印象。你得到所能得到的，也给予所能给予的，尤其是在给予一切后，你生命反而更丰富更充实地存在！”

于是“偶然”留下一排插在发上的玉簪花，摇摇头，轻轻地开了门，当真就走去了。其时天上落了点微雨，雨后有断虹如杵，悬垂天际。

我并不如一般故事上所说的身心崩毁，反而变得非常沉静。因为失去了“偶然”，我即得回了理性，我试向虹悬处方向走去，到了一个小小山顶上。过一会儿，残虹消失到虚空里去了，而剩余一片在变化明灭中的云影。那条素色的虹霓，若干年来在我心上的形式，重新明明朗朗在我眼前现出。我不由得不为“人”的弱点，和对于这种弱点挣扎的努力，以及重得自由的不习惯，感到痛苦和悲怆。

“偶然，你们全走了，很好，或为了你们的自觉，或为了你们的自负，又或不过只是为了生活上的必然。既以为一走即可得到一种解放，一些新生的机缘，且可从另外人事关系，收回过去一时在我面前损失的尊严和骄傲，尤其是生命的平衡感和安全感的获得，在你们为必需时，不拘用什么方式走出我生命以外，我觉得都是不可免的。可是时间带走了一切，也带走了生命中光辉的青春，和附于青春间存在的羞怯的笑，优雅的礼貌，微带矜持的应对，有弹性极敏感的情分取予，以及属于官能方面的完整形式，华美色泽，和无比芳香。消失的即完全消失到不可知的‘过去’里了。然而却有一个朋友，能在印象中好好保留它，能在文字中好好重现它……你如想寻觅失去的生命，是只有从这两方面得到，此外别无方法。你也许以为离开了我，即可望得到‘明天’，但不知生命中真正失去了我时，失去了‘昨天’，活下来对于你是种多大的损失！”

六

自从几个“偶然”离开了我后，云南我只有云可看了。黄昏薄暮时节，天上照例有一抹黑云，那种黑而秀的光景，不免使我想起过去海上的白帆和草地上的黄花，想起种种虹彩和淡色星光，想起灯光下的沉默继续沉默，想起墙上慢慢地移动那一方斜阳，想起瓦沟中的绿苔和细雨微风中轻轻摇头的狗尾草……想起一堆希望和一点疯狂，终于如何于刹那间又变成一片蓝色的火焰，一撮白灰。这一切如何教育我，认识生命最离奇的遇合，与最高尚的意义。

当前在云影中恰恰如过去在海岸边，我获得了我精神上的单独，那个失去了十年的理性，完全回到我身边来了。

“你这个对政治无信仰对生命极关心的乡下人，来到城市中用人教育我，所得经验已经差不多了。你比十年前稳定得多也进步得多了。正好准备你的事业，即用一支笔，来好好地保留最后一个浪漫派在二十世纪生命挥霍的形式，也结束了这个时代这种情感发炎的症候。你知道你的长处，即如何好好地善用长处，成功在等待你，嘲笑也在等待你，但这两件事对于你都无多大关系。你只要想到你要处理的也是一种历史，属于受时代带走行将消灭的一种人我关系的情绪历史，你就不至于迟疑了。”

“成功与幸福，不是伟人的目的，就是俗人的期望，这与我全不相干。值得歌颂的是青春，以及象征青春的狂热，寄托狂热的脆弱中见神性的笑语与沉思，真正等待我的只有死亡，在死亡未临以前，我也许还可以做点小事，即保留这些‘偶然’势力各以不同方式陆续浸入一个乡下人生命中所具有的冲突与和谐程序。我还得在‘神’之解体的时代，重新给神做一种光明赞颂。在充满古典庄雅的诗歌失去价值和意义时，来谨谨慎慎写最后一首抒情诗。我的妄想在生活中就见得与社会倾向隔阂，在写作上自然更容易与社会需要脱节。不过我还年轻！世故虽能给我安全和幸福，一时还似乎不必来到我身边。我已承认你十年前的意见，即将一切交给偶然和情感为得计，我好像还要受另外一种‘偶然’所控制，接近她时，我能从她的微笑和皱眉中发现神，离开她时，又能从一切自然形式色香中发现她。这也许正因为如你所说，我是个对一切无信仰的人，却只信仰‘生命’。这应当是我一生的弱点。但想想附于这个弱点下的坦白与诚实，以及对于人性幽微感觉理解的深致，以及表现这一切文字如何在我手中各得其所各尽所能，我知道，你是第一个就首先对于我这个弱点加以宽容了。我还需要回到海边去，回到‘过去’那个海边。至于‘偶然’呢，我知道她们需要的倒应当是一个‘抽象’的海边。两个海边景物的明丽处相差不多，不同处其一或是一颗孤独的心的归宿上，其一却是热情与梦结合而为一，使‘偶然’由神变人的家。其一是用孤独心情为自己去找寻那些蚌壳，由蚌壳产生想象，其一是带了几个孩子去为孩子找寻那些原来式样的蚌壳，让孩子们把这些小小蚌壳和稚弱情感连接起来……”

“唉，我的浮士德，你说得很美，或许也说得很对。你还年轻，至少当你某一时，被某种黯黄黄灯光所诱惑时，就显得相当年轻。我还相信这个广大的世界，尚有许多形体、颜色、声音、气味，都可以刺激你过去灵敏的感觉，使你变得真正十分年轻。不过这是不中用的，因为时代过去了。在前一时代，能激你发狂引你入梦的生物，都在时间漂洗中消失了匀称和丰腴，典雅与清芬。能教育你的正是从过去时代培养成功的各式典型。时间在成毁一切，从这种新陈代谢中，凡属于你同一时代中的生物，因为脆弱，都行将消灭了。代替而来的将是在无计划无选择随同海上时髦和政治需要繁殖的一种简单范本。新的时代在进展中，不拘如何总之在进展，你是个不必要的人物。你的心即或强健而韧性，也只合为过去跳跃，不宜于用在当前景象上。你需要休息休息了，因为在这问题上徘徊实在太累。你还有许多事情可做，纵不乐成也得守常，有些责任，即与他人或人类相关的责任。你读过一本题名《情感发炎及其治疗》的奇书，还值得写成这样一本书，且不说别的，即你这种文字的格式，这种处理感觉和联想方法，也行将成为过去，和当前体例不合了！当前是全个人类的命运都交给‘伟人’与‘宿命’的古怪时代，是个爵士音乐流行的时代，是个美丑换题时代，是个用简单空洞口号支配一切的时代，思想家不是袖手缄口，就是在为伟人贡谀，替宿命辩护。你不济事了！”

“是不是说我当真已经老了？”

没有得到任何回答。

天气冷了些，我一个人坐在桌前，清油灯加了个灯头，两个灯头燃起两朵青色小小火焰，好像还不大亮。灯火还是不大稳定，正如一张怯弱发抖的嘴唇，代替过去生命吻在桌前一张白纸。十年前写《边城》时，从槐树和枣树枝叶间滤过的阳光，如何照在白纸上，恍惚如在目前。灯光照及油瓶、茶杯、书籍，桌面遗留的一小滴清油时，曲度相当处都微微返着一点青光。我心上也依稀返着一点光影，映照过去，又像是为过去所照澈。

我应当在这一张白纸上写点什么？一个月来因为写“人”，已第三回被人责难，证明我对于人事的寻思，文字体例显然当真已与时代不大相合。因此试向“时间”追求，就见到那个过去。然而有些事，温习起来已多少有点不同了。

“时间带走了一切，天上的，或人间的，或失去了颜色，或改变了式样，即或你还自以为有许多事，好好保留在心上，可是，那个时间在你不大注意时，却把你的一颗能感受善跳跃的心变硬了，变钝了，变得连你自己也不大认识自己了。时间在改造一切，重造一切。太空星宿的运行，地面昆虫的触角，你和人，同样都会在时间下慢慢失去了固有位置和形体，真正如诗人所说：‘美不能在风光中静止。’人生究竟可悯！这就是人生！”

“若能温习过去，变硬了的心也会柔软的！到处地方都有个秋风吹上人心的时候，有个灯光不大亮时候，有个想从‘过去’伸手，若有所攀援，希望因此得到一点助力，似乎方能够生活得下去时候。我或那些偶然，难道不需要向过去伸手……”

“这就更加可悯！因为印象温习，会追究到生活之为物，不过是一种连续的负心。过去的分量若太重，心子是载不住它的，凡事无不说明忘掉比记住好。在过去当前印象和事实取舍上，也正是一种战争。你曾经战争过来，你还得继续战争。”

是的，这的确也是一种战争。我始终对桌前那两个小小火焰望着，灯头不知何时开了花。“在火焰中开放的花，油尽灯熄时，才会谢落的。”

“你比拟得好。可是人不能在美丽比喻中生活下去。热情本来并不是象征，虽抽象，也具体，它燃烧了自己生命时，即可能燃烧别人的生命。到这种情形下，只有一件事可做，即听它燃烧，从燃烧中将有更新生命产生（或为一个孩子，或为一个作品）。那个更新生命方是象征热情。人若思索到这一点，为这一点而痛苦，痛苦到超过忍受能力时，自然就会用手剔剔你所谓要在油尽灯熄时方谢落的灯花，这么一来，灯花就被剔落了。多少女人即如此战胜了自己的弱点，虽若在谦退中救出了自己，也正可见出爱情上的坚贞。因为不是件容易事，虽损失够多，做成功后还将感谢上帝赐给她的那点勇气和决心！至于男子呢，照例是把弱点当成最小的儿子，最长的女儿，特别偏爱。”

“不过，也许在另外一时，还应当感谢上帝，给了另外一些人的弱点，即凭灯光引带他向过去那个弱点。因为在这种弱点上，一切生命即重新得到意义。”

“既然自承是弱点，你自己到某一时，为了安全，省事，或又为了别的理由，也会把灯花剔落的！”

我当真就把灯花剔落了。可是重新添了两个灯头，灯光立刻亮了许多。我要试试看，能否有四朵灯花，在这深夜中偶然同时开放。

灯油慢慢地燃尽时，我手足都如结了冰，还没有离开桌边。灯光却渐渐微弱，还可以照我认识走向过去，并辨识路上所有和所遭遇的一切。情感重新抬了头，我当真变得好像很年轻了。不过我知道，这只是那个“过去”发炎的反应，不久就会平复的。

屋角风声渐大时，我担心院中那株在小阳春十月中开放的杏花，会被冷风冻坏。“我关心的是一株杏花，还是几个人？是几个在过去生命中发生影响的人，还是另外更多数未来的生存方式？”等待回答，没有回答。

灯光熄灭时，我的心反而明亮了起来。

一切都沉默了，远处有风吹掠树枝声音轻而柔，仿佛有所询问：“××，你写的可是真事情？”

我答非所问：“美不能在风光中静止。”

三十五年[①]五月

昆明重校

三十六年八月二十八校正

① 即民国三十五年，公元1946年。

附录一

给一个文学青年的公开状/郁达夫[①]

今天的风沙实在太大了，中午吃饭之后，我因为还要去教书，所以没有许多工夫和你谈天。我坐在车上，一路地向北走去，沙石飞进了我的眼睛，一直到午后四点钟止，我的眼睛四周的红圈，还没有退尽。恐怕同学们见了要笑我，所以于上课堂之先，我从高窗口在日光大风里把一双眼睛曝晒了许多时。我今天上你那公寓来看了你那一副样子，觉得什么话也说不出来。现在我想趁着这大家已经睡寂了的几点钟工夫，把我要说的话，写一点在纸上。

平素不认识的可怜的朋友，或是写信来，或是亲自上我这里来的，很多很多，我因为想报答两位也是我素不认识而对于我却

---

① 1924年，离开家乡成为“北漂”的沈从文在困顿中给郁达夫等几位在京的知名作家写信求助。郁达夫收到信，专程前往沈从文住处与他见面，两人促膝长谈。回家后，郁达夫有感而发，写下了这篇著名的《给一个文学青年的公开状》。不久，他将沈从文介绍给《晨报副刊》。一个月后，沈从文的处女作《一封未曾付邮的信》得以发表，从此走上了文学之路。

有十二分的同情过的朋友的厚恩起见，总尽我的力量帮助他们。可是我的力量太薄弱了，可怜的朋友太多了，所以结果近来弄得我自家连一条棉裤也没有。这几天来天气变得很冷，我老想买一件外套，但始终没有买成。尤其是使我羞恼的，因为恰逢此刻，我和同学们所读的书里，正有一篇俄国果戈理著的嘲弄像我们一类人的小说《外套》。现在我的经济状态比从前并没有什么宽裕，从数目上讲起来，反而比从前要少——因为现在我不能向家里去要钱花，每月的教书钱，额面上虽则有五十三加六十四合一百十七块，但实际上拿得到的只有三十三四块——而我的嗜好日深，每月光是烟酒的账，也要开销二十多块。我曾经立过几次对天的深誓，想把这一笔糜费节省下来，但愈是没有钱的时候，愈想喝酒吸烟。向你讲这一番苦话，并不是因为怕你要来问我借钱，而先事预防，我不过欲以我的身体来做一个证据，证明目下的中国社会的不合理，以大学校毕业的资格来糊口的你那种见解的错误罢了。

引诱你到北京来的，是一个国立大学毕业的头衔，你告诉我说你的心里，总想在国立大学弄到毕业，毕业以后至少生计问题总可以解决。现在学校都已考完，你一个国立大学也进不去，接济你的资金的人，又因为他自家的地位动摇，无钱寄你，你去投奔你同县而且带有亲属的大慈善家H，H又不纳，穷极无路，只好写封信给一个和你素不相识而你也明明知道和你一样穷的我，在这时候这样的状态之下你还要口口声声地说什么大学教育，“念书”，我真佩服你的坚忍不拔的雄心。不过佩服虽可佩服，但是你的思想的简单愚直，也却是一样的可惊可异。现在你已经是变成了中性——半去势的文人了，有许多事情，譬如说高尚一点的，去当土匪，卑微一点的，去拉洋车等事情，你已经是干不了的了，难道你还嫌不足，还要想穿几年长袍，作几篇白话诗、短篇小说，达到你的全去势的目的吗？大学毕业，以后就可以有饭吃，你这一种定理，是哪一本书上翻来的？

像你这样一个白脸长身，一无依靠的文学青年，即使将面包和泪吃，勤勤恳恳地在大学窗下住它五六年，难道你拿毕业文凭的那一天，天上就忽而会下起珍珠白米的雨来的吗？

现在不要说中国全国，就是在北京的一区里头，你且去站在十字街头，看见穿长袍黑马褂或哔叽旧洋服的人，你且试对他们行一个礼，问他们一个人要一个名片来看看，我恐怕你不上半天，就可以积起一大堆的什么学士，什么博士来，你若再行一个礼，问一问他们的职业，我恐怕他们都要红红脸说：“兄弟是在这里找事情的。”他们是什么？他们都是大学毕业生嗜，你能和他们一样地有钱读书吗？你能和他们一样地有钱买长袍黑马褂哔叽洋服吗？即使你也和他们一样地有了读书买衣服的钱，你能保得住你毕业的时候，事情会来找你吗？

大学毕业生坐汽车，吸大烟，一攫千金的人原是有的。然而他们都是为新上台的大佬经手减价卖职的人，都是有大力枪杆在后面援助的人，都是有几个什么长在他们父兄身上的人，再粗一点说，他们至少也都是会爬乌龟钻狗洞的人，你要有他们那么的后援，或他们那么的乌龟本领，狗本领，那么你就是大学不毕业，何尝不可以吃饭？

我说了这半天，不过想把你的求学读书、大学毕业的迷梦打破而已。现在为你计，最上的上策，是去找一点事情干干。然而土匪你是当不了的，洋车你也拉不了的，报馆的校对，图书馆的拿书者，家庭教师，男看护，门房，旅馆火车菜馆的伙计，因为没有人可以介绍，你也是当不了的——我当然是没有能力替你介绍——所以最上的上策，于你是不成功的了。其次你就去革命去吧，去制造炸弹去吧！但是革命是不是同割枯草一样，用了你那裁纸的小刀，就可以革得成的呢？炸弹是不是可以用了你头发上的灰垢和半年不换的袜底里的污泥来调和的呢？这些事情，你去问上帝去罢！我也不知道。

比较上可以做得到，并且也不失为中策的，我看还是弄几个旅费，回到湖南你的故土，去找出四五年你不曾见过的老母和你的小妹妹来，第一天相持对哭一天，第二天因为哭了伤心，可以在床上你的草巢睡去一天，既可以休养，又可以省几粒米下来熬稀粥，第三天以后，你和你的母亲妹妹，若没有衣服穿，不妨三人紧紧地挤在一处，以体热互助的结果，同冬天雪夜的群羊一样；倒可以使你的老母不至冻伤，若没有米吃，你在日中天暖一点的时候，不妨把年老的母亲交付给你妹妹的身体烘着，你自己可以上村前村后去掘一点草根树根来煮汤吃。草根、树根里也有淀粉，我的祖母未死的时候，常把洪杨乱日，她老人家尝过的这滋味说给我听，我所以知道。现在我既没有余钱可以赠你，就把这秘方相传，做个我们两位穷汉，在京华尘土里相遇的纪念吧！若说草根、树根，也被你们的督军省长师长议员知事掘完，你无论走往何处再也找不出一块一截来的时候，那么你且咽着自家的口水，同唱戏似的把北京的豪富人家的蔬菜，有色有香地说给你的老母亲、小妹妹听听，至少在未死前的一刻半刻中间，你们三个昏乱的脑子里，总可以大事铺张地享乐一回。

但是我听你说，你的故乡连年兵灾，房屋田产都已毁尽，老母弱妹也不知是生是死。五年来音信不通，并且现在回湖南的火车不开，就是有路费也回去不得，何况没有路费呢！上策不行，次之中策也不行，现在我为你实在是没有什么法子好想了。不得已我就把两个下策来对你讲罢！

第一，现在听说天桥又在招兵，并且听说取得极宽，上自五十岁的老人起，下至十六七岁的少年止，一律都收，你若应募之后，马上开赴前敌，打死在租界以外的中国地界，虽然不能说是为国效忠，也可以算得是为招你的那个同胞效了命，岂不是比饿死冻死在你那公寓的斗室里，好得多吗？况且万一不开往前敌，或虽开往前敌而不打死的时候，只教你能保持你现在的这种纯洁的精神，只教你能有如现在想进大学读书一样的精神来宣传你的理想，难保你所属的一师一旅，不为你所感化。这是下策的第一个。

第二，这才是真正的下策了！你现在不是只愁没有地方住没有地方吃饭而又苦于没有勇气自杀吗？你没有能力做土匪，没有能力拉洋车，是我今天早晨在你公寓里第一眼看见你的时候，已经晓得的。但是有一件事情，我想你还能胜任的，要干的时候一定是干得到的。这是什么事情呢？啊啊，我真不愿意说出来——我并不是怕人家对我提起诉讼，说我在嗾使你做贼，啊呀，不愿意说倒说出来了，做贼，做贼，不错，我所说的这件事情就是叫你去偷窃呀！

无论什么人的无论什么东西，只教你偷得着，尽管偷吧！偷到了，不被发觉，那么就可以把这你偷自他、他抢自第三人的，在现在社会里称为赃物，在将来进步了的社会里，当然是要分归你有的东西，拿到当铺——我虽然不能为你介绍职业，但是像这样的当铺却可以为你介绍几家——里去换钱用。万一发觉了呢？也没有什么。第一你坐坐监牢，房钱总可以不付了。第二监狱里的饭，虽然没有今天中午我请你的那家馆子里的那么好，但是饭钱可以不付的。第三或者什么什么司令，以军法从事，把你枭首示众的时候，那么你的无勇气的自杀，总算是他来代你执行了，也是你的一件快心的事情，因为这样地活在世上，实在是没有什么意思。

我写到这里，觉得没有话再可以和你说了，最后我且来告诉你一种实习的方法吧！

你若要实行上举的第二下策，最好是从亲近的熟人方面做起。譬如你那位同乡的亲戚老H家里，你可以先去试一试看。因为他的那些堆积在那里的财富，不过是方法手段不同罢了，实际上也是和你一样地偷来抢来的。你若再慑于他的慈和的笑里的尖刀，不敢去向他先试，那么不妨上我这里来做个破题儿试试。我晚上卧房的门常是不关，进去很便。不过有一个缺点，就是我这里没有什么值钱的物事。但是我有几本旧书，却很可以卖几个钱。你若来时，最好是预先通知我一下，我好多服一剂催眠药，早些睡下，因为近来身体不好，晚上老要失眠，怕与你的行动不便。还有一句话——你若来时，心肠应该要练得硬一点，不要因为是我的书的原因，致使你没有偷成，就放声大哭起来。

一九二四年十一月十三日午前二时

附录二

青年沈从文年谱

1902年

12月28日，出生在湖南省凤凰的一个军人家庭，取名沈岳焕。

1903年　1岁

出生四个月后，祖母去世。

1907年　5岁

六弟出生，母亲为了照料弟弟，让沈从文跟随两个姐姐到一位女先生处上学识字。

1908年　6岁

入私塾读书，不久开始逃学。

1909年　7岁

转学到一家管教更严格的私塾，依旧想办法逃学。

1911年　9岁

12月17日，父亲为响应武昌起义，组织参与当地人民起义，失败后，当地苗民遭到严酷镇压。沈从文跟在父亲身边，见证了这一事件。

1912年　10岁

九妹出生。

1914年　12岁

父亲竞选省议会代表失败，离家出走。后因组织刺杀袁世凯失败，逃亡关外。

1915年　13岁

进入新式的第二初级小学读书，半年后转入第一初级小学。

1916年　14岁

这年秋天，入本地预备兵技术办，受训八个月。

1917年　15岁

二姐去世。

高小毕业后选择当兵。9月2日，以补充兵的名义随湘西靖国联军第二军的游击支队前往辰州（即沅陵）。

1918年　16岁

随部队移防芷江榆树湾，亲眼见到“清乡”“剿匪”，无辜百姓被杀近千人。

1919年　17岁

移防怀化镇，担任上士司书。

受军法长萧选卿指点，学习写作旧体诗。

1920年　18岁

年初，随部队回到辰州。不久大部队开赴川东，沈从文留守。

12月，大部队在鄂西遭遇突袭，全军覆没，沈从文即被遣散回家。

1921年　19岁

前往芷江投亲，先后担任警察所办事员和屠宰税收员。

因舅父黄巨川和姨夫熊捷三吟诗唱和，沈从文常常代写，且任税收员时勤于练字，终于练就一笔小楷。并且在姨夫家读到不少书。

母亲卖掉家乡房产后来芷江与沈从文同住。沈从文保管房款，却被骗走一千多元，羞愧中离家出走，来到常德。

1922年　20岁

来到保靖，在湘西巡防军统领部任司书。

初夏，随军移防川东。冬，回到保靖，在陈渠珍身边做书记官。

1923年　21岁

因替陈渠珍保管古董字画，见识了不少文物，拓宽了知识面。

在五四思想余波的影响下，前往北平求学，得到陈渠珍的鼓励和支持。

8月下旬到达北平，住在杨梅竹斜街酉西会馆。身处困顿饥饿中，但不愿放弃。通过表弟黄村生认识了一批农业大学的学生，与他们成为朋友，常受他们帮助。

1924年　22岁

搬往北京大学附近的公寓，开始在北大旁听。

投考北大等国立大学失败。被中法大学录取，但因交不起食宿费放弃入学。

陈渠珍的资助断绝，创作的文章投稿均不得发表，无奈之下给几位在京的著名作家写信求助。

11月13日，郁达夫到住处看望沈从文。16日，郁达夫《给一个文学青年的公开状》发表。

12月22日，沈从文的《一封未曾付邮的信》发表在《晨报副刊》上，这是已知的沈从文最早发表的作品。

1925年　23岁

大量作品见诸报纸杂志，且因写作先后结识了胡也频、丁玲、杨振声、徐志摩、闻一多等人，与他们成为好友。

8月，由林志钧、梁启超介绍，到熊希龄创办的香山慈幼院任图书管理员。

11月，到北京大学图书馆在职进修，师从袁同礼学习目录学等。

1926年　24岁

3月，被香山慈幼院正式聘为图书馆编辑。

9月，离开香山慈幼院，从此成为职业作家，完全以写作为生。

1927年　25岁

母亲和九妹为避战乱来京，母子三人同住汉园公寓。

由于北洋军阀政府对出版业的高压控制，北平的许多报馆、杂志社、书局相继迁往上海，沈从文于年底也迁往上海。

1928年　26岁

接母亲、九妹到上海。之后又陪母亲回北平养病。

为生计拼命写作，成为《新月》月刊的主要撰稿人之一，因此被文学评论家视为是“新月派”的一员。

与胡适初识，成为好友。

1929年　27岁

6月，经徐志摩推荐，到中国公学任教事。

8月，中国公学校长胡适破格录取沈从文为国文系讲师，开设新文学和小说习作两门课程。

同月，母亲随大哥回家乡，九妹跟沈从文继续在上海读书。

夏末，经徐志摩介绍，认识了留美回国的王际真，两人长期通信，成为好友。

冬，认识了在中国公学外国语文学系二年级就读的张兆和，爱上了这个女孩。

1930年　28岁

不断给张兆和写情书，但长期得不到回应，挫败之下决定离开上海。

9月，受聘为武汉大学国文系助教，仍讲授新文学。

11月，父亲在家乡病逝。

年底，回到上海。

1931年　29岁

5月，回到北平，寄住在燕京大学达园教师宿舍。

6月，经徐志摩介绍认识了梁思成、林徽因夫妇，与他们成为好友。

7月，与萧乾相识，成为朋友。

8月，受聘成为国立青岛大学国文系讲师，开设中国小说史和高级作文两门课。九妹随他来到青岛读书。

1932年　30岁

7月，趁暑假来到上海，初识巴金，两人成为好友。

8月初，去苏州看望刚刚大学毕业的张兆和，第一次受邀到张兆和家中，与她的家人见面。

暑假期间，用三个星期写完《从文自传》，当年未发表。

1933年　31岁

寒假来到上海，与张兆和订婚，之后两人一同回到青岛。经沈从文介绍，张兆和在山东大学（即青岛大学）图书馆做西文编目工作。

春，陪张兆和游览崂山。后来据此行见闻，写成代表作《边城》。

8月，辞去教职。

9月9日，与张兆和在北平结婚。

1934年　32岁

1月1日至4月23日，小说《边城》在《国闻周报》上连载。

1月7日，启程回湘西探望病危的母亲，这是沈从文离开家乡十年以来第一次回去。回乡途中，沈从文给张兆和写了近50封信，后来这些信被整理成为《湘行散记》。

2月13日，母亲病故。

7月15日，《从文自传》出版。

11月20日，长子沈龙朱出生。

1935年　33岁

8月1日，短篇小说《八骏图》发表于《文学》杂志。

12月，出版短篇小说集《八骏图》。

1936年　34岁

《边城》第一次被翻译成英文。

1937年　35岁

次子沈虎雏出生。

因战争波及，从北平辗转前往武汉，后因武汉大学停办，前往长沙。